世界科幻大师丛书
主编：姚海军

# 模拟造人
## WE CAN BUILD YOU

[美]菲利普·迪克 著 李悦越 译

四川科学技术出版社

**图书在版编目(CIP)数据**

模拟造人 / [美] 菲利普·迪克 著;李悦越 翻译.
--成都:四川科学技术出版社,2023.3
(世界科幻大师丛书 / 姚海军 主编)
书名原文:We Can Build You
ISBN 978-7-5727-0894-7

Ⅰ.①模… Ⅱ.①菲…②李… Ⅲ.①幻想小说－美国－现代
Ⅳ.①I712.45

中国国家版本馆CIP数据核字(2023)第042410号
图进字号:21-2021-340

世界科幻大师丛书

# 模拟造人

SHIJIE KEHUAN DASHI CONGSHU
MONI ZAO REN

丛书主编　姚海军
著　　者　[美]菲利普·迪克
译　　者　李悦越

出 品 人　程佳月
责任编辑　兰　银　姚海军
特约编辑　贺子恒
封面绘画　晨鸣达
封面设计　施　洋
版面设计　施　洋
责任出版　欧晓春
出　　版　四川科学技术出版社
　　　　　成都市锦江区三色路238号 邮政编码 610023
　　　　　官方微博:http://weibo.com/sckjcbs
　　　　　官方微信公众号:sckjcbs
　　　　　传真:028-86361756
成品尺寸　140mm×203mm　　印　张　11.25
字　　数　190千　　　　　　插　页　3
印　　刷　成都博瑞印务有限公司
版　　次　2023年5月成都第一版
印　　次　2023年5月成都第一次印刷
定　　价　50.00元

ISBN 978-7-5727-0894-7

邮 购:成都市锦江区三色路238号新华之星A座25层　　邮政编码:610023
电 话:028-86361770

菲利普·迪克

Philip K. Dick

1928—1982

献给罗伯特和金妮·海因雷恩，

你们的悉心关怀，

我们无以为报。

# 1


20世纪70年代初,我们的销售技巧达到了登峰造极的地步。我们会先在当地报纸的广告栏上打一则广告:

跳楼价出售小型钢琴和电子风琴,全面翻新,音质绝佳。接受现金或信用良好的本地信用卡支付,与其花钱运回俄勒冈,不如就地大酬宾。有意请联系信用主管洛克先生,地址:俄勒冈州安大略市,弗劳恩季默钢琴公司。

多年来,我们在西部诸州转来转去,反复打着这个广告;我们到过一个又一个城镇,深入内陆,直至科罗拉多。这个方法运行得科学而系统;我们翻着地图,横扫全州,确保没有遗漏任何小镇。我们有四辆涡轮卡车，每辆配备一名司机，常年在路上跑着。

总而言之，我们先把广告登报，比方说登在《圣拉斐尔独立报》上，很快，信件就涌入我们在俄勒冈州安大略市的办公室。我的搭档莫里·洛克全权处理信件，他把信件分类，整理出客户名单。然后，假如说某个地区——比方说圣拉斐尔——的客户名单够长了，他就给卡车司机发去夜间电报。就假设收到电报的司机是正在马林郡的弗雷德吧。收到电报后，弗雷德便拿起地图，以合适的顺序列出名单，然后找个电话亭，给名单上的第一个潜在客户打电话。与此同时，莫里向每名来信者寄出航空信。

**亲爱的某某先生：**

感谢您回复我们刊登在《圣拉斐尔独立报》上的广告。我司负责此事的职员目前不在办公室，因此，我们会向他转发您的姓名与地址，并通知他与您联系，以便为您提供详细信息。

信件源源不断，这些年来，它们为公司创造了不少营收。然而，近年来电子风琴的销量萎靡不振。比如说，前不久我们在瓦列霍地区卖出了四十台小型钢琴，但一台电子风琴都没卖出去。

如今，由于小型钢琴在销量上实现了对电子风琴的全面胜利，我和我的搭档莫里·洛克也展开了激烈的交锋。

我抵达俄勒冈州安大略市时已经很晚了。我刚刚南下到了圣莫妮卡一带，和一群好事之徒商谈，这些人请来了执法官员，意图审查我们公司及其运作方式……当然，这么做毫无意义。他们什么都查不到，因为我们一直严格守法。

我不是安大略人，我们公司里也没有安大略本地人。我出生在堪萨斯州威奇托福尔斯市，上高中时搬到了丹佛，之后又搬到了爱达荷州的博伊西市。安大略在某种程度上就像博伊西的郊区；它靠近爱达荷州界，你只需穿过一座长长的铁桥，然后就来到了平坦的农田上。俄勒冈东部的森林并没有延伸到这么西的地方。当地最大的产业是俄勒冈—爱达荷土豆饼工厂，它的电子产品处尤其规模宏大。二战时迁来的日裔农民聚居在这里，靠种洋葱之类的东西为生。安大略的空气干爽，房价低廉，人们平时都到博伊西去大采购。博伊西可是个大城市，但我不喜欢它，因为你在那儿吃不上像样的中国菜。它靠近古老的"俄勒冈小径"，铁路从那里穿过，直通到夏延。

我们的办公室在安大略市区的一栋砖楼里，对面是家五金店。大楼被鸢尾花簇拥着，你从加利福尼亚或内华达开着车，穿过沙漠抵达这里时，鸢尾花缤纷的色彩会让你眼前一亮。

总之，我把我那辆脏兮兮的雪铁龙"魔法火"型涡轮敞篷车停好，穿过人行道走向我们的办公楼，门前挂着我们的招牌：

## 美声公司

"美声"的意思是美国多路声系统，这是我们捏造的一个电子式名字，它源自我们的电子风琴工厂。由于家庭原因，我和这家工厂又有着密切的关系。

"弗劳恩季默钢琴公司"这名字是莫里取的，因为它和我们的商品营销策略更加契合。"弗劳恩季默"是莫里祖上的姓氏，"洛克"则是个假姓。我叫路易斯·洛森，这个姓倒是真的，"洛森"在德语里是"玫瑰"的意思。有一天，我问莫里"弗劳恩季默"是什么意思，他说是"女性"。我问他，"洛克"又是从哪儿来的。

"我闭上眼睛，随便翻开了一卷百科全书，就摸到了'从洛克到苏布德①'这行字。"

"你搞错了，"我对他说，"你本该取名叫'莫里·苏布德'。"

我们大楼前门的历史可以追溯到1965年，它早该退休了，但我们没钱去换。我推开了门，它又大又重，但开关还算灵活。然后，我走向了电梯，它也是那种老式的自动化设施。一分钟以后，我来到了楼上，走进办公室。接着和莫里喝着酒，大吵起来。

"我们已经落伍了，"莫里一见到我就说，"没人想买我们的

---

① 指苏布德会（Subud），一个起源于印度尼西亚的新兴宗教，道德慈善会的简称，印度尼西亚心灵教的兄弟会，创建于1946年。

电子风琴。"

"你错了，"我说，"电子风琴实际上正合时代潮流，因为美国正借着电子技术在太空中探险呢。小型钢琴才是过时的古董，不出十年，我们就会连一台小型钢琴都卖不出去。"

"路易斯，"莫里说，"请看看我们的竞争对手吧。也许电子产品会有个光明的前途，但那前途里一定没有我们的份儿。看看汉默斯坦情绪器吧，再看看瓦尔德特费尔欢愉仪。你告诉我，人们为什么要和你一样，仅仅通过演奏音乐来取乐。"

莫里这伙计个子挺高，患有甲亢所以容易情绪激动。他的手总在发抖，肠胃也总是蠕动得太快。他正在服药，但如果药物不起作用的话，他就只好去接受放射性碘治疗了。要是站直了，他的身高能有六英尺三英寸①。他有，或者说曾有一头黑色长发，但发量与日俱减。他还有一双大眼睛，脸上总带着不安的神情，好像所有的事情都完蛋了一般。

"好乐器永远不会落伍。"我说。但莫里说中了要害。20 世纪 60 年代中期以来快速发展的大脑成像技术，以及潘菲尔德、雅各布森与奥德斯公司开发的深部电极技术已经把我们打得溃不成军。根据他们的研究，情绪产生于下丘脑，而我们研发和营销电子风琴时从未考虑过这个因素。洛森工厂没能跟上潮流，也没

---

① 约 1.9 米。

能乘上频率选择性短期电击传输技术的快车。这种技术能刺激中脑的特定细胞,由此一来,产品的电路开关就成了一台有八十八个黑白键的钢琴键盘。而我们从一开始就败得彻底,我们没有看出这种技术有多简单——以及多重要。

就像大多数人一样,我演奏过汉默斯坦情绪器,而且感觉不错。但演奏时,我完全体会不到创作的乐趣。没错,你可以通过它激起脑刺激的全新构型,从而在自己的头脑中创造出前所未有的情感。你甚至可以——理论上——在脑中激起某种特殊的组合,进而体会到涅槃境界的极乐。汉默斯坦和瓦尔德特费尔公司都从中大捞了一笔。但它提供给人们的不是音乐,而是逃避。谁会想要这种东西呢?

"我想要。"早在1978年的12月,莫里就这样说过。他雇了一个被联邦航天局炒掉的电子工程师,希望他能为我们开发出一种新式的下丘脑刺激型电子风琴。

然而,尽管鲍勃·邦迪是个电子天才,他对乐器却一窍不通。他以前是给政府研制仿生人电路的。仿生人是种人造人,我一直不明白它们和机器人的区别在哪里;它们被用于探月工程,在卡纳维拉尔角①,这种东西被一波又一波地发射到天上。

――――――――――――

① 原文为"the Cape",指卡纳维拉尔角(Cape Canaveral),肯尼迪宇航中心的所在地。

6

我们对邦迪离开卡纳维拉尔角的原因一无所知。他好酒，但并不误事。他的私生活不光彩，但我们的也干净不到哪儿去。也许他被开除，是因为他是一颗定时炸弹；并不是说他是左派之类的——邦迪对政治毫无兴趣，他甚至压根就不知道世界上有政治这回事。我说他是颗定时炸弹，是因为他有一点青春期痴呆病的症状。换句话说，他总是迷迷糊糊地四处游荡，衣服脏兮兮的，头发乱糟糟的，胡子也总是不刮。他从不直视人的眼睛，笑起来疯疯癫癫的。联邦精神卫生局的专家管他这种人叫"垮掉的人"。如果有人对他发问，他总是搞不明白该怎么回答，因为他有语言障碍。但要是单说手上的活儿——他做得简直无可挑剔。他能够胜任他的工作，而且干得不错。所以《麦克韩斯顿法案》①对他并不适用。

然而，邦迪来了好几个月，我却从没见他成功研发出什么东西。自从我外出，莫里整天都和他待在一起，忙个不停。

"你坚持捍卫你那电子键盘夏威夷吉他，"莫里对我说，"只不过是因为这玩意儿是你爸爸和你弟弟制造的罢了。这才是你拒绝面对现实的原因。"

---

①《麦克韩斯顿法案》(McHeston Act)，菲利普·迪克虚构的法案，法案宣称对精神病患进行强制检测是有必要的，因为"真正的精神病患者可能永远不会自己寻求援助"。

我回答道："你这是人身攻击。"

"你真是个《塔木德》大师啊[1]。"莫里回击。很显然，他——事实上是他们所有人——都喝大了；当我风尘仆仆地赶路时，他们却正在办公室里痛饮古代牌波本酒呢。

"你要和我拆伙吗？"我说。我是认真的，因为莫里一旦喝酒上了头，就会开始诋毁辱骂我父亲、我弟弟，乃至远在博伊西的洛森电子风琴工厂，以及它的十七名全职雇员。

"我只是在复述从瓦列霍一带传来的消息，周边地区的消息表明，我们的主打产品已经凉透了。"莫里说，"即使在理论上，它能演奏出六十万种音色组合，其中甚至有一些前所未有的音色，它也已经无法挽救。你和你的家人都像臭虫一样，成天堆制电子粪堆，演奏那种来自外太空的巫毒噪声。而你竟然有勇气称其为乐器。你们洛森家的人全是聋子。就算按成本价，我也不愿意花一千六百块买一台洛森电子风琴摆在家里；我宁可买台电颤琴[2]。"

"好吧，"我叫道，"就你懂行！而且，不是六十万种音色，好吗，是七十万种。"

---

①《塔木德》是犹太教经典。洛森是犹太人，莫里借此嘲笑洛森像个研究《塔木德》的学者。

②一种主要用于演奏爵士乐的乐器。

"无论那些电路怎么运转,发出的都不过是单调的噪声,"莫里说,"不管怎样升级换代,它说白了都只是个口哨罢了。"

"人们可以用它来作曲。"我指出。

"作曲? 我看倒不如说是用那玩意儿为根本不存在的疾病造出解药。照我说,要么把你们家族工厂里制造那玩意的设备烧了;要么,该死的,路易斯,换个赛道吧。制造一些时兴而有用的东西,人们在艰难的奋斗道路上用得着的东西。听明白了吗?"他摇晃着身子,用长长的手指戳着我,"我们现在已经上了天,向着群星进发。人类再也不墨守成规了。你明白吗?"

"我明白,"我说,"但我忽然想起,你和鲍勃·邦迪才是负责发明新产品、提出新方案以解决问题的人。但你们鼓捣了几个月,到目前为止什么东西都没拿出来。"

"我们有了个新发明。"莫里说,"一旦看到它,你肯定会同意,它完完全全顺应着时代潮流。"

"给我看看。"

"行啊,我们这就开车去工厂。你爸爸和你弟弟查斯特也应该在场,这样才公平,因为最终是由他们负责生产。"

邦迪站在那里,拿着他的酒,以惯有的态度对我露出一个躲躲闪闪、鬼鬼祟祟的笑容。他害怕一切人际交往。

"你们会把我们害得很惨,"我告诉他,"我有这种预感。"

　　"如果我们坚持销售你们的洛森·沃尔夫冈·蒙特威尔第电子风琴，或者别的什么东西的话——它叫什么名字取决于你弟弟查斯特这个月正往上面贴什么印花。"莫里说，"无论如何，我们都会完蛋的。"

　　我无话可说，只好垂头丧气地给自己弄了杯酒。

# 2

捷豹马克七型四门汽车是收藏家眼中的珍品,这款白色的老式汽车配备了雾灯和劳斯莱斯同款前格栅,座椅由手工磨制的核桃木和皮革制成,除此之外,还装有许多内饰灯。莫里有一台1954年产的马克七型,他对它视若珍宝,打理得就像新车一样,整修得堪称完美,但在我们从安大略到博伊西的高速公路上,这辆车的时速依然最多只能开到九十英里①。

这慢悠悠的车速把我搞得不耐烦了。"听着,莫里,"我说,"我要你现在就解释给我听。你口中的'时代潮流'到底是什么?能说多少就说多少。"

莫里边开着车边抽他的科里纳云雀雪茄,他往后一靠,说:

---

① 1英里约为1.6千米。

"你知道这些天来,美国人心里正在想什么吗?"

"床上那档子事。"我说。

"不是。"

"那就是抢在俄罗斯之前控制太阳系所有的内行星。"

"也不是。"

"好吧,那你说说看。"

"1861年的南北战争。"

"哦,我的老天。"我说。

"就是这样,伙计,这个国家对内战着了迷。我来告诉你为什么吧。因为这是我们美国人参与的第一场、也是唯一一场民族史诗。因此,我们迷恋于南北战争。"他向我吐出一口烟,"南北战争是我们美利坚民族的成年礼。"

"我从没这么想过。"我说。

"如果我来到美国随便哪个大城市,把车停在城区任意一个繁忙的十字路口上,拉住十个美国人,问他们现在正想着什么的话,这十个人中会有六个人说'1861年的南北战争'。自从六个月前发现这件事以后,我就一直在思考其中的深意——当然是从实用的角度来考虑。我是说,如果我们积极一点、灵活一点的话,就能为美声公司带来转机。你记得大概十年前,有人办过一场南北战争百年纪念活动吗?"

"我记得，"我说，"是1961年。"

"那场活动办得一塌糊涂。只是找些人来重演了几场战役，根本算不上什么。朝后座看看吧。"

我把车内的灯打开，转过身去，看见后座上有一个长长的包装盒，外面包着报纸，里面的东西形状像橱窗里的人偶，那种时装模特儿人偶。从它平坦的胸部，我看出这不是一个女性模特儿。

"这是什么?"我问。

"这就是我最近在制造的东西。"

"与此同时，我却在外面奔波，为开拓市场卖命！"

"好吧，"莫里说，"但要是及时上市的话，这款产品就能创造出前所未有的销售额，胜过我们卖出的任何小型钢琴或电子风琴，把你吓得头昏目眩。"

他郑重地点头，"现在，等我们到了博伊西——听着，我可不想要你爸或者查斯特给我找麻烦。所以我想，我有必要现在就把这件事告诉你。后座上的那个东西对我们来说价值百万，如果我们不抓紧的话，其他人也会想出这个主意的。我真想现在就在路边停车把它展示给你看，找个午餐柜台，或者加油站也可以，任何有光线的地方都行。"莫里看起来十分紧张，他的手比往常颤抖得更严重了。

　　"你能保证,"我说,"那报纸里裹着的不是一个路易斯·洛森人偶吗? 而你只是想把我敲晕,好让它来替我干活。"

　　莫里奇怪地看着我,"你说的这是什么话? 不,当然不是这样,但凑巧的是,你这话还真沾上了边,伙计。你瞧,我们的脑子依然能想到一块儿去,就像过去一样。就像七十年代初那样,那时我们就是初出茅庐的愣头青,大概除了你父亲和你那个能把人吓得一哆嗦的弟弟之外,我们一无所依。我不明白,为什么查斯特没有按原计划做个大型动物兽医? 这样对我们所有人都好;我们的事儿就不会这么多了。但他非要在爱达荷的博伊西开间小型钢琴工厂。疯了!"他摇了摇头。

　　"你家可和我家不一样,"我说,"你们从不制造,也从未创造过任何东西。你们只是一群掮客,在服装业里争抢着下脚料。我是说,我们起步时,查斯特和我父亲可是帮过我们大忙,而你家人帮我们做过什么吗? 后座上那个人偶究竟是什么? 你得告诉我。而且我才不想把车停在什么午餐柜台或加油站,我看透了你这套把戏,每次你想把我拉下水,你就要玩这一套。所以,继续开车吧。"

　　"我没法用言语来形容。"

　　"不,你可以。你可是个忽悠大师。"

　　"好吧,我来和你说说为什么那场南北战争百年纪念活动没能办成功吧。因为所有参加过那场战争的人，那些愿意为南方联盟或北方联邦战斗，乃至献出生命的人，他们全都死了。没人能活到百岁以上，就算活到了那么大岁数，他们也老得再也做不了什么事情了——他们没法战斗，甚至连步枪都拿不动了。对吧？"

我说："你意思是说，后座上那东西是个木乃伊，或者是恐怖电影里那种叫作'不死者'的东西吗？"

"我和你坦白说吧。后座上裹在报纸里的那个东西是埃德温·M.斯坦顿。"

"谁？"

"他生前是林肯政府的战争部长。"

"哈！"

"不，我是说真的。"

"他什么时候死的？"

"很久以前了。"

"我想也是。"

"听着，"莫里说，"后座上的是个电子仿生人。它是我制造的，或者说，是我们让邦迪制造的。我在它身上花了六千美元，但它物有所值。我们就在路边的咖啡馆和加油站那儿停车吧，我把包装拆了，把它展示给你看，只能这么做。"

我鸡皮疙瘩都起来了，"这确实是你的作风。"

"你认为这是什么鸡毛蒜皮的小事儿吗，伙计？"

"不，我知道你绝对是认真的。"

"我确实是。"莫里说。车子开始减速，转向灯闪了起来。"我要把车停在那家店门口，就那家'汤米的意大利美餐和露西窖藏啤酒'。"

"然后呢？你打算怎么展示？"

"我们把它的包装拆掉，让它和我们一起走进去，点一个鸡肉火腿比萨。这就是我所说的'展示'。"

莫里停下他的捷豹汽车，转身爬向了后座。他把报纸从那个人形的包裹上撕下来，里面果真露出了一位蓄着白色胡须的老先生，他穿着样式古老的衣服，紧闭着眼，双手交叠放在胸前。

"这个仿生人自己点比萨的时候，"莫里说，"你就知道它有多逼真。"他伸手到那东西的后背上，开始摆弄安在那儿的开关。

忽然之间，那张脸上露出了烦闷暴躁的表情，它咆哮着说道："我的朋友，麻烦把您的手指从我身上拿开。"它掰开莫里的手，将其挪开，莫里对我咧嘴一笑。

"明白了吗？"莫里说。那东西慢慢地坐起来，正慢条斯理地把旧报纸从自己身上扫下来；如今，它脸上带着一种严厉又愤怒的表情，仿佛它认为我们对它干了什么坏事，比如耗空它的体力，然后把它敲昏过去之类的，而它现在正慢慢地苏醒过来。我猜，"汤米的意大利美餐"的服务员准会被它的模样所蒙蔽，行吧。现在我知道情况了，莫里已经无须再说什么了。如果我没见到它的复苏过程，我准会相信它只是位坏脾气的老先生，穿着样式古旧的衣服，留着两撇白胡子，正在怒气冲冲地打理自己呢。

"我明白了。"我说。

莫里帮它打开了捷豹的后门，然后那位埃德温·M.斯坦顿电子仿生人便从车上迅速地下来，庄严地站好。

"它有钱吗?"我问。

"当然了，"莫里说，"别问这种鸡毛蒜皮的问题，这可是你我之间发生过的最严肃的事情。"我们三个穿过碎石路，走向那家餐厅，莫里继续说着，"我们，乃至整个美国的经济命运都牵系在这件事上了。十年以内，因为站在这儿的这个东西，我们可能会变得腰缠万贯。"

我们三个在饭店里吃了比萨，那比萨的饼皮都烤焦了。"埃德温·M.斯坦顿"在店里大吵大闹，冲店主直挥拳头。最后，我们付了钱，离开了饭店。

现在，我们离计划的时间已经晚了一小时，我怀疑我们无法按时赶到洛森工厂。于是，回到车上后，我让莫里开快一点。

"要是开到时速两百英里的话，这车会爆炸的，"莫里说，他启动了汽车，"因为这辆车加了那种固体火箭燃料。"

"别冒不必要的险，"汽车咆哮着向大路驶去时，"埃德温·M.斯坦顿"愠怒地对莫里说，"除非可图的收入远大于损失。"

"这句话也送给你。"莫里对它说。

洛森小型钢琴与电子风琴工厂坐落在爱达荷州的博伊西市，它并不引人注目，因为它理论上被称为"厂房"的主建筑只是一座扁平的单层房屋，从外面看起来就像块单层蛋糕。它背后有个停车场，办公室上面立着一个指示牌，由从厚塑料上裁下来的字母组成，背后装着红色的嵌灯，非常摩登。唯一的一扇窗户开在办公室里。

已经很晚了，工厂的灯已经熄灭，大门紧锁，厂房里空无一人。于是我们转而驶向居住区。

"你觉得这附近怎么样？"莫里问"埃德温·M.斯坦顿"。

那东西在捷豹汽车的后排直挺挺地坐着，嘟囔道："糟糕透顶，相当令人生厌。"

"听着，"我说，"我家人住在这儿，这里靠近博伊西的工业区，这样就可以方便他们步行去工厂上班。"听到一个完完全全的人造物诋毁真正的人类，我气愤极了，尤其是，他诋毁的人还是我父亲这样的好人。至于我弟弟查斯特——除了查斯特·洛森之外，没有别的辐射突变人士在小型钢琴和电子风琴行业取得过这么高的成就。人们将他这种人称作"特殊人群"。在许多领域，人们对这个人群有太多的歧视与偏见……他们很难找到体面的好工作。

我的家人总为查斯特难过，因为他的眼睛长到了鼻子下面，而他的嘴则被安在了眼睛本应的地方。但这全都是因为二十世纪五六十年代的氢弹实验，它们对他——以及许多像他这样的人造成了伤害。这些年来，关于先天性缺陷的话题自然而然地引起了大众的关注。我记得，小时候我读过许多相关的书。书里的那些案例让查斯特的缺陷相形见绌。有些胚胎在子宫中自行解体，然后被一块一块地生出来：一个下巴，一只手臂，一捧牙齿，一根根的手指，就像男孩子们用来拼飞机模型的塑料零件一样。唯一的不同之处在于，这些碎块并没有附赠任何工具，这世界上根本没有配套的胶水能把它们粘到一起。这类案例总能让我难过上一整个星期。

除此之外，有一种胚胎全身长满了毛发，像只牦牛皮拖鞋。还有一种胚胎全身的水分都被榨干了，它的皮肤开裂，看起来就像是被搁在门外的台阶上用光照催熟过一般。与此相比，查斯特的情况简直不值一提。

捷豹在我家门前停下，我们到了。我看到客厅里亮着灯光，我母亲、我父亲和我弟弟正在看电视。

"不如让'埃德温·M.斯坦顿'独自上楼梯,走到门前去吧,"莫里说,"让它来敲门,我们就坐在车里看着。"

"我爸会把它当成骗子的,"我说,"他一英里外就能看得出。实际上,他大概会把它从楼梯上踹下去,然后你那六百美元就完蛋了。"他在这东西上花的钱毫无疑问全记在美声公司的账上,不管是六百美元还是多少,届时全都会打了水漂。

"我要试试。"莫里说,他把车子的后门打开,让这个新奇的玩意儿下车。他对它说:"走到1429号那栋房子门口,按响门铃。等有人来开门,你就说,'如今,他归于时代。'然后就这么站在那儿。"

"这是什么意思?"我说,"这开场白是怎么回事?"

"这是斯坦顿载入史册的名言,"莫里说,"是他在林肯逝世时的评论。"

"如今,他归于时代。""斯坦顿"穿过人行道,走上楼梯时,练习着这句话。

"等到时机合适,我会和你解释这个'埃德温·M.斯坦顿'的内部结构。"莫里对我说,"我们如何整合了关于斯坦顿的全部现存数据,并在加州大学洛杉矶分校将它转录到指令穿孔带中,以适用于那仿生人体内的控制单元,它相当于仿生人的大脑。"

"你知道你在做什么吗?"我说,感到一阵恶心,"你在开玩笑吗? 这个愚蠢的产品会毁了美声公司——我从一开始就不应该和你掺和到一起。"

"安静点。"莫里说,这时"斯坦顿"按响了门铃。

前门打开了,我父亲穿着长裤、拖鞋,还有我圣诞节送给他的新浴袍站在那里。他是个高大威严的人,因此那位"埃德温·M.斯坦顿"刚要开始讲话便停了下来,调转了话头。

"先生,"它最后说,"我有幸认识你儿子路易斯。"

"噢,是啊,"我父亲说,"他到圣莫妮卡去了。"

"埃德温·M.斯坦顿"似乎不知道圣莫妮卡是什么地方,它站在那里,陷入了迷茫。车里,莫里在我身边恼怒地骂出了声,但我感到一阵好笑,那仿生人看起来像个不称职的新手推销员,根本想不出该怎么接话,于是就一言不发地站在那里。

但这个场景令人印象深刻,两位老先生在那里对视着,"斯坦顿"留着两撇白色长胡子,穿着老式服装,我父亲看起来也没比它年轻多少。这是一场大家长之间的会面,我想,犹太教堂里常有这种画面。

我父亲最后对它说:"要进来坐坐吗?"他打开了门,仿生人走了进去,消失在我们视野之外;门关上了,门廊灯依然亮着,但那里已经空无一人。

"怎么说?"我对莫里说。

我们跟在它背后,推开门走了进去。

客厅里,"斯坦顿"端正地坐在沙发中央,和我父亲聊天,查斯特和我妈妈继续看着电视。

"爸爸,"我说,"和这东西谈话纯属浪费时间。你知道这玩意儿是什么吗?这是一台机器,是莫里花了六千美元,在地下室里拼凑起来的。"

我父亲和"斯坦顿"都停了下来,看向我。

"你说这位可敬的先生吗?"我父亲说,他的表情气愤而严肃,眉毛绞到了一起。他大声说道:"记着,路易斯,人类是一株脆弱的苇草,自然界中最孱弱的东西,但是,我的儿子①,人类是一株他妈的会思考的苇草。用不着整个宇宙拿起武器来对抗他,一滴水就能杀死他。"

我父亲兴奋地指点着我,继续咆哮道:"但如果整个宇宙都联合起来毁灭人类,你知道吗?你听明白我在说什么了吗?人类依然高贵!"为了强调,他的手臂在椅子上重重地拍打着。"你知道为什么吗,我的孩子②?因为人类知道自己会死去,我还要和你说些别的道理:人类和这个该死的宇宙相比具有优势,因为

---

① 原文为意第绪语,德系犹太人使用的语言。

② 原文为意第绪语。

宇宙根本不知道世界上正在发生什么。而且……"

我父亲稍微冷静了些，总结道："我们所有的尊严就在此处。我是说，人类很微小，不能填充时间与空间，但确确实实地能够运用上帝给予他的大脑[1]。就像这位先生，你管他叫'这东西'。他可不是什么'东西'。他是一个人[2]，一个人。好吧，我得给你讲个笑话。"接着，他开始用意第绪语混杂着英语讲起了笑话。

等到我父亲讲完了笑话，我们都笑了起来，虽然在我看来，"斯坦顿"的微笑很模式化，甚至很勉强。

我努力地回忆曾经读过的关于斯坦顿的记录，想起无论是在南北战争期间，还是在战争后的美国重建时期，人们都通常认为斯坦顿是个相当冷酷的人，特别是他与安德鲁·约翰逊争论不休，并试图弹劾后者的那段时期。他大概根本欣赏不来我爸具有人道主义特色的笑话，因为过去工作时，他整天都能从林肯那儿听到类似的东西。但无论如何，没人能让我父亲停下，他父亲是有名的斯宾诺莎[3]学者，尽管我父亲只读到了七年级，但他读

---

① 本段话出自帕斯卡《人是一根能思想的苇草》，译文参照了何兆武先生的译本。

② 原文为意第绪语。

③ 巴鲁赫·斯宾诺莎（Baruch de Spinoza，1632—1677），后改名为贝内迪·斯宾诺莎，犹太人，荷兰哲学家。他最早提出"政治的目的是自由"，为启蒙运动的拓展奠定了思想理论基础。

过各种各样的书与文件,并与世界各地的文人通信。

"我很抱歉,杰罗姆。"我父亲停顿时,莫里对他说,"但我得告诉你真相。"他朝"斯坦顿"走过去,在它耳朵背后摆弄着。

"糟了。""斯坦顿"说,然后就变得就像橱窗模特儿一样僵硬而毫无生机;它的眼睛黯淡无光,手臂不再摆动,变得僵直。这一幕很有冲击力,我转过头去,看我父亲会有什么反应。有那么一会儿,就连查斯特和我妈妈都从电视上把注意力移开,看了过来。这件事真的令我停下来沉思了片刻。如果今晚屋中的哲学氛围不够浓郁的话,这件事无疑狠添了一笔;我们都变得肃穆起来。我父亲甚至站起身走过去,亲自检查了那玩意儿。

"哎呀,这下麻烦了①。"他摇摇头。

"我可以把它再打开。"莫里提议。

"不,没必要这么做②。"我父亲倒回安乐椅上,舒服地躺好,然后冷静地发问道,"好吧,瓦列霍的销售额怎么样了,孩子们?"我们正要回答时,他拿出了一支"安东尼与克利奥帕特拉"牌雪茄,把它拆开点上。这种雪茄用的是优质的哈瓦那茄芯,有着绿色的包装,香气立刻在客厅里弥漫开来。"你们一定卖出了许多电子风琴与阿玛多伊斯·格鲁克小型钢琴?"他笑着。

---

① 原文为意第绪语。
② 原文为意第绪语。

"杰罗姆，"莫里说，"人们正在抢购小型钢琴，就像迁移中的旅鼠一样争先恐后，但我们一台电子风琴都没卖出去。"

我父亲皱起了眉头。

"就这件事，我们已经进行了高层面的会谈，"莫里说，"并注意到了许多事实。洛森电子风琴——"

"等会儿，"我父亲说，"别这么快下结论，莫里斯①。在'铁幕'的这一边，洛森电子风琴可是所向无敌。"他从咖啡桌的抽屉里拿出其中一块纤维板给我们看，上面装裱着电阻器、太阳能电池、三极管、电线之类的东西。"看看正宗洛森电子风琴的内部构造吧，"他开始介绍，"这是快速延迟电路，还有——"

"杰罗姆，我知道电子风琴是怎么运作的。请让我说完。"

"说吧。"我父亲将纤维板放到一边，但在莫里说话之前，他继续说了下去，"但如果仅仅是因为销售额，你就想要我们放弃自己的看家手艺的话——我这话说得明明白白，这来自我个人的直接经验——当推销技巧失效，而也正由于推销技巧的失效，你就要停止销售——"

莫里插话道："杰罗姆，听着。我是要建议我们进行业务扩张。"

我父亲抬起了一边眉毛。

"从现在起，你们洛森家的人愿意的话，可以继续制造电子风

①"莫里"（Maury）是"莫里斯"（Maurice）的昵称。

琴。"莫里说,"但我知道,即使质量优异,它们的销售额也将持续下降。我们需要一些新玩意;因为,毕竟汉默斯坦已经推出了情绪器,他们的产品大受欢迎,彻底占领了市场,所以我们完全没必要研发类似的产品。因此,我要和你说说我的主意。"

我父亲伸手打开了助听器。

"谢谢你,杰罗姆。"莫里说,"这个埃德温·M.斯坦顿电子仿生人真实得就像斯坦顿本人今晚依然活生生地坐在这里,和我们谈话一样。这个卖点多妙啊,它可以运用于教育中,比如在学校里使用。但这还算不上什么,我一开始也是这么想的。但我现在要说的,才是真正的卖点所在。听着。我们可以到首都去,和门多萨总统提议废除战争,代之以每十年一度的南北战争纪念庆典,而我们将提供所有的战士,用仿生人们——这是'仿生人'一词的复数形式,这个词源于拉丁语——模拟历史上的每一位参战者:林肯、斯坦顿、杰弗逊·戴夫斯[1]、罗伯特·E.李[2]、朗斯特里特[3]。还要造大概三百万个的简易仿生人,作为长期的后备军。

---

① 杰弗逊·H.戴维斯(Jefferson Hamitton Danis,1808—1889),南北战争中南方联盟的首任总统。

② 罗伯特·E.李(Robert Edward Lee,1807—1870),南北战争中南方联盟的总司令。

③ 詹姆斯·朗斯特里特(James Longstreet,1821—1904),南北战争中南方联盟的将领。

我们要发动真正的战争,真的把战士们杀死,把那些为此定制的仿生人炸个稀巴烂,而不是把场面弄得像B级片,或大学生排演的莎士比亚戏剧一样。你明白我的意思吗?你看出这主意的前景了吗?"

我们都没有说话。是的,我想,这主意大有前景。

"五年之内,我们公司会变得像通用电力一样有钱。"莫里补充道。

我父亲看了他一眼,继续抽着他的安东尼与克利奥帕特拉雪茄。"我不明白,莫里斯。我不明白。"他摇着头。

"为什么不明白?告诉我,杰罗姆,这主意有什么问题吗?"

"也许,是时代的潮流把你带得太远了。"我父亲缓缓地说,声音中带着疲惫。他叹了一口气,"还是说,是我太老了吗?"

"是的,是你太老了!"莫里说,听起来失望又激动。

"也许是这样吧,莫里斯。"我父亲沉默了一会儿,然后挺直身体,说,"不,你的主意太——模糊了,莫里斯。我们并没有你想的那么强大。我们必须留心,不要爬得太高,否则我们就会摔下来,不是吗①?"

"别和我说德国话了,"莫里嘟囔道,"如果你不赞同这个主意……我已经在它身上投入太多了,很抱歉,但我要继续做下

---

① 原文为意第绪语。

去。过去我想出过许多好主意，我们也都采用了，但这个主意是目前为止最好的。时代的潮流就是这样，杰罗姆，我们不能坐以待毙。"

很遗憾，他这番话并没有打动我父亲，我父亲继续抽着雪茄。

# 3

莫里依然想拉拢我父亲，于是他把"斯坦顿"留在了——或者说，寄存在了我父亲那里。然后我们便开车回安大略去了。我们抵达时已近午夜，都因我父亲抵触且缺乏兴趣的态度而垂头丧气，因此，莫里邀请我到他家去过夜。我很乐意接受他的邀请，我不想一个人待着。

我们到他家时，他女儿普莉丝居然也在那里，我本以为她还在堪萨斯的卡萨宁诊所接受联邦精神卫生局的监管呢。莫里曾告诉我，从高三起，普莉丝就受到联邦政府的监管；学校对学生进行定期测试时发现她具有"活力困难"的症状——这是当今精神病医生对"精神分裂"的俗称。

"她会让你好受些的。"我犹豫着不知是否上前时，莫里说，

"我们两个现在都需要放松。自从你上次见过她之后,她已经长大了许多,她已经不再是小孩子了。来吧。"他伸手把我拉进了房中。

普莉丝穿着粉色的七分裤,她的头发剪短了,在没有见面的这些年里,她也瘦了许多。她坐在客厅的地上,四周散落着彩色的瓷砖,她正用长柄老虎钳将它们剪切成不规则的小块。

"来洗手间看看吧。"她跳起来说道。我小心翼翼地跟在她身后。

她在洗手间的墙上画了各种各样的海怪和鱼,甚至还有一条美人鱼;一些图画已经用瓷砖镶上了五颜六色的色彩。她在美人鱼两个乳房的正中央各镶上了一块光彩夺目的粉色瓷砖,充作乳头。

这画面让我很不舒服,但又引起了我的兴趣。

"为什么不把小灯泡安在那里,当作乳头呢?"我说,"这样的话,如果有人要上洗手间,只要把灯打开,乳头就会亮起来,给他指路。"

毫无疑问,由于在堪萨斯接受过多年的作业疗法[1],她迷上了瓷砖拼画,精神卫生局那些人都热衷于让病人创作。不夸张

---

[1] 康复医学中的一种疗法,通过对患者进行作业训练,达到缓解症状与改善功能的目的。

地说,全国数以万计的病人都在公立诊所里忙着编织、绘画、跳舞、制作首饰、装订书籍,还有缝制戏服。所有的病人都是在法律规定下,身不由己地住进来的。和普莉丝一样,许多病人在青春期时就被送来治疗,青春期是精神疾病的高发期。

毫无疑问,现在普莉丝确实已经好多了,否则他们也不会把她放出来了。但在我眼中,她看起来依然不太正常,也不太自然。在回客厅的路上,我仔细地观察着她,她黑色的头发上有个美人尖,心形的脸上面无表情,化着古怪的妆:黑色的眼线像小丑一样,口红近乎是紫色的;这配色使她看起来不像个真人,倒像个娃娃。这妆容像个面具,遮住了她真实的面容。她消瘦的身材可谓是"点睛之笔":我觉得,她仿佛是从死亡之舞①中走出的人物,被某种神秘的活力驱动着,她极有可能根本不吃普通的食物、喝普通的饮料……也许她靠吃核桃壳粉过活。但无论如何,从某种角度,她看起来还不错,尽管我也只能勉强这么说。尽管在我看来,她的外貌比"斯坦顿"还不正常。

"我的'小苹果'",莫里对她说,"我们把'埃德温·M.斯坦顿'留在了路易斯爸爸的家里。"

她抬起眼说:"你们把它关了吗?"她眼睛里燃烧着狂野的烈

---

① 15世纪欧洲艺术作品中常见的题材,通常描绘生者与骷髅共舞的景象。

火,这眼神使我害怕,同时又给我留下了深刻的印象。

"普莉丝,"我说,"精神卫生局那些人把你变得多么独特啊。如今,你已经长大了,离开了那儿,你长成了一个虽然古怪,但又那么漂亮的姑娘。"

"谢谢。"她毫无感情地说。无论发生了什么事,就算是大哭大喊时,她说话的语调也总那么平淡。她永远都是这副模样。

"铺床去吧,"我对莫里说,"我要睡觉了。"

我们一起来到客房里,把客床展开,在上面铺上床单与毛毯,摆上枕头。他女儿根本不来帮忙,她留在客厅里,继续剪切她的瓷砖。

"她弄那幅洗手间的壁画多久了?"我问。

"自她从 K.C.①回来开始。她弄了挺长一段时间了。刚回来的那几个星期,她还得向本地的精神卫生工作人员定期报告。她并没有完全出院,还处于观察期,还在接受门诊治疗;实际上也可以说,精神病院只是暂时把她借给外界罢了。"

"她的情况好转些了,还是更糟了?"

"好多了。我还没和你说过她读高中时的状况有多糟,那时她还没做过测试。我们不知道哪里出了差错。老实说,多亏了《麦克韩斯顿法案》;如果他们没发现她的问题,她的情况就会继

---

① K.C.,堪萨斯市(Kansas City)的简称。

续恶化下去,那样的话,她现在不是成了精神分裂的偏执狂,就是成了无可救药的青春期痴呆患者。肯定永久失去了自理能力。"

我说:"她看起来真奇怪。"

"你觉得那瓷砖画怎么样?"

"那可没法使这座房子增值。"

莫里大发雷霆,"它会的!"

客房的门那头传来了普莉丝的声音,"我问,你们把它关了吗?"她正怒视着我们,仿佛猜到了我们正在谈论她。

"是的,"莫里说,"除非杰罗姆把它打开,打算和它讨论斯宾诺莎。"

"它能谈些什么?"我问,"它被预先装载了一大堆随随便便、毫无意义的奇闻轶事吗?因为如果不是这样的话,我父亲对它的兴趣就不会持续太久。"

普莉丝说:"它懂的东西和真正的埃德温·M.斯坦顿一样多。我们把他的人生摸了个透。"

我把他们都从我的房间请出去,脱了衣服,准备睡觉。这时候我听见莫里对他女儿道晚安,然后回了他自己的卧室。然后,屋子里除了我料想中的切瓷砖的咔咔声外,什么声音都没有了。

我在床上翻覆了一个小时,数次试图入眠,却被那噪声一次次地弄醒。最后,我起床打开了灯,穿上衣服,抚平翘起的头发,揉了揉眼睛,走出了客房。她就像我刚进门时那样,以一种瑜伽式的坐姿坐在原处,只不过现在她身边堆着一大摞碎瓷砖。

"你切瓷砖的声音让我睡不着。"我对她说。

"真遗憾。"她甚至头都没抬。

"我是个客人。"

"你可以到别处去做客。"

"我知道那老虎钳象征着什么,"我告诉她,"你要一个接一个地,把成千上万的男人给阉了。这就是你离开卡萨宁诊所的原因吗?就为了坐在这儿,切一晚上的瓷砖?"

"不,我就要去上班了。"

"做什么?劳动力市场已经饱和了。"

"我一点都不怕。我在这世界上可是独一无二。我已经在一家星际移民公司找到了工作,负责数据统计。"

"所以正是像你这样的人,"我说,"来决定我们谁能离开地球。"

"但我没去,我不想做个普通的官僚。你听说过山姆·K.巴罗斯吗?"

"没有。"我说。但这名字听起来很耳熟。

"《展望》杂志上有一篇写他的文章。他二十岁时,早上五点就起床,吃一碗炖梅干之后,就到西雅图的街上跑两英里,然后回房去刮须,再洗个冷水澡,出门去学习法律。"

"然后他就当上了律师。"

"不再是了,"普莉丝说,"去书架上找找吧,那本《展望》就在那儿。"

"这和我有什么关系?"我说,但我仍走向了书柜,去找那本杂志。

封面上果然是一名男子的彩照,旁边打着标题:

**山姆·K.巴罗斯,美国最有气魄的年轻百万富翁**

这本杂志是1981年6月8号的,还挺新。封面上的人毫无疑问是山姆,他穿着卡其布短裤和灰色的运动衫,正在西雅图海边的街道上慢跑,看起来这时是日出时分,他快乐地喘着气。因为脸刮得很干净,他的头上反着光,眼睛就像雪人脸上的黑点一样小而空洞。他的眼睛里没有什么情绪,只是下半张脸好像有点笑容。

"如果你在电视上看见过他——"普莉丝说。

"是的,"我说,"我在电视上见过他。"我想起来了,因为那个时候——也就是一年前,这个人给我留下的印象不太好。他说起话来乏味单调、毫无起伏……他还向记者靠近,语速极快地对着记者叽里咕噜地说着话。"你为什么想去他那儿工作?"我问。

"山姆·巴罗斯,"普莉丝说,"是这个世界活着的最伟大的投机商。想想吧。"

"这大概是因为地球上的土地就要用完了,"我说,"所有的房地产经纪人都要破产了,因为他们再也没有什么东西可以卖。人口太多,大家都没地儿住了。"这时我突然想起了什么。

巴罗斯解决了房地产行业投机盛行、漫天要价的问题。经过一系列具有远见的法律措施,他成功让美国政府通过了在其他星球上进行土地投资的许可。山姆·巴罗斯一手开启了月球、火星和金星上的土地投资。他的名字将永载史册。

"所以他就是你理想中的老板,"我说,"他污染了其他纯净的世界。"他的销售员只是坐在办公室中,就把他极力夸赞的月球土地卖遍了全美国。

"污染了其他纯净的世界,"普莉丝模仿道,"这是保守主义者的口号。"

"但这是真的。"我说,"听着,要是你买了土地,你拿它有什么用呢?你该怎么住在那儿?没有水,没有空气,没有暖气,没有——"

"很快就会供应的。"普莉丝说。

"怎样实现呢?"

"这就是巴罗斯的伟大之处了,"普莉丝说,"他有远见。巴罗斯公司日夜操劳——"

"这是个骗局。"我插话。

然后是一阵沉默,一阵紧张的沉默。

"你和巴罗斯本人说过话吗?"我问,"你还是个小女孩,有个偶像是一回事,巴罗斯登上了杂志封面和电视,他有钱,还一手为高利贷者和土地投机商打开月球上的商机,崇拜他这样的人很正常。但你现在考虑的是找工作,这就是另一回事了。"

普莉丝说:"我申请了他公司的一个职位。而且我告诉他们,我要见他本人。"

"他们哄堂大笑。"

"不,他们把我领进他的办公室里。整整一分钟,他都坐在那儿,耐心地听我说话。当然,接下来他就得去忙别的事了,他们把我带到了人事经理的办公室。"

"那一分钟里,你都对他说了什么?"

"我看着他,他看着我。你从来没见过他真人,他英俊得超乎寻常。"

"在电视上,"我说,"他看起来像只蜥蜴。"

"我告诉他,我一眼就能看出哪些人是无赖。如果我成了他的秘书,我会把所有浪费时间的事都拦在外面。我知道如何严厉行事,但也不会把真正重要的人拒之门外。你瞧,我既可以把人挡在外面,又可以把人放进来。你明白吗?"

"但你会拆信吗?"

"他们可以用机器来做这事。"

"这是你父亲的工作。莫里在我们这里就是干这个的。"

"因此我永远不会到你那儿去上班。"普莉丝说,"因为你只是个可怜的小人物。你几乎毫无存在感。不,我不会拆信。我不会做任何常规工作。我来告诉你我会做什么吧。提议制造那个埃德温·M.斯坦顿仿生人的人是我。"

我感到一股强烈的不安。

"莫里永远都想不出这个点子,"普莉丝说,"邦迪——他是个天才,他有创造力。但他是个低能天才,他脑子中其他的部分都完完全全地被青春期痴呆给毁了。我设计出了'斯坦顿',然后他把它制造出来,我们做得很成功;你也看到了。我根本不想要,也不需要证明什么,干这事只是很有趣。我就喜欢做这种事。"她继续剪起了瓷砖。"做些创造性工作。"她说。

"莫里做了什么? 替它系鞋带吗?"

"莫里负责组织工作,确保我们原料充足。"

我强烈地感到,她平静地说出的这一番话真实无误。我当然可以去找莫里确认事实。可是在我看来,这女孩甚至根本不知道该怎么撒谎;她几乎和她父亲相反。也许她更像她那个我从未谋面过的母亲。早在我遇见莫里并和他合作之前,他们就已经离婚了,留下一个破碎的家庭。

"你的精神分析门诊治疗做得怎么样了?"我问她。

"挺好的。你的呢?"

"我不用做。"我说。

"这就不对了。你病得很重,和我一样。"她抬起头来,对我微笑,"正视事实吧。"

"你能别切瓷砖了吗? 这样我就可以睡觉了。"

"不,"她回答,"今晚我想要做完那只章鱼。"

"如果我不睡觉,"我说,"我就会当场倒毙。"

"关我什么事?"

"求你了。"我说。

"再给我两个小时。"普莉丝说。

"那些人都像你一样吗?"我问她,"那些从联邦诊所里出来的人? 那些被引导着回到正途上的年轻人? 怪不得我们的风琴卖不出去呢。"

"什么器官①?"普莉丝说,"就我个人而言,我什么器官都不缺。"

"我们的是电子的。"

---

① 原文为"Organ",这个词既有"风琴"的意思,又有"器官"的意思。

"我的不是。我的是血肉构成的。"

"那又怎样?"我说,"它们是电子的就最好不过了,这样你就能去睡觉了,你的客人也就能休息了。"

"你不是我的客人。你只是我父亲的客人。还有,别再和我说什么你要睡觉了,否则我就毁了你的人生。我会告诉我父亲,你向我求爱,然后美声公司和你的事业就都完蛋了。这样的话你就再也见不到什么器官了,不管是电子的还是别的形式的。所以回你的床上去吧,老兄,你应当庆幸,除了睡不着觉以外,你没有遇到更大的麻烦。"然后她继续切着瓷砖。

我在那儿站了一会儿,考虑该做什么。最后,我实在找不到什么话来反击,只好转身回了客房。

我的天啊,我想。就算那个新奇的斯坦顿仿生人站在她身边,相比之下都会显得更温和友好。

然而,她对我并没有什么敌意。她根本没意识到自己说的话有多残忍、多冷酷——她只是继续做着她手上的事罢了。在她看来,什么事都没有发生,我根本无关紧要。

如果她真的讨厌我——她真会讨厌我吗?她真的拥有这种情感吗?要是如此,倒还更好,关上卧室门时我想。要是她能讨厌别人,倒能显得有点人性,更加可理解。但她就这样随手把我打发走了,以便排除干扰,继续工作——她这样做,就好像把我当作一个障碍、一种可能干预她的外因一般。除此之外,我什么都算不上。

我断定,她一定只留意到了人身上最贫瘠的外在部分,只感受到了它们对她强制性或非强制性的作用……我想着,把一只耳朵压在枕头上,用手臂捂着另一只,以减轻那咔咔的噪声,普莉丝还在那里剪切着瓷砖,一个接一个地,没完没了。

我能理解她被山姆·K.巴罗斯吸引的原因了。他们就是一丘之貉,就像长着同一种羽毛的鸟,或者更确切地说,是长着同一种鳞片的蜥蜴。无论是在电视节目里,还是在如今的杂志封面上……就好像巴罗斯的大脑、他头骨之上那刮得干干净净的脑壳,被斩首后又巧妙地装上的某种伺服系统,或是某种由螺线管和继电器组成的反馈电路,被人远程操纵着。或者说,被坐在楼上的什么东西用复杂细微的动作,抓着开关操纵着。

真奇怪,这女孩参与了那仿生人的研发工作,而那仿生人几乎算得上讨人喜欢。仿佛在某种无意识的层面上,她意识到了她自身的巨大缺陷,她那空虚死寂的内心,并忙着弥补它……

第二天早上,莫里和我在美声公司坐落的那条街的一家小餐馆吃了早饭。我们隔着餐桌面对面地坐着时,我说:

"嘿,你女儿的病怎么样了?如果她依然处于精神卫生局那帮人的监护之下的话,她一定又会——"

"到了她这种情况,已经不可能再治愈了。"莫里抿着橙汁说,"她这辈子,要么逐渐好转一些,要么变得更严重。"

"如果现在他们再对她做本杰明谚语测试,根据《麦克韩斯顿法案》的分类,她会被划为精神分裂患者吗?"

莫里说:"他们不会用本杰明谚语测试的;要是现在他们对她做测试的话,他们会用苏联那个维谷斯基—鲁利亚彩色方块测试。你不明白,她从小就同正常人分道扬镳了,假如你也算是'正常人'中的一分子的话。"

"我读书时通过了本杰明谚语测试。"自从1975年以来,它成了被确立为正常人的先决条件,有些州实行得还要更早。

"我就这么说吧,"莫里说,"我从卡萨宁把她接回来的时候,那儿的人告诉我,目前她不会再被看作是精神分裂症患者。她的精神分裂史只有那么三年。他们已经帮助她调整到了患病前的状态中,恢复了她十二岁左右时的人格整合程度。这种状态下,她算不上精神病患者,因为她不再受到《麦克韩斯顿法案》的管制……所以,她可以在外头自由自在地闲逛。"

"这么说,她有精神障碍。"

"不,她这种情况一般被称为'非典型发展',或者是潜在或临界性精神错乱。照这么发展下去,她要么变成一个精神障碍患者,也就是强迫型患者;要么沦为彻底的精神分裂患者,在普莉丝高三那年,情况真的演变成了这样。"

莫里边吃着早饭,边把她的病情讲给我听。起初,她只是个孤僻的孩子,人们说像她这样的孩子性格内向、心事重重。她从不与他人来往,也总保守自己所有的秘密,比如日记和花园里的秘密基地。之后,大概九岁的时候,她在夜间开始感到恐慌,那种恐慌如此强烈,以至于到了十岁时,她几乎整晚都睡不着,在房子里走来走去。十一岁时,她开始对科学感兴趣;她得到了一套化学工具,放学后,除了摆弄那套工具,她什么都不干——她朋友很少,或者说,她根本没有朋友,而且看起来她对此毫不在乎。

高中时,她真正的麻烦来了。从那时起,她开始害怕走进大型公共建筑,例如教室,甚至大巴车。车门一旦关上,她就感到窒息。她也没法在公共场合吃东西。即使只有一个人正在看着她,她也会受不了,于是她不得不像野生动物一样,把食物拿到没有人的地方去吃。也就是在这段时间里,她患上了洁癖。她的每一样东西都必须放在特定的位置上,一整天,她都在房子里毫不疲倦地走来走去,以保证每样东西都是干净的——她会连着洗十到十五次手。

"这期间她开始发胖。"莫里补充道,"你记得吗?你第一次见到她的时候,她非常胖。然后,她开始节食。她靠饿肚子来减肥。而且直到现在,她的体重依然在减少。她总是一个接一个地戒掉某种食物,甚至现在,她还在这样做。"

"但既然她有这些表现,"我说,"你们居然要通过谚语测试,才知道她有精神疾病?"

他耸了耸肩,"我们那时在自欺欺人。我们告诉自己,她只是有了精神障碍,比如恐惧症,或强迫症之类的……"

最令莫里担忧的是,随着病情的发展,他的女儿丧失了幽默感。她曾经很爱傻乎乎地笑,做事糊里糊涂的。但现在,她变得像计算器一样什么事都力求精确。不仅如此,她曾经热爱小动物,但是到了堪萨斯以后,她突然再也无法忍受哪怕一只狗或猫了。但不管怎样,她保持着对化学的热爱。她有个职业方向,这在莫里看来倒是件好事。

"门诊治疗对她有用吗?"

"它帮助她保持精神状态稳定,让她不至于恶化成原先那样。她还有一种强烈的疑心病倾向,还是要频繁地洗手。她不会停下来的。而且,她依然过分追求精确,沉默寡言。我告诉你他们怎么称呼这种情况吧,他们管这叫'类精神分裂型人格'。我看到了霍斯陶斯基医生给她做的墨迹测验①的结果。"他沉默

---

① 墨迹测验(Ink-blot Test),是由瑞士精神病学家赫尔曼·罗夏于1921年创建的一种人格测验方法。

了一会儿，"根据联邦精神卫生局的划分，我们这里属于第五区，霍斯陶斯基医生是她的门诊医生。霍斯陶斯基是个好医生，但他是私人执业的，所以我们花了他妈的一大笔钱。"

"许多人都这样。"我说，"按电视广告的说法，你女儿的情况并不是孤例。电视上怎么说的来着，每四个人中就有一个人在联邦精神卫生诊所中待过？"

"我并不是在意住院的费用，因为那是免费的；只是从诊所出院后，紧接而来的门诊费用特别贵。是她决定要从卡萨宁诊所出院回家，而不是我。我一直以为，她总归是要回到那儿去的，但她转头便沉迷于制作仿生人，其余时候，就在洗手间的墙上制作马赛克贴画。她从不疲惫。我不知道她从哪里来的那么多精力。"

我说："我认识的所有患过精神疾病的人都是挺好的人。我姨妈格雷琴待在圣地亚哥的哈里·斯塔克·沙利文诊所。我的表兄弟列奥·罗吉斯。我的高中英语老师哈斯金斯先生。还有住在街那头的那个靠退休金生活的意大利老人，乔治·奥利韦里。我还记得我在军队时的一个伙计，叫阿特·博尔斯——他患上了精神分裂症，去了位于纽约罗彻斯特的弗洛姆-瑞茨曼诊所。艾丽斯·约翰逊，我的大学同学，她去了塞缪尔·安德森诊所，它在第三区，也就是洛杉矶的巴顿鲁日。我以前的老板，艾德·耶茨，他也有精神分裂症，后来演变成了偏执狂。还有沃尔多·丹杰菲尔德，他也是我的伙计。格洛丽亚·米尔斯坦，我认识的一个女孩，她的胸脯长得像梨子一样丰满，天知道她去了哪里，但她在应聘一个打字员的工作时做了职员心理测试，从此被盯上了；联邦警察突袭了她，并将她逮捕——但她逃走了。她挺可爱的。以及约翰·富兰克林·曼，我认识的一个二手车销售员；他被认定为无药可救的精分患者，随后被带走了，也许他被带到了卡萨宁，因为他在密苏里有亲戚。此外还有马吉·莫里森，也是我认识的一个女孩，她得了青春期痴呆，这事一直让我挺在意的。她又出院了，我收到过她寄来的卡片。然后是鲍勃·阿克斯，我以前的一个室友，和埃迪·韦斯——"

莫里站了起来，"我们还是走吧。"

我们一同离开了小餐馆。"你认识这个山姆·巴罗斯吗？"我问。

"是啊。我是说，他并不认识我；我知道他，只是因为他名气大。这伙计胆大包天。他见什么都要打赌。如果他的情人——这是另一回事了——如果他的情人从宾馆窗户里跳了出去，他准会打赌，她倒在人行道上时是脸朝上还是后脑勺朝上。他就像旧时代的投机商，是那些金融大鳄的翻版。对他这种人来说，生活就像是场赌博。我欣赏他。"

"普莉丝也欣赏他。"

"欣赏,天啊——倒不如说是爱慕。她见过他。他们互相对视——最后谁也没把谁击败。他准是把她电晕了,或是把她迷住了之类的。那之后的几个星期她都几乎说不出话来。"

"就是她找工作的时候吗?"

莫里点了点头,"她没有得到那个职位,但她至少已经朝圣过了。路易斯,那个家伙可以察觉到各种潜力,发掘一百万年以内别人根本意识不到的机会。你没事的时候可以看看《财富》,大约十个月以前,他们为他写了篇长篇专题报道。"

"根据普莉丝的说法,那天她朝他好好地自吹自擂了一番。"

"她告诉他,她具有其他人未能在她身上看到的极高才能。显然,他应当能够看出她的才能。总之,她说,如果她在他的企业里为他工作,她就能够晋升到顶点,闻名于全宇宙。否则的话,她就只能像现在这样度日。她对他说,她也是个赌徒;她想把一切都押在为他工作上。你能想到吗?"

"不。"我说。她没告诉我这部分内容。

莫里沉默了一会儿,说:"那个'埃德温·M.斯坦顿'仿生人就是她的主意。"

所以她对我说的话倒是没错。这个真相让我非常难过,"那么,选择斯坦顿这个人作为仿生人的蓝本也是她的主意吗?"

　　"不，那是我的主意。她想做个山姆·巴罗斯的仿生人。但我们没有足够的数据填充控制单元的引导系统，于是我们参考了历史人物的资料。而我一直对独立战争充满兴趣，这是我多年来的爱好。事情就变成这样了。"

　　"我明白了。"我说。

　　"她心里还是想着巴罗斯。她的医生管这叫'强迫性观念'。"

　　我们一起向美声公司的办公室走去。

# 4

我们刚回到办公室，我弟弟查斯特就从博伊西打来了电话，提醒我们"埃德温·M.斯坦顿"还留在家里的客厅，并要求我们把它带走。

"好吧，我们今天会尽量找个时间过去。"我向他保证。

查斯特说："它一直坐在原处。今天早上，父亲把它打开了几分钟，想看看它有没有新闻。"

"什么新闻？"

"早间新闻。简报，就像大卫·布林克利①那样。"

他的意思是让仿生人播新闻。所以我的家人们已经明白

---

① 大卫·布林克利（David Brinkley，1920—2003），美国著名新闻主播和记者。

了,我说得没错,它就是台机器,而不是一个人。

"它播新闻了吗?"我问。

"没有,"查斯特说,"它聊了些战场上指挥官的反常冒失行为。"

我挂上了电话,这时莫里说:"也许普莉丝能把它带回来。"

"她有车吗?"我问。

"她可以开那辆捷豹。也许你该和她一起去,没准你爸爸对它起了点兴趣呢。"

这天晚些时候,普莉丝来到了办公室。很快,我们就行驶在了回博伊西的路上。

普莉丝开车。起初我们一句话都没说,突然她问道:"你认识什么可能对'埃德温·M.斯坦顿'感兴趣的人吗?"她看着我。

"没有。这个问题真奇怪。"

"你和我一起来,到底是为了什么? 你一定别有用心……你身体的每个毛孔都暴露出你的心思。如果这事归我来管,我一定不会让你出现在'斯坦顿'的一百码①以内。"

她继续看着我,我知道她要进一步剖视我。

"你怎么没结婚?"她问。

"我也不知道。"

---

① 1码约等于0.9米。

"你是同性恋吗?"

"不是!"

"那就是你喜欢的女孩嫌你长得太丑咯?"

我叹了一口气。

"你多大了?"

这个问题倒不算离谱,但鉴于她提问时的态度,我回答时小心极了。"呃。"我嘟囔着。

"四十岁?"

"不,三十三。"

"但你的两鬓都灰了,牙齿也长得歪歪扭扭的,看起来很搞笑。"

我真希望我已经死了。

"你对'斯坦顿'的第一印象是怎样的?"普莉丝问。

我说:"我想,'面前这位老先生看起来多和善啊。'"

"你在撒谎,对吗?"

"没错!"

"实际上,你是怎么想的?"

"我想,'这位老先生裹在报纸里,看起来多和善啊。'"

普莉丝意味深长地说:"也许你对老人有怪癖。所以你的观点毫无意义。"

"听着,普莉丝,总有一天会有人拿卸轮胎的扳手狠狠打你的头。你明白吗?"

"你就一点都掩饰不住你对我的敌意吗? 是因为在你自己眼中,你就是个失败者吗? 也许你对你自己太严厉了。告诉我你小时候的梦想和目标吧,这样我就能告诉你,如果——"

"我才不要。"

"你说不出口吗?"她继续认真地打量着我,"你私底下会自娱自乐,做一些难以启齿的性行为吗,就像心理学书里说的那样?"

我感觉我快要昏倒了。

"显然,我说中了你的痛处。"普莉丝说,"但别害羞。你再也不做那种事了,对吗? 我猜,也许你还会那么做……你还没结婚,而且又在正常的性交往上受挫。"她思考着,"我在想,在性这方面,山姆又是怎样的?"

"你是说山姆·沃格尔吗? 就是我们那个司机,如今在内华达的里诺的那个?"

"不,我是说山姆·K.巴罗斯。"

"你对他着了魔。"我说,"你的想法,你说的话,你在洗手间里做的瓷砖画——你对'斯坦顿'设计的参与,都出自你对他的迷恋。"

"那仿生人可是绝佳的原创设计。"

"这事你和你的精神分析师说过吗？"

"米尔顿·霍斯陶斯基？我告诉他了。他已经发表过意见了。"

"告诉我，"我说，"他是不是说，这是一种疯狂躁乱的强迫行为？"

"不，他认为，我应该做些创造性的工作。我告诉他'斯坦顿'的事情时，他夸奖了我，并祝愿我能取得成功。"

"也许你告诉他的事情，全是你自己的一面之词。"

"不，我把事情原原本本地告诉了他。"

"就是'用机器人重演南北战争'那件事？"

"对，他说这事很有创造性。"

"上帝啊，"我说，"他们全都疯了。"

"全都疯了。"普莉丝说，她伸出手来抚弄着我的头发，"除了你以外，对吗，伙计？"

我什么话都说不出了。

"你把事情想得太严重了。"普莉丝拖着腔说，"放松一点，享受人生吧。你是肛门人格①的人，总被责任束缚着。你应该让你

---

① 弗洛伊德人格发展理论中的一种人格类型。根据弗洛伊德的理论，人格的发展经过口腔期、肛门期、性器期、潜伏期与生殖期五个阶段，在肛门期，如果父母管教不当，就会导致肛门人格。它分为肛门排放型人格和肛门滞留型人格两种类型，后者表现为过分谨慎和保守，具有偏执倾向。

的老括约肌放松一次……体会一下那种感觉。你想要变坏，这就是肛门人格具有的隐秘欲望。这种人总被自己的责任感束缚着，因此，他们总是非常迂腐，而且怀疑着周边的一切。你也是这样，你对这事充满了顾虑。"

"我并没有什么顾虑。只是，在这种压倒性的恐惧下，我有种打哈欠的冲动。"

普莉丝笑了起来，揉乱了我的头发。

"这很有趣，"我说，"压倒性的恐惧。"

"你感觉到的，并不是压倒性的恐惧，"普莉丝实事求是地说，"这只是一点点自然而世俗的欲望。有一部分关于我，有一部分关于掠夺，有一部分关于权力，还有一部分关于名誉。"她用拇指和食指比画出一个小小的范围，"总共只有这么一小点儿。你那压倒性的情绪就只有这么多。"她懒洋洋地看了我一眼，一副自得其乐的样子。

我们继续向前驶去。


我们把那仿生人重新包在报纸里，拖上车，从博伊西带回了安大略。一路上，我们几乎没说话。普莉丝一言不发，而我心中郁积着对她的顾虑与愤恨。我的态度似乎逗乐了她，但我明智地闭嘴。

　　我走进办公室时，一个矮小丰满的黑发女人正在那儿等着我。她穿着件厚外套，拿着公文包，"洛森先生?"

　　"是的。"我回答，猜她可能是来送传票的法院工作人员。

　　"我是柯琳·尼尔德，巴罗斯先生的员工。巴罗斯先生让我到这里来和您谈谈，请问您有空吗?"她的声音低沉且没有什么辨识度，我总觉得她长得像谁的侄女。

　　"巴罗斯先生有何贵干?"我谨慎地问，领着她落座。我坐在了她对面。

　　"巴罗斯先生让我把一封信的复写件交给普莉丝·弗劳恩季默小姐，另一份给您。"她拿出三张薄纸，准确来说，是三张洋葱纸；那上面的字模糊而黯淡，但显然是一封准确无误的商业信函。"您来自博伊西的洛森家族，对吗? 就是提议要制造仿生人的那家人?"

　　我浏览着信件，"斯坦顿"这个词一次又一次地映入眼帘。这是巴罗斯给普莉丝的回信。但我弄不明白巴罗斯的想法，这封信印得太模糊了。

　　然后，我突然明白了信上的意思。

　　巴罗斯显然误解了普莉丝的意思。他以为那个用仿生人来重演南北战争的主意是一个政府项目、一项慈善爱国事业，和改善学校、开垦沙漠等等是一码事。这就是她得到的回答，我对自己说。是的,我想得没错;巴罗斯感谢她邀请他加入这项事业……但是,他说,他每天都要收到此类的请求,而他手上已经堆满了更有价值的活动。比如,他花了大量的时间保护俄勒冈的某个战争时期兴建的住宅区免遭征用……信件在这里变得非常模糊,我完全看不明白了。

"我可以把信留着吗?"我问尼尔德女士。

"可以。而且,如果您想要回信的话,我想巴罗斯先生也会对您的想法感兴趣的。"

我说:"您为巴罗斯先生工作多久了?"

"八年了,洛森先生。"她听起来对此很满意。

"他就像报纸上说的一样,是个亿万富翁吗?"

"我想是的,洛森先生。"她棕色的眼睛闪闪发光,被眼镜放大。

"他对他的下属好吗?"

她以微笑作答。

"巴罗斯在这封信里说的这个'碧桃帽'住房计划是怎么回事?"

"这是西北太平洋地区最大的房地产开发项目之一,'安居展望高地'的别称。巴罗斯先生总管它叫'碧桃帽',即使它最初是一个蔑称。想要把它拆毁的人们发明了这个称呼,巴罗斯先生则把它——我是说，这个名字——抢了过来，以保护住在那儿的人，这样他们就不会感到受辱了。他们非常感谢他，于是起草了一份请愿书，以感谢他对阻止征用计划做出的贡献。"

"所以说，住在那里的人不希望它被拆毁了？"

"噢，当然了。他们对它感情非常深。一群慈善家自作主张，硬是要插手，都是些家庭主妇和上流人士，希望让他们自己的房产增值。他们想要拿那块土地建个乡村俱乐部之类的东西。那个组织叫作'西北公民促进住房条件委员会'，领头的是一位姓德沃拉克的夫人。"

我想起，我在俄勒冈的报纸上读到过她。她在上流社会里很活跃，热心于慈善事业。她的照片经常出现在第二版的头条。

"为什么巴罗斯先生想要保护这个住宅区？"我问。

"他对美国公民丧失权利的现状感到愤怒。他们中的大部分人都是穷人。他们没有别的地方可以去。巴罗斯先生理解他们的感受，因为他本人也在公寓里住了许多年……您知不知道，他的家庭比谁都穷？ 您知不知道，他发家致富靠的全是自己的奋斗？"

"我知道。"我说。她似乎在等着我继续说下去，于是我说道，"他人真好啊，即使身为亿万富翁，也依然能和工薪阶层感同身受。"

"巴罗斯先生大部分的财富都来自房地产业，因此他非常明白良好的居住质量有多么来之不易。而对于西尔维娅·德沃拉克这样的贵妇来说，'碧桃帽'只是一片有碍观瞻的老房子群罢了；她们中没有谁真正到访过那里——她们永远都不会这么做。"

"您知道吗，"我说，"知道巴罗斯先生关心这些平民，令我感到，我们的文明并没有衰落。"

她朝我露出一个亲切而温暖的微笑。

"您对这个'斯坦顿'电子仿生人了解多少?"我问她。

"我知道你们已经造出了一个仿生人。弗劳恩季默小姐在同巴罗斯先生的通信和电话中都提到了这件事。巴罗斯先生也曾告诉我，弗劳恩季默小姐想让那仿生人独自搭'灰狗巴士'①到西雅图去。巴罗斯先生目前在那儿办公。她希望通过这种方式，证明它能天衣无缝地融入人群。"

"除了它那滑稽的两撇胡子和老式马甲。"

"我不知道这些事情。"

"也许那仿生人还会就汽车站到巴罗斯先生办公室的最短距离和出租车司机展开争论。"我说，"这会成为它人性的一个额外证明。"

柯琳·尼尔德说："我会同巴罗斯先生说的。"

---

① 北美地区城际长途巴士，以价格低廉而知名。

"您知道洛森电子风琴工厂，或是我们生产的小型钢琴吗？"

"我不确定。"

"博伊西的洛森工厂制造目前世上最好的电子风琴。比汉默斯坦情绪器要好得多，那种东西演奏出的与其说是模拟笛声，不如说是完完全全的噪声。"

"这我也没留意到。"尼尔德小姐，或尼尔德夫人说，"我会同巴罗斯先生说的。他一直爱好音乐。"


我的搭档茶歇回来时，我依然在读巴罗斯的信。我把那信拿给他看。

"巴罗斯给普莉丝写了封回信，"他坐下，盯着这封信，说道，"也许我们就要成功了，路易斯。这可能吗？我猜这不是普莉丝伪造出来的。天啊，这个人写的东西真难懂，他到底对'斯坦顿'感不感兴趣？"

"巴罗斯的意思似乎是说，他现在正忙于他自己看重的项目，那个叫'碧桃帽'的住宅区。"

"五十年代晚期的时候，"莫里说，"我在那里住过。"

"那地方怎么样？"

"路易斯，那地方像地狱一样。那个垃圾地方就该被烧掉，只有火柴才能拯救那个地方——除此之外，别无他法。"

"有些慈善家和你意见一致。"

莫里沉下声,紧张地说:"如果他们想要派人把它烧掉,我个人很愿意为他们效劳。你可以把我这话告诉别人。那地方归山姆·巴罗斯所有。"

"啊。"我说。

"他从那里获取了一大笔租金收入。贫民区的房租收入可是当今世界上最大的财源之一啊;你投资一分,就能拿到五到六分的回报。好吧,我想我们还是别把个人意见带进生意里来了。巴罗斯依然是个精明的商人,是我们仿生人计划最好的投资者,即使他只是个有钱的卑鄙鬼。但你刚才说,他在信里拒绝了我们的提议?"

"你可以打电话给他,弄清楚这到底是怎么一回事。普莉丝似乎给他打过电话。"

莫里拿起电话,拨了号。

"等等。"我说。

他瞪着我。

"我有种预感,"我说,"一种很不好的预感。"

莫里斯对着电话说:"巴罗斯先生。"

我从他手中抢过电话,把它挂断。

"你——"他气到发抖,"真是个胆小鬼。"他拿起话筒,再度拨号。"接线员,我刚才被挂断了。"他四处找着那封信,它上面有巴罗斯的电话号码。我拿起那封信,把它揉成一团,扔到了房间对面。

他咒骂着,砰的挂断了电话。

我们面对面看着,大口喘着气。

"你有什么毛病?"莫里问。

"我觉得,我们不该和像他这样的人扯上关系。"

"像他哪样的人?"

我说:"上帝欲使人灭亡,必先使其疯狂!"

这话把他吓了一跳。"你这是什么意思?"他嘟囔着,侧过头去,像只鸟似的看我,"你是觉得我是疯了,才会给他打电话,是吗? 我也该被送到那些可笑的诊所去吗? 也许是吧。但无论如何,这个电话我打定了。"他从我面前走过,拾起那个纸团,将它展开,记住了那上面的号码,然后回到了电话边,又一次拨了号。

"我们玩完了。"我说。

过了一会儿。"你好,"莫里突然说,"请让我和巴罗斯先生通话。我是莫里·洛克,来自俄勒冈州的安大略。"

又过了一会儿。

"巴罗斯先生! 我是莫里·洛克。"他脸上露出了笑容,弯下腰,手肘支在大腿上,"我收到了您的信,先生,就是您给我女儿普莉丝·弗劳恩季默写的信……信中提到了我们翻天覆地的发明,那性格迷人而老派的电子仿生人,根据林肯时期的战争部长埃德温·麦克马斯特·斯坦顿制造。"他停了一会儿,直愣愣地看着我,"您有兴趣吗,先生?"他又停了下来,这一次,时间比起上一次要长得多。

你绝对做不成这笔生意,莫里,我对自己说。

"巴罗斯先生,"莫里说,"是的,我明白您的意思。是这样没错,先生。但以防我没说清楚,我想向您阐明一件事。"

对话就这样漫无目的地进行了下去,似乎没完没了。最后,莫里谢过巴罗斯先生,说了再见,然后挂上了电话。

"没门吧。"我说。

他怒视着我,面露疲色,"哇噢。"

"他说了什么?"

"和信里的说法一样。他还是没把这件事看作商业投资。他以为我们是个爱国组织。"他眨了眨眼,迷惑地摇着头,"没门,就像你说的那样。"

"真糟。"

"也许这反倒是好事。"莫里说。但他听起来无奈极了,听起来,他似乎并不相信他自己所说的话。总有一天他还会再试一次。他还对巴罗斯抱有希望。

我们和过去一样,依然谁都没法说服谁。

# 5

在接下来的两个星期里，莫里·洛克关于洛森电子风琴销量下降的预言似乎成真了。所有的卡车都报告说，我们几乎一台电子风琴都没卖出去。我们也留意到，汉默斯坦开始登广告说，仅需不到一千美金就能买到他们的情绪器。当然，他们的售价中并不包含运费和琴凳的费用。但对于我们来说，这个消息依然糟透了。

这阵子，"斯坦顿"经常进出于我们的办公室。莫里有了个主意，他要在人行道旁建一个展厅，让"斯坦顿"在那里弹小型钢琴，替我们做商品展示。我同意让他雇个承包商来重新装修大楼的一楼；工程开始时，"斯坦顿"在楼上磨磨蹭蹭地帮莫里处理邮件，它听说了展厅完工后它的工作内容。莫里进一步建议它刮掉胡子,但"斯坦顿"和他吵了一架,他只好收回了这个提议,"斯坦顿"继续带着它长长的两撇胡子走来走去。

"以后,""斯坦顿"不在时,莫里对我解释说,"我打算让它在橱窗里自我展销。为此,我正在编写一套推销词。"他解释说,他准备把那话术做成穿孔指令带,填充到"斯坦顿"脑中的控制单元。这样的话,他们就不会像讨论胡子的问题时一样吵起来了。

莫里也一直忙于制作第二个仿生人。他们在美声公司的卡车修理车间里占用了一个工作台,正在把它装配起来。星期四那天,这群有权决定我们未来方向的人终于允许我看它一眼。

"你们在做谁的仿生人?"我仔细端详着它,心里感到很烦闷。它由一大丛螺线管、电线、断路器之类的东西组成,所有的东西都安装在一块铝板之上。邦迪正在测试一个中心单轴转台,他把变压器放在电线之间,仔细读着刻度盘上的数据。

莫里说:"这是亚伯拉罕·林肯。"

"你简直疯了。"

"我没有。我只是希望,下个月我去拜访巴罗斯先生的时候,能向他展示一个真正惊人的产品。"

"好的,我知道了。"我说,"你没把这事告诉我。"

"你觉得我放弃了?"

"不,"我承认,"我知道你不会放弃的,我知道你是怎样的人。"

"我这人从不轻言放弃。"莫里说。

第二天下午，沮丧地再三考虑之后，我在电话簿上找到了霍斯陶斯基医生的号码。普莉丝门诊医生的办公室坐落于博伊西的高端居住区。我给他打了电话，请求挂个最近的号。

"请问，是谁向您推荐了我们?"他的护士问。

我感到一股厌烦，说道："是普莉西拉·弗劳恩季默小姐①。"

"好的，洛森先生。您明天下午一点三十分可以来见霍斯陶斯基医生。"

理论上，我现在本该再开车出去，为我们的产品开拓市场。我本该继续在地图上做标记，然后把广告登到报纸上。但自从莫里给山姆·巴罗斯打过电话，我感到自己好像被某件事困扰着。

也许这和我父亲也有关系。自从他见过"斯坦顿"，并且发现它只是一个被造得像人的机器之后，他就变得日渐虚弱无力。过去，他每天上午都要到工厂区去，而现在，他总待在家里，缩在椅子上看电视;最近我见到他时，他脸上带着苦恼的神情，身体机能似乎也退化了。

我把这事告诉了莫里。

"可怜的老家伙，"莫里说，"路易斯，我不想说这种话，但杰罗姆变得越来越虚弱了。"

①普莉丝(Pris)是普莉西拉(Priscilla)的昵称。

"我知道。"

"他快要拗不过我们了。"

"你说,我该怎么办?"

"让他远离生意场的喧嚣和斗争。和你母亲和弟弟商量一下,发掘杰罗姆深埋心中的爱好。比如说做一战航模,例如福克三翼飞机或斯派德飞机之类的。你该往这方面想想,路易斯,多为那老人着想。我说得对吗,伙计?"

我点了点头。

"你在这事上也有错。"莫里说,"你没有照顾好他。像他这样的长者需要支持。我不是说经济上的,我的意思是——该死的,我的意思是精神上的。"

第二天,我开车去了博伊西,下午一点二十分,我把车停在了霍斯陶斯基医生那极具现代风味的办公楼前。

霍斯陶斯基医生出现在门厅,领我进门时,我发现他长得像一串鸡蛋。他的身体圆圆的,头也圆圆的,还戴着一副小圆眼镜;他身上简直没有一条直线或虚线;他走路时,步伐平滑而圆润,仿佛在滚动一样。他的声音听起来也极其平滑。然而,当我走进他的办公室,坐下来,近距离地看着他时,我发现了他身上一个我此前未能注意到的特点:他有一个硬朗而尖利的鼻子,就像鹦鹉嚓一样又平又尖。自从注意到了这个特点,我就能从他的声音中听出一种被压抑住的粗糙感。

他坐下来,拿出一沓横格纸和一支笔,交叠双腿,开始问我一些无聊又例行公事的问题。

"你为什么要来找我?"最后他问,他的声音近乎微不可闻,在我听来却又十分清晰。

"是这样的,我有个问题。我是美声公司的一名合伙人。但我觉得,我的合伙人,还有他的女儿正在针对我,并背着我谋划着什么。尤其是,他们正在贬低和伤害我的家人,特别是我父亲杰罗姆。我父亲已经不再健康,或者说不再强壮了,他没法面对那种事。"

"什么叫'那种事'?"

"他们谋划着,要毫不怜悯地毁灭洛森小型钢琴和电子风琴工厂,还有我们的整个零售系统。他们这样做,只是为了实现他们疯狂又夸张的计划,比如拯救人类,或是打败俄国人什么的;老实说,我搞不太明白他们究竟想做什么。"

"为什么你'搞不明白'?"他用笔在纸上画来画去。

"因为他们的计划每天都在变。"我停了下来,他也停下了笔,"他们好像故意这么做,来打击我的锐气,直到我变得无能为力为止。这样的话,莫里就能够接管我们的生意,或许还能接管我们的工厂。而且,他们和那有权有势的大恶人山姆·K.巴罗斯搭上了关系,你或许在《展望》杂志上见过他的照片。"

我不再说话了。

"继续。"他一字一顿地说,仿佛他是个演讲教练。

"好吧,除此之外,这个计划由我搭档的女儿主导,我觉得她是个危险人物,她以前得过精神病,个性就像钢铁一样强硬,做起事来肆无忌惮。"我期待地看着医生,但他什么都没说,也没有任何明显的反应。"她的名字是普莉丝·弗劳恩季默。"

他点了点头。

"你怎么看?"我问。

"普莉丝,"霍斯陶斯基医生舔了舔嘴唇,盯着他的笔记,"她是个活泼的人。"

我等着他把话说完,但他就说到这儿了。

"你认为这一切只是我的臆想?"我逼问道。

"在你看来,他们这么做的动机是什么?"他问。

他的话使我吃惊。"我不知道。我必须要把这事弄清楚吗?天啊,他们想把那仿生人推销给巴罗斯,好大赚一笔;除此之外,还有什么呢? 我猜,他们还想提升自己的声望和权力。他们做着疯狂的梦。"

"而你挡了他们的道。"

"对。"我说。

"你从不做这样的梦。"

"我是个现实主义者。或者,至少说,我试图做一个现实主义者。我认为'斯坦顿'——你见过它吗?"

"普莉丝有一次带它来了。她看病时,他就坐在等候室里。"

"它做了什么?"

"读了《生活》杂志。"

"它是不是把你吓了一大跳?"我问。

"那倒没有。"

"一想到莫里和普莉丝那两个人脑子里装着这古怪又危险的想法,你不觉得害怕吗?"

霍斯陶斯基医生耸了耸肩。

"天啊,"我苦涩地说,"你安全地坐在办公室里,与世绝缘。你怎么会在乎外面的世界呢?"

霍斯陶斯基医生对我露出一个似乎一闪而逝、但又洋洋自得的微笑。这态度激怒了我。

"医生,"我说,"让我告诉你吧,普莉丝正要狠狠地捉弄你一番。是她派我来的。我是个仿生人,就像'斯坦顿'一样。我本不该露出马脚,但我再也演不下去了。我只是一台机器,由电路和继电器开关做成。你知道她有多邪恶吗? 即使是你,她也不放过。对此,你有什么话要说吗?"

霍斯陶斯基医生停下了笔说:"你是不是告诉过我,你已经结婚了? 如果是的话,你妻子的名字是什么? 她多大了? 她工作吗? 她是哪里人?"

"我还没有结婚。我有过女朋友,一个意大利女孩,是个夜总会歌手。她个子很高,有一头黑发。她的名字叫卢克雷齐娅,但她让我喊她咪咪。后来她得肺结核死了。那是我们分手之后的事了。我们以前经常吵架。"

医生仔细地把这些事记下来。

"你不回答我的问题吗?"我问。

我指望不上他了。那仿生人曾坐在他的办公室里读《生活》杂志,而即使这位医生对此有什么看法的话,他也不会告诉我。或许他根本没注意到它;或许他根本不在乎那个坐在他对面或坐在他杂志堆里的人是谁——也许他在多年以前,就已经学会了接受生活中的任何事物。

但至少,我得知了他对普莉丝的看法,而我认为她比那仿生人还要邪恶。

"我会带上配发的点四五转轮手枪,还有子弹。"我说,"这就够了,然后就是时机的问题了。她会对我做这种事,那就一定也会对别人做,这只是个时间的问题。我有个神圣使命,那就是把她除掉——这是天经地义的事。"

霍斯陶斯基打量着我,说,"就像你说的那样,我真切地感觉到,你真正的问题是你感知到的敌意,它非常隐蔽,而且令你困惑。你在寻找一个发泄的出口,因此归结在了你的搭档和这个十八岁的女孩身上。而她自身也身处困境,她也正以她自己的方式,积极努力地寻找着解决办法。"

他这话听起来可并不好听。折磨着我的,是我自己的感觉,而不是我的敌人。我面前根本就没有敌人。只有我自己的情感,我那些受到压制和否定的情感。

"好吧,那你怎么帮我呢?"我问。

"我改变不了你的状况,但我可以帮你理解它。"他拉开了一个抽屉,我看到一些装在纸盒、瓶子和信封里的药片,还有一大堆样本,抽屉像老鼠窝一样,里面的东西杂乱地堆积着。霍斯陶斯基翻了一会儿,掏出一个小瓶子,把它打开。"我可以给你些药。每天起床后和睡前各吃一片,一天两片。它的名字叫'骄比里辛'。"他把药瓶递给我。

"它是管什么的?"我把瓶子放进了衣服的内袋。

"我可以解释给你听,因为你对情绪器有专业的知识。骄比里辛能够刺激大脑隔区的前部。而那个区域的刺激,洛森先生,能使人清醒,给人带来愉悦感,还有一种相信诸事都会顺利的信心。它和汉默斯坦情绪器的这个档位相似。"他递给我一小张叠好的铜版纸，我看见那上面印着汉默斯坦的档位说明，"但这种药的作用更强；你知道，情绪器产生的情绪电击振幅受到法律的严格限制。"

我仔细读了那挡位设置。老天啊，将说明上的内容翻译成音符后，它看起来和贝多芬第十六号弦乐四重奏的开头部分非常相似。对于贝多芬第三创造时期的爱好者来说，这再清楚不过了，我在心里说。光是看着那些档位说明中的数字，我的心情就畅快了许多。

"我几乎都能把这种药哼出来了，"我说，"你想听听吗？"

"不了，谢谢。现在，你要明白，像你这种情况，如果药物治疗没有用，我们永远都可以尝试将颞叶区域的大脑切片，当然，这种方法依赖于大脑成像技术，你得去旧金山或锡安的加州医院接受治疗，因为我们这里没有这种设备。我个人不提倡用这种疗法，因为研究表明，颞叶切片后无法再生。你要知道，政府主管的诊所中都已经取消了这种疗法。"

"我宁愿别被切片。"我赞同道，"我有些朋友接受过这种疗法……但就我个人而言，这种疗法使我害怕。我想问问你，你是否碰巧有一种药，它起到的作用和情绪器中根据贝多芬第九交响曲的合唱编写出的档位相同？"

"我没留意过。"霍斯陶斯基说。

"使用情绪器时,当我演奏到合唱'仁爱的上帝看顾着我们'①那部分时,以及小提琴和女高音高唱着'越过星空'②,仿佛天使一般,回应着人的呼唤时,我总是特别感动。"

"我对它没这么熟悉。"霍斯陶斯基承认。

"他们在发问,天国之父是否真的存在,然后,他们高昂地回答道,是的,他居于星的国度之上。那个部分——如果你能找到它在药物中的对应品,我或许能从中获益诸多。"

霍斯陶斯基医生拿出了一个又大又松垮的活页夹,翻阅着,"很抱歉,我找不到你说的这种药。也许你该咨询汉默斯坦的工程师。"

"好主意。"我说。

"现在,我们来谈谈你和普莉丝的关系。我觉得,你在内心深处将她看作一个强敌。毕竟,你完全可以不和她打交道,对吗?"他狡诈地看着我。

"也许是吧。"

"普莉丝挑战了你。她这人攻击性很强……我想,大多数认识她的人都和你有一样的想法。普莉丝正是通过这种方式,来

---

① Mus' ein Lieber Vater wohnen, 原文为德语,是《欢乐颂》歌词的一部分,此处参考邓映易女士的译文。

② Ubrem Sternenzelt, 原文为德语。

挑起他们的情绪、促使他们回应。这大概同她对科学的痴狂有关……这是她好奇心的表现，她想知道如何引起人们的反应。"他微笑着。

"在这种情况下，"我说，"她在试图分析实验样本的同时，也差点杀了他。"

"你说什么？"他把手放到耳朵边，"是的，实验样本。她有时也这样形容其他人。但她对我造不成什么影响。在我们当今的社会中，保持超脱是很重要的。"

我们说话时，霍斯陶斯基医生正往预约本上写字。

"你怎么看待，"他咕哝道，"你怎么看待普莉丝？"

"牛奶。"我说。

"牛奶！"他睁大了眼睛，"有意思。牛奶……"

"我不会再来这个地方了，"我告诉他，"你没必要给我那张卡片。"然而，我还是收下了那张预约卡，"我们今天就到此为止了，对吗？"

"很遗憾，"霍斯陶斯基医生说，"是这样的。"

"我告诉过你，我是普莉丝制造的仿生人，我可没骗你。曾经真有一个路易斯·洛森，但现在没有了。现在，我取代了他。而如果我出了什么意外，普莉丝和莫里可以用指令带造出另外一个我来。普莉丝用卫浴瓷砖制造了我的身体。它看起来不错，对吗？

它骗过了你,还有我弟弟查斯特,甚至差点骗过了我父亲。这就是他如此郁郁寡欢的真实原因,我父亲看破了真相。"我说完,便同他点头告别,离开了办公室,穿过了大堂和等候室,走到了街上。

而你永远都猜不到,我自言自语道,霍斯陶斯基医生,就算给你一百万年,你也猜不出真相。要想骗过你,以及其他像你这样的人,我可是不费吹灰之力。

我坐上了我的雪铁龙魔法火汽车,缓缓开回了办公室。

# 6

自从我告诉霍斯陶斯基医生我是一个仿生人，这个想法就一直萦绕在我的心头。曾经，世界上有过一个真正的路易斯·洛森，但如今，他已经死了，而我取代了他的位置，骗过了几乎每一个人，包括我自己。

这个想法持续到了下一个星期，它并不总在我脑海中浮现，但也没有彻底消失不见。

而在另一个层面上，我知道这想法有多可笑。这只是我在霍斯陶斯基医生面前恼怒地吐出的糊涂话。

也因为这些想法，埃德温·M.斯坦顿仿生人对我的吸引力更大了，我想要仔细看看它；从医生那里回来后，我问莫里那东西在哪里。

"邦迪正在给它装载新的指令带,"莫里说,"普莉丝找到了一本斯坦顿的传记,上面有些新资料。"他继续埋首写信。

我在车间里找到了邦迪,"斯坦顿"也在那里。邦迪已经装好了指令带,正在把"斯坦顿"重新组装好。现在,他开始对它发问。

"安德鲁·约翰逊背叛了联邦,他不愿意将各个州的叛乱看作是——"看见了我,邦迪停下了话头,"嗨,洛森。"

"我想和那东西谈谈。可以吗?"

邦迪走开了,让我和"斯坦顿"独自待在一起。它坐在一把棕色的布面摇椅上,膝盖上摊着一本书,严肃地看着我。

"先生。"我说,"您还记得我吗?"

"是的,先生,我记得您。您是路易斯·洛森先生,来自爱达荷博伊西。我和您父亲度过了一个美好的晚上。他还好吗?"

"没有我希望的那么好。"

"那真遗憾。"

"先生,我想问您一个问题。您生于19世纪,如今已经是1982年了,您却还活着,这不是很奇怪吗?还有,您时常被关闭,这不也很奇怪吗?而且,您是由晶体管和继电器做成的,这又是怎么回事?过去,您并不是这样的,因为在19世纪,晶体管和继电器这种东西根本还没有发明出来。"我停了下来,等待他回答。

"是的,""斯坦顿"赞同道,"这些事的确很奇怪。我这里有一本书——"他举起书,"它介绍了名为'控制论'的新科学,这种新科学解答了我的疑惑。"

他这话让我激动了起来,"您的疑惑!"

"是的,先生。在您父亲家时,我和他探讨了诸如此类的谜题。我会想起我短暂的一生,它循环往复,从永恒中诞生,又消逝在永恒中。我在这世界上只占据了微小的一块空间,我所见的,也只是这么微不足道的一小块。然而,这微小的空间最终也会被无垠的空白吞没,我不知道那空白是什么,它也不在乎我,想到这里,我就感到害怕。"

"我想也是。"我说。

"我很害怕,先生,而且惊讶于我居然会出现在此处,而不是长眠于彼处。我为什么会在此处,而不是彼处,会生活在现在,而没有停留于过去,这毫无道理。"

"那您想出原因了吗?"

"斯坦顿"清了清喉咙,拿出一张折好的亚麻手帕,小心地擦了擦鼻子,"看起来,时间奇怪地跳跃了,越过了中间的那些年。但我不明白,它为什么要这样做,它又是如何做到的。想到了这里,我就无法继续想下去了。"

"您想听听我的看法吗?"

"是的,先生。"

"我认为，无论是埃德温·M.斯坦顿还是路易斯·洛森，都不再存在于这个世界上了。曾经有过这两个人，但他们都已经死了。我们只是机器。"

"斯坦顿"看着我，布满皱纹的圆脸皱了起来。"或许，您说得有道理。"它最后说。

"而且，"我说，"莫里·洛克和普莉丝·弗劳恩季默设计了我们，而鲍勃·邦迪把我们造出来。现在，他们在做亚伯·林肯的仿生人。"

那长满皱纹的圆脸黯淡了下来，"林肯先生已经死了。"

"我知道。"

"您的意思是，他们要把他复活？"

"是的。"我说。

"为什么？"

"为了吸引巴罗斯先生的眼球。"

"谁是巴罗斯先生？"那老人的声音中透出恼怒。

"一个住在华盛顿州西雅图市的大富翁。他开启了月球上的土地投资。"

"先生，您听说过阿蒂默斯·沃德①吗？"

"没有。"我承认道。

———————

① 阿蒂默斯·沃德（Artemus Ward，1834—1867），美国幽默作家。

"如果林肯真的复活了,您就得听他没完没了地讲沃德先生写的幽默故事。""斯坦顿"皱起眉头,拿起了书,继续读下去。它的脸涨得通红,双手颤抖着。

显然,我说错了话。

我确实并不了解埃德温·M.斯坦顿。既然每个人都尊敬亚伯拉罕·林肯,我从没想过,"斯坦顿"会抱有不同的看法。但你永远能从生活中学到新东西。毕竟那仿生人的态度在一个世纪前就已经形成,顽固得无可救药。

我道了歉,"斯坦顿"几乎看都没看我一眼,只是点了点头。然后我沿着街走到了图书馆。十五分钟以后,我找到了《大英百科全书》,把它在桌上摊开,然后查阅了林肯、斯坦顿,还有南北战争的词条。

斯坦顿的词条很短,但也很有趣。起初,斯坦顿很讨厌林肯;这位老人一开始是个民主党,对初生的共和党,他既厌恶,也不信任。书上说,斯坦顿是个严厉的人,这我已经发现了。书上还说,他曾与多位将军起过摩擦,特别是谢尔曼①。但是,文章里又说,这位老先生在林肯麾下时忠于职守,他踢走了滥竽充数的军事承包商,保证军队的装备良好。战事接近尾声时,他遣散了

---

① 指威廉·特库赛·谢尔曼(William Tecumseh Sherman,1820—1891),南北战争中联邦军将领,陆军总司令。

八十万名军人,在一场血腥的内战之后,这可不是件易事。

真正的麻烦直到林肯死后才出现。斯坦顿和约翰逊总统之间的热战持续了好些年;事实上,那时候国会几乎接管了政府,成为唯一的权力机关。读着这篇文章,我对这位老人的了解愈发深入。他真是一只猛虎,脾气火爆,言辞尖锐,几乎推翻了约翰逊而取而代之,成为一名军事独裁者。

然而,百科全书里也说,斯坦顿非常诚实,是位真正的爱国者。

约翰逊的词条里却直白地说,斯坦顿对自己的长官不忠,和敌人勾结。它说,斯坦顿是个令人不快的家伙。约翰逊能把这老家伙赶出内阁,真是个奇迹。

我把那本《大英百科全书》放回到书架上,感到一阵解脱;从那些短短的文章中,你几乎能闻到那个时代空气中的硝烟味,感受到那些阴谋与仇恨,就像中世纪的俄罗斯一样。事实上,这些事情就像斯大林晚年时期的阴谋诡计——差不多就有这么夸张。

我缓缓地走回办公室,心想,去他的和蔼老先生。洛克和弗劳恩季默这对搭档出于贪婪而唤醒的不仅是一个人,而是这个国家历史上的一种既可敬又可畏的力量。他们倒不如做个扎卡里·泰勒[①]的仿生人。毫无疑问,普莉丝和她那乖张倔强、虚无主

---

① 扎卡里·泰勒(Zachary Taylor,1784—1850),美国第十二任总统,根据记载,他是个不拘小节、开朗大方的人。

义的头脑从那上千、甚至上百万个可能的选择中抽出了那枚定时炸弹。为什么不造个苏格拉底呢？或者甘地？

如今，他们又若无其事、高高兴兴地要造出第二个仿生人来：造出一个埃德温·M.斯坦顿深恶痛绝的人来。真是愚蠢！

我又一次走进了车间，看见"斯坦顿"依然坐在那儿读书，它快要把那本讲控制论的书看完了。

就在不到十英尺以外的地方，一大团半成品电路堆在美声公司最大的工作台上，终有一天，这堆东西会成为"亚伯拉罕·林肯"。"斯坦顿"认出它了吗？它有将这堆混乱不堪的电路同我方才说的东西联系起来吗？我朝那新仿生人偷眼望去。那团半成品看起来不像是被任何人，或任何东西乱动过的样子。从那儿，我只看出邦迪的活儿干得很精细，除此之外别无他物。我确信，如果我不在的时候，"斯坦顿"动过它的话，一定会留下破坏或是烧坏的痕迹……但我并没有发现此类痕迹。

我断定，这阵子普莉丝一定待在家里，在"亚伯·林肯"消瘦的面颊涂上酷肖真人的色彩，这是最后一个步骤。其他所有的零件将会被装进她制作的这副皮囊中。这个活儿称得上是一份全职工作了。它的胡子、大手、瘦骨嶙峋的双腿，还有忧郁的双眼，仿佛一片供她发挥创作天赋的天地，使她能够释放她充满艺术天赋的灵魂，自由自在地在上面奔驰、喊叫。在出色地完成工作之前，她是不会出现的。

我走下楼梯，直面莫里，"听着，朋友，那个'斯坦顿'会把我们那位诚实的'亚伯'①的脑袋砸开花的。还是说，你根本就没有读过历史书？"然后，我正好看到他身边的历史书，"为了制作指令带，你已经读过了那些书。所以，你比我更清楚，'斯坦顿'对'林肯'会有什么反应！你知道他随时都有可能跳起来，把'林肯'烧成一堆焦炭！"

"别老把最后那些年的政治状况扯进来。"这一会，莫里放下手中的信，叹了口气，"过去是我女儿，现在是'斯坦顿'。生活中总潜伏着黑暗的恐惧。你知道吗，你现在就像个老人家一样，成天杞人忧天？别再这样了，让我干我的活吧。"

我走下楼，再一次来到了车间。

"斯坦顿"依然坐在那里，但现在它已经把那本书看完了；它坐在那里，沉浸在思绪中。

"年轻人，"他喊了我一声，"再谈谈那个巴罗斯吧。您之前说，他住在我们国家的首都华盛顿市？"

"不，先生，他住在华盛顿州。"我解释了那个地方的位置。

"洛克先生告诉我，这个巴罗斯利用自己的影响力，让世博会在那个城市召开，这是真的吗？"

---

① 指林肯。因为他为人诚恳老实，故有此称。

"我听说过这件事。当然，像他这样又有钱又古怪的人，总会有一些传奇光环。"

"那个展会还开着吗？"

"不。那是许多年以前的事了。"

"真遗憾，""斯坦顿"喃喃地说，"我原本想去看看的。"

他这句话把我触动了。

我再一次体验到了初见他时的感受：在许多方面，它看起来更像个人——上帝啊！它比普莉丝、莫里，甚至比我，路易斯·洛森还像人。就尊严而言，只有我父亲能胜过它。而霍斯陶斯基医生——那个仅留存一半人性的生物，也被这个仿生人甩在了身后。然而，我想道，那么巴罗斯呢？如果把他和"斯坦顿"面对面地放在一起比较，他看起来又会怎么样呢？

这时我又想，那林肯仿生人又会是怎样的呢？我想着，我们和它相比较时，它会给我们带来怎样的感受，看起来又会是怎样的呢？

"如果您有空的话，先生，"我对那仿生人说，"我想问问，您怎么看弗劳恩季默小姐？"

"我有时间，洛森先生。"

"斯坦顿"坐在一张棕色安乐椅上，对面摆着一条卡车轮胎，我在那上面坐下来。

　　"我认识弗劳恩季默小姐已经有一段日子了。我不确定究竟有多久，但这不重要，我们很熟。她最近从密苏里州堪萨斯市的卡萨宁诊所出院，回到家中。事实上，我也正住在弗劳恩季默家中。她有一双浅灰色的眼睛，身高五英尺六英寸[①]。当前，她的体重是一百二十磅[②]，但我听说，最近她还在减重。她十分美丽，除此之外，我找不出别的词来形容她。现在，我想进一步谈谈。尽管身为移民后代，她的家族却十分高贵；因为他们深受美国式视野的影响，他们相信，限制一个人发展的因素只有个人自己的能力，这种能力会把人们带到最合适的处境中去。他们并不相信所有人都能达到同等的成就，一点都不相信。但弗劳恩季默小姐拒绝任何会影响她发挥能力的障碍，她做得很对，她灰色的眼睛里燃烧着一缕火光，令她得以明察一切阻碍。"

　　我说："听起来，您仔细思考过她的事。"

　　"先生，这确实是一个值得深思的问题；您提出这个问题，是想要和我共同探讨，不是吗？"有那么一瞬间，它严厉而明智的双眼闪烁着光芒，"实际上，弗劳恩季默小姐人还算不错。她会好起来的。她唯一的缺点是，她有一点点急躁，再有，她的脾气有点坏。但是，先生，脾气就像是正义之砧，锤炼着人生中的种种

---

[①] 约1.67米。

[②] 约54公斤。

困境。没有脾气的人就像是没有生命的动物;它就像是一束火花,把一团团皮毛、血肉、骨头和脂肪炼成造物主手下的一股股生机。"

我不得不承认,我被"斯坦顿"的这一通慷慨陈词打动了。

"从普莉西拉身上,我感触最深的,""斯坦顿"继续说,"并不是她的热情与精神,远不仅仅如此。当她决定听从她内心的呼唤时,她忠诚地跟随着它。但她并不总是听从她心灵的指令。很抱歉这么说,先生,她总在留意她的头脑发出的指令。因此,麻烦就出现了。"

"啊。"我说。

"因为,女人的逻辑和哲学家的逻辑不同。它事实上只是心灵所具备的知识投射出的一个残缺、苍白的影子。而且,作为一个影子而不是一个实体,它并不是个合适的引导者。当女人听从头脑的指示,而非内心的呼唤时,她们立刻就会犯错,我们很容易就能在普莉西拉·弗劳恩季默的例子中看出这一点。当她听从头脑时,立刻就会变得冷酷无情。"

"啊!"我激动地插话道。

"没错。""斯坦顿"点了点头,对我摇晃着手指,"您也一样,洛森先生,您也感受到了那个影子,那种从弗劳恩季默小姐身上散发出的冷酷气息。而我发觉,它不仅困扰着您的灵魂,也困扰着我的。我不知道将来她要怎么应对这一情况，但她必须勇敢面对。因为造物主告诫她，要与自己和解，而现在，她却完全无法忍受她自己的这种性情，这种冷酷、急躁，以及极度理性化——换句话说——工于计算的特质。我们许多人都能在自己身上找到与她的相似之处：我们倾向于允许一种浅薄而愚钝的哲学潜入我们的日常生活中，埋伏在我们与朋友、邻居的交流中……这些观点、信仰、偏见与被摒弃的科学理论，显得幼稚、过时，但又受人崇敬，没有什么东西比它们更危险了——这种被投射出的理性使她行事空虚而不完善。因为无论她是俯下身去，还是侧耳倾听，她都只能听见她自己内心那自私又自满的呼号声：她自己的声音。"

"斯坦顿"不再说话了。它已经完成了这番针对普莉丝的简短演说。它是怎么想到这些的？这些话是怎么被编写出来的？或许，是莫里将这段话以指令带的形式，填充到它身体里去，以备不时之需的吗？但这听起来可不像莫里会讲的话。难道这是普莉丝的杰作？她令这机械装置的口中吐出一番关于她自己的详尽分析，作为一种辛辣、古怪的讽刺？我感觉，这就是普莉丝干的好事。这是一种奇怪的分裂，反映出了她内心依然存在的强烈精神分裂倾向。

我忍不住把这一切同霍斯陶斯基医生对我做的那一番狡猾而简短的回答比较起来。

"谢谢,"我对"斯坦顿"说,"我得承认,您这一番即兴评价给我留下了深刻的影响。"

"即兴。"它重复道。

"就是没有任何事先准备的意思。"

"但这番话,先生,我已经在心里准备很久了。因为我一直都很担心弗劳恩季默小姐。"

"我也是。"我说。

"而现在,先生,我恳求您和我说说巴罗斯先生的事。我知道,他对我有些兴趣。"

"也许我能把《展望》杂志上的那篇文章拿给您看。事实上,我从未见过他。我只是最近和他的秘书说过话,还有,我手上有封他写来的信——"

"能把这封信给我看看吗?"

"我明天大概会把它带来。"

"在您看来,巴罗斯先生真的对我感兴趣吗?""斯坦顿"注视着我。

"我——我想是吧。"

"您犹豫了。"

"您该自己和他谈谈。"

"也许我会的。""斯坦顿"回答道,它用手指抓了抓鼻子的一侧。"我会请洛克先生或弗劳恩季默小姐载我到他那儿,我想与巴罗斯先生私下谈谈。"它点了点头,显然已经下了决心。

# 7

既然"斯坦顿"已经决定去拜访山姆·K.巴罗斯,那么他迟早都会去。就算是我,也知道这是件必然的事。

与此同时,亚伯拉罕·林肯仿生人即将完工。莫里决定,下周末就对它进行第一次测试,检验整体部件的完整性。到那时,所有的硬件都将各就各位,等待运转。

普莉丝和莫里将那"林肯"的皮囊拿到办公室里来的时候,我被它吓了一跳。即使因为缺乏零部件,暂且无法活动,它看起来也已经如此栩栩如生,好像下一秒就会站起来开始日常活动一般。在邦迪的帮助下,普莉丝和莫里把那个修长的东西从楼下搬到了车间里,我跟在他们的后面,看着他们把它放在了工作台上。

我对普莉丝说:"我不得不佩服你。"

她站在那儿,双手放在外套口袋里,面色阴沉地监督工作。她的眼睛黯淡而凹陷,皮肤白得惹人侧目——她没有化妆,我猜,她每天晚上都忙到很晚才睡,以完成工作任务。在我看来,她似乎也瘦了一些。如今,她看起来非常瘦。她穿着一件棉布条纹T恤,外套下是一条蓝色牛仔裤,显然,她甚至根本不需要穿文胸。她踩着低跟皮拖鞋,头发用绸带扎在脑后。

"嗨。"她嘟囔着,一边看着邦迪和莫里把"林肯"放在工作台上,一边咬着嘴唇,来回踱步。

"你做得很好。"我说。

"路易斯,"普莉丝说,"带我离开这儿吧。带我去随便什么地方,然后给我买杯咖啡,或者我们去散散步吧。"她朝门走去,我愣了一会儿,也跟了上去。

我们一起漫步在人行道上,普莉丝盯着地面,踢飞了一颗鹅卵石。

"与这个仿生人相比,"她说,"前一个根本算不上什么,'斯坦顿'只是个普通货色,但即使如此,制作它也已经把我们累得够呛。我家里有本书收录了林肯的全部照片。我研究过每一张照片,直到我对他的脸比对我自己的还要熟悉。"她把那鹅卵石踢进了下水道,"那些老照片真是棒极了,它们是用玻璃底片拍的,拍摄时,人们必须坐在那儿,一动不动。人们为此制作了专用的座椅,好把拍摄对象的头固定住,防止它晃动。路易斯,"她走到人行道边上,停了下来,"他真能复活吗?"

"我不知道,普莉丝。"

"这完全是自欺欺人。我们没法把死去的人重新带回世间。"

"你就是这样看待你工作的吗?如果你是这样想的,那么我同意你的观点。你现在听起来太情绪化了。你最好后退一步,好好想想。"

"你是说,我们制作出的只是一个像真人一样,能够行走和说话的仿冒品。它徒有外表而空无灵魂。"

"是的。"我说。

"你去过天主教的弥撒吗,路易斯?"

"没有。"

"他们相信,面包和酒正是耶稣的血与肉。这是个奇迹。也许,如果我们能制造出完美的指令带,还有声音、外貌和——"

"普莉丝,"我说,"我从来没想到,我会见到你害怕的样子。"

"我才没有害怕。我只是受不了了。我读初中时视林肯为偶像。八年级的时候,我做了一次关于他的报告。你知道,当你还是小孩的时候,你觉得书上的每一个字都是真的。对我来说,林肯就是真实的。但是,当然,现在我已经把这些想法抛之脑后了。所以，我是说，过去在我眼中这些幻想都是真的。我花了好多年才摆脱了这种想法，那些关于联邦骑兵、战斗，还有尤里西斯·格兰特①的幻想……你知道的。"

"是啊。"

"你觉得，有一天，会不会有人做我们俩的仿生人？然后我们就会复活？"

"多么病态的想法。"

"我们死去，与这个世界告别……然后有一天，我们感到一阵震动，也许还有一股光线。然后，它们全都向我们倾泻下来，我们再一次回到了现实世界中。在这种处境面前，我们无力阻止，不得不重新回到世间。复活了！"她耸了耸肩。

"你正在做的事情并不是这么一回事，别再想这种事了。你必须把真实存在的林肯同这东西区分开来——"

"真实的林肯存在于我的心中。"普莉丝说。

我震惊了，"你不会真这么想吧。你说这话是什么意思？你的意思其实是，你脑子里存在着这样的一个想法。"

她把头歪到一边，看了我一眼，"不，路易斯。我的心里真有一个林肯。我日夜工作，就是为了把他从我的心中运送出来，带

---

① 尤里西斯·格兰特（Ulysses S. Grant, 1822—1885），美国第 18 任总统，南北战争后期联邦军总司令。

回外面的世界中。"

我笑了起来。

"我们要把他带到这个糟糕的世界中。"普莉丝说。"听着,路易斯。我得和你说些事。我知道如何消灭那些见人就叮的可怕大黄蜂。这种方法完全安全可靠……而且也用不着花钱,你只要准备一袋沙子。"

"嗯。"

"你要等到晚上。这时候,大黄蜂都已经回巢了。你来到蜂巢前,往上面倒上一整桶沙子,堆出一个小土包来。听好了,你以为沙子会把它们闷死吗?事情没这么简单。是这样的,到了第二天早上,那些大黄蜂醒来时,就会发现它们巢穴的大门已经被沙子堵住了,于是它们便会开始挖掘,好清出一条道来。它们没有别的地方堆这些沙子,只好把它们搬到巢穴里边去。它们列着队,一颗一颗地把沙子运进巢穴,但它们从门口运走的沙子越多,落下来的沙子也就越多。"

"我明白了。"

"这不是很可怕吗?"

"是的。"我同意道。

"它们自发地把沙子一点点地运进自己的巢穴里。它们越是勤奋地清理巢穴的入口,就会越快地被沙子闷死。这就像是东方的酷刑，不是吗？我听说这件事的时候，路易斯，我对我自己说，我真希望我已经死了。我不想生活在一个会发生这种事的世界上。"

"你是什么时候听说的这种沙子把戏？"

"许多年以前了，那时我才七岁。路易斯，我曾想象过，身处那巢穴中会是种什么样的感受。我陷入了梦乡。"她走在我身边，突然挽住了我的手臂，紧紧闭上了眼睛，"周边是绝对的黑暗，我的同伴们也在我身边沉睡着。然后——哗，从上方传来一阵噪声，有人倒下了沙子。但我们毫无知觉……我们依然沉浸在美梦中。"她牢牢地贴着我，让我带着她走在人行道上，"我们沉睡着，那一整晚，我们都沉睡着，因为天气很冷……这时太阳升起来了，地面上变得温暖。然而，巢穴里依然很暗，我们醒来了。为什么巢穴里一点光都没有？我们向大门拥去。沙粒，它们把大门堵上了。我们很害怕，这是怎么回事？然后，我们都投入了工作，努力保持镇定，尽量节约氧气；我们组成小队，安静、高效地工作着。"

我带她穿过了街道，她依然紧紧闭着眼，我感觉自己仿佛正领着一个小女孩。

"无论我们清走了多少颗沙粒，路易斯，我们都再也见不到阳光了。我们辛劳工作着，我们等待着，但阳光一直没有出现。它从未出现过。"她绝望地哽咽着，"我们死了，路易斯，我们死在了那儿。"

我握住了她的手指,"我们去喝杯咖啡,好吗?"

"不,"她说,"我只想散散步。"我们又走了一段路。

"路易斯,"普莉丝说,"这些昆虫,比如说,黄蜂和蚂蚁……它们的巢穴都修筑得非常复杂。"

"是的,蜘蛛也是这样。"

"特别是蜘蛛。比如活板门蛛①。我真好奇,如果有个人把它的网撕成了碎片,它会有什么感受。"

"它大概会说,'该死的'。"我说。

"不,"普莉丝一本正经地说,"它会火冒三丈,然后放弃希望。首先,它会气恼——如果它能抓到你,它一定会把你咬死。然后,一种迟钝、盲目而可怕的绝望会袭上它的心头。它知道,即使它重新织一张网,同样的事情也还会发生。"

"但是蜘蛛马上就会重整旗鼓,织一张新的网。"

"它们不得不这样做,这是它们的天性。因此,它们的生活比我们的还要糟糕;它们无法选择放弃或死亡——只能撑下去。"

"你得往积极的那一面想想。你能创造出很好的作品,比如

---

① 活板门蛛也叫陷阱蛛,之所以获得这个名字是因为它们利用土壤、植被和丝建造陷阱门。

那些瓷砖画,还有你设计的仿生人。往这方面想想吧。难道这些事情没能让你高兴起来吗?难道你没有因你自己的创造力而感到振奋吗?"

"没有,"普莉丝说,"因为不管我做了什么,它们都不重要,也都还不够。"

"那怎样才叫够了?"

普莉丝想了想。然后,她睁开了眼睛,突然,她把她的手指从我这里挣脱开。这似乎是一种自发行为,她自己都仿佛无知无觉。一种本能反应,我想。就像蜘蛛一样。

"我不知道,"她说,"但我知道,无论我工作多努力、工作多长时间,无论我取得了怎样的成就——它们都不够。"

"标准是谁定的呢?"

"我自己。"

"你不觉得,当你亲眼见到'林肯'复活的时候,你会感到无比骄傲吗?"

"我知道我会有什么感受。我会感到前所未有的绝望。"

我看了她一眼。怎会这样?我想道。就算取得成功……对她来说,这也毫无意义。那么,失败又会给你带来怎样的感受呢?兴奋吗?

"我给你讲个关于自然界的故事吧,"我说,"看看你会怎么理解。"

"好吧。"她认真地听着。

"有一天,我去加利福尼亚某个镇上的邮局,那栋楼的屋檐上有几个鸟巢。有一只小鸟飞出了或者是掉下了屋檐,落到了人行道上。它的父母在四周焦虑地飞着。我朝它走去,想着,如果够得着的话,我就把它捡起来放回窝里。"我停了下来。"你知道我走近的时候,它做了什么吗?"

"什么?"

我说:"它张开了嘴。以为我要喂它。"

普莉丝皱起了眉毛,陷入沉思。

"看吧,"我解释道,"这表明,即使它只认识喂养和保护它的同类,当它看见我的时候,就算我看起来根本不像它的同类,它也已经相信,我会喂它。"

"你对这事有什么看法?"

"这表明,虽然自然界中存在冷漠、糟糕的东西,与此同时,也有仁慈、善良、彼此关爱和无私帮助。"

普莉丝说,"不,路易斯。对鸟来说,这完全是出于无知。你根本不是去喂它的。"

"但我正要去帮它。它相信了我,而这是个正确的决定。"

"我真希望我能看到生活的这一面,路易斯,就像你一样。

但对我来说——这只是无知。"

"这是纯真无邪。"我纠正道。

"这是一码子事,它们都代表着对现实的无知。如果你能保留这种想法,那真不错,我希望我也能这样想。但只要活得够久,人们终究会失去这种想法,因为生活意味着经历,而这又意味着——"

"你太愤世嫉俗了。"我对她说。

"不,路易斯。我只是个现实主义者。"

"我就知道,我和你说这些也没用。"我说,"没人能深入你的内心,触碰到真实的你。你知道为什么吗?因为你想循心而行,坚持自我,你喜欢这样。这样做很容易,这是为人处世最容易的方式。你太懒了,懒到了一种匪夷所思的程度,而你会一直固执己见,直到被迫改变为止。你永远不会主动改变。事实上,你只会越变越糟。"

普莉丝笑了起来,声音尖刻而冷酷。

就这样,我们走回了工作室,一路上没有再跟对方说过一句话。

我们回到了修理车间,发现邦迪正在组装"林肯","斯坦顿"站在一旁看着。

普莉丝对"斯坦顿"说:"这就是那个过去常常写信给你,请求赦免某些士兵的人。"

"斯坦顿"什么都没说,它看着那俯卧着的人形,板着布满皱纹的脸,神情傲慢而冷漠。"我明白了。"最后它说。它大声清了清喉咙,咳了一声,把手背在身后,手指互相交握着,前后晃悠着身子,脸上依然带着傲慢冷漠的表情。这事归我来管,它好像在说,任何关涉公众利益的事都归我来管。

我断定,它这站姿一定是出于它记忆中"自己"的习惯。它找回了自己熟悉的肢体动作。我没法说这件事是好还是坏。注视着"林肯"的时候,我们都清晰地感觉到,"斯坦顿"正站在我们后面;我们无法无视或忘掉它。也许这就是斯坦顿本人一生中最大的特点——无论人们对他持有怎样的看法,无论人们恨他、畏惧他还是崇拜他,他总会站在那里,没人能无视或是忘掉他。

普莉丝说:"莫里,我觉得,这个仿生人已经运转得比那个斯坦顿仿生人还要好了。你看,它动了。"

是的,那林肯仿生人躺在那儿,动了一下。

"要是山姆·巴罗斯在这儿就好了。"普莉丝激动地拍着手,"我们怎么就没想到呢?如果他看到这一幕,他肯定会为此折服的——我知道他会的。甚至是他,莫里,甚至是他山姆·K.巴罗斯!"

这确实令人印象深刻。毫无疑问。

"我想起,工厂为我们生产出第一台电子风琴的时候,"莫里对我说,"我们弹了它一整天,直到凌晨一点,你记得吗?"

"是啊。"

"你和我,还有杰罗姆,以及你那个脸长倒过来的弟弟,我们让那玩意儿发出羽管键琴、夏威夷吉他还有蒸汽笛风琴的声音。我们演奏各种各样的曲子,从巴赫到格什温①,我还记得,我们用搅拌机做了冰朗姆酒——之后,我们还做了什么? 我们作了曲,探索了那上千种音色设置;我们制造出了前所未有的乐器。我们作曲! 然后我们拿出录音机,把它打开,录下我们作的曲子。伙计。那时候多棒啊!"

"那时候我们确实很开心。"

"然后,我躺在地上,按下了踏板,弹奏低音——我记得,我在按下了低音G时睡去,然后它响了起来。第二天早上,我醒来时,那该死的低音G依然在奏鸣着,听起来像雾角的鸣声。哇哦。那台琴——路易斯,你知道它现在在哪儿吗?"

"在某人的客厅里。它们永远都不会磨损,因为它们从不发热,也用不着调音。某个人正用它演奏呢。"

---

① 乔治·格什温(George Gershwin, 1898—1937),美国作曲家,代表作有《蓝色狂想曲》。

"我猜你说得对。"

普莉丝说:"帮它坐起来。"

那林肯仿生人开始挣扎,在空中挥舞着两只大手,试图坐起来。它眨着眼睛,皱着脸,浓眉大眼的脸庞挤作一团。莫里和我都跑过去,帮它稳住身体;上帝啊,它真重,重得跟实心的铅一样。但我们最后还是扶它坐了起来,我们让它倚着墙,这样它就不会再滑倒了。

它发出一阵呻吟。

这声音里把我吓了一跳。我转向鲍勃·邦迪说:"怎么了?它没事吧?它不会是哪里难受吧?"

"我不知道。"邦迪紧张地用手指反复抚弄着头发;我注意到,他的手在发抖,"我可以检查一下。看看它的疼痛回路。"

"疼痛回路!"

"是的,它们必须装载这种回路,否则的话,它们就会撞到墙或是什么别的鬼东西,然后把自己撞个稀巴烂。"邦迪用大拇指指了指正安静地观看的"斯坦顿","它也装了这种回路。除此之外,看在老天爷的分上,这玩意儿还出了什么差错?"

毫无疑问地,我们正在目睹一个生物的诞生。它开始留心观察我们;它乌黑的眼睛上下转动着,从这边看到那边,把我们都收入眼底。它的眼睛中毫无感情,只有我们的映像。它透露出的谨慎超出人所能想象的范围。这种生物的狡诈超出我们宇宙的范围，它完完全全来自另一个世界。这个生物从别处掉落到了我们的时空中，然而，它能够察觉到我们以及它自己的存在。那幽暗的黑眼睛转了转，时而聚焦，时而涣散，扫视着车间里的一切，但没有在任何东西上停留。看起来，它现在对这儿还带有一种审慎的态度，它小心翼翼地等候着，我可以体会到它体会到的惊骇，这种感觉如此强烈，以至于无法被称为一种情感。这是纯粹的恐惧：是它生命的基点。它独自来到了这里，从一片我们至少目前从未亲自体验过的混沌中被拉了过来。也许我们所有人都曾静静地躺在那里。对我们来说，与那混沌的分离已经是多年前的事；而对"林肯"来说，这件事却刚刚才发生过——此刻正在发生着。

它仍在四处打量，目光仍没有停在任何地方或任何事物上。它拒绝观察任何特定的、个体的事物。

"天啊，"莫里咕哝，"它一定觉得我们看起来滑稽极了。"

这东西预先配备了不少高深的技能。是普莉丝干的？我想不是。是莫里干的？不可能，他们都做不出这种事。也不会是鲍勃·邦迪，这家伙认为人生中最快乐的事，就是把车开得像要下地狱那样快，开到雷诺城①去赌博和鬼混。他们给了这东西生

①位于内华达州的城市，以赌博业、旅游业闻名。

命,但这只是一种传输,而非发明;他们只是把生命传给了它,但那生命并不是从他们任何人手上萌发出的。这就像传染一样;那些沾染过生命的人把它传给了其他东西——让它们暂时拥有生命。这是一种怎样的转变啊。生命是物质的一种形式……我看着那个"林肯"注视着我们和它自己,心中想道。生命是物质所具备的,宇宙中最惊人的——唯一惊人的——形式,如果这种形式没有存在过的话,别人就无法预知它、想象它。

而且,看着"林肯"逐渐与它所看到的一切建立起联系,我想到了一些东西:生命的基础并不是生存的欲望,不是任何形式的渴望。而是惊骇,是我在此处目睹的惊骇。甚至不仅如此,是某种更糟糕的东西。是纯粹的**恐惧**。这种压倒一切的恐惧是如此强烈,以至于产生了冷漠情绪。现在,出于这种情绪,那"林肯"动了动,站了起来。它为什么要这样做?因为它别无出路。活动,或是行动,它们都是恐惧的衍生物。这种状态从本质上就令人无法忍受。

生命体所有形式的活动,都是为了纾解我们面前的这种恐惧。

我断定,诞生并不是件舒服的事。它比死还要糟糕。你可以针对死亡进行哲学的思考和探讨——你八成会的,每个人都有过这样的思辨。然而,诞生!没有人探讨过它,因为这毫无必要。过多考虑这件事的结果只会很糟:你想得越是深入,你的种种行为与思绪就越是困扰你。

"林肯"又呻吟了起来。它沙哑地低吼着,嘟囔着几个模糊的字词。

"什么?"莫里说,"它说了什么?"

邦迪咯咯笑着,"见鬼,这是一段录音,但这录音带放倒了。"

由于编写时的差错,这个林肯仿生人说出的第一句话,是前后倒错的。

# 8

过了好几天,他们才把那林肯仿生人整修好。在这些天里,我从安大略驱车向东,穿过俄勒冈山脉,抵达了约翰迪。这座小镇以伐木为业,是美国西部我最喜爱的地方。然而我并没有在那里停留,我太过于心神不宁。我继续向西,一直开上了南北高速公路。那条路过去叫"99号公路",它笔直地穿过上百公里的针叶林。到了加利福尼亚,你又将置身于火山的环绕中,它们漆黑又沉闷,被火山灰覆盖着,是巨人时代的遗迹。

两只小小的黄雀在半空中嬉闹,从我的引擎盖上扫过;我没听到什么声音,也没有什么感觉,但我知道它们一定被卷入了散热器格栅,因为它们的身影和鸣叫声都突然消失了。在一瞬间内,它们就被高温杀死蒸熟了,我想着,减慢了车速。在下一个加油站,工作人员果然找到了它们。那亮黄色的小鸟卡在了格栅里。我用纸巾包着它们,把它们丢到了高速路旁,同塑料啤酒罐和腐烂的包装纸盒混在一起。

沙斯塔山和加利福尼亚的边境站已经被我甩在了身后。如今,我也无心继续前进了。当晚,我在克拉马斯·福尔斯的一家汽车旅馆住下,第二天便沿着来路回到了太平洋沿岸地区。

刚到早上七点半,路上没有几个人影。我看见头顶上有什么东西飞过,于是把车停在路边,抬头望去。这幅画面对我来说并不陌生,但它们总是令我感到渺小而虚幻。那是一艘巨大的航船,正从月球或别的星球返航,它从上空缓缓地经过,驶向位于内华达沙漠某处的着陆站。许多军用喷气机正为它护航。它们飞在它身边,相比之下看起来像几个小黑点。

高速公路上仅有的几辆车也纷纷停下,人们都下车驻足观望。有一个人正在拍照,一个女人和一个小孩朝空中挥着手。那庞大的火箭船驶过,巨大的减速冲击使地面震颤。我能看见,由于反复在大气层中穿行,船身上布满了凹痕、划痕和灼痕。

"现在驶来的正是我们的希望。"我自言自语道,用手挡着阳光,以便看清那航船移动的轨迹。它带回了什么东西?土壤样本?首次发现的地外生命?还是在死火山的山灰里发现的破罐子——作为某个古代文明存在的证据?

更有可能只是一群官僚。联邦政府官员、国会议员、技术人员、军事观察员和火箭科学家们坐着它回来了，也许，那上面还有一群记者和摄影师，来自《生活》和《展望》杂志，甚至有来自NBC和CBS电视台的工作人员。但即使是这样，也足够使人印象深刻。我像那个女人和那小男孩一样，朝它挥了挥手。

我回到车里，想道，总有一天，月球上会出现一排排整洁的小房子；房子外装着电视天线，也许客厅里还会摆上一台洛森小型钢琴……

也许到了那时，我们会往其他世界，在报纸上打翻新钢琴的广告呢。

这样难道不算是一种英雄行径吗？我们这样，不就能把我们的生意同探索群星联系到一起了吗？

但我们同它有一个更加直接的联系。是的，我发觉，引领着普莉丝的激情正是她对巴罗斯的迷恋。他在道德、实体和精神上将我们这些凡人同宇宙恒星联系到了一起。他横跨了两个领域，一只脚踏在月球上，另一只踏在西雅图、华盛顿和加利福尼亚奥克兰市的房地产项目间。多亏了巴罗斯，这些事才不仅仅是个梦，他使梦想成了真。站在一个男人的角度上，我也不得不敬佩他。把人们送到月球上的这个主意并没有把他吓坏，对他来说，这只是一个前景广阔的商机罢了。他有机会从这笔投资中获取极高额的回报，数额甚至比贫民区项目的租金还要高。

所以，回安大略去吧，我对自己说。然后，直面那个仿生人，我们最新的诱人产品。我们特地把它设计出来，是为了引诱巴罗斯先生，吸引他的注意力，领我们步入全新的世界，让我们活下去。

我一回安大略便直接去了美声公司。找停车位时，我看见一大群人正站在公司大楼前，挤在我们的展厅门口围观。"啊，我早就料到了。"我自言自语道，感到了一种强烈的宿命感。

我一停好车，就加快脚步挤进了人群。

"亚伯拉罕·林肯"的身影模模糊糊地显现在展厅中。他留着胡子，身材高大，佝偻着背坐在那里，面前是一张顶盖可翻动的老式胡桃木书桌。这张桌子很眼熟，那是我父亲的东西。他们把这张桌子从博伊西的工厂搬到了这里，以供那林肯仿生人使用。

这事把我惹火了。当然，我得承认，这书桌看起来和它很搭调。那仿生人穿着和"斯坦顿"样式类似的服装，拿着羽毛笔正在写信。它逼真的举止震撼了我；要不是早已得知真相，我肯定会以为，它正是以某种超自然的方式复活的林肯本人。而且，毕竟它看起来不正和林肯生前一模一样吗？难道，普莉丝说的话是真的?

这时,我看到窗户上贴着一个有模有样的告示,向人们解释了眼前的情况。

您现在所见的,是对美国第十六任总统亚伯拉罕·林肯的精准再现。这是美声公司和爱达荷博伊西的洛森电子风琴厂联手出品的空前产品。这台机器的控制单元中,装载了我们伟大的内战总统的全套记忆与神经系统,能够完美再现第十六任总统的全部言行决策。

欢迎询价。

从陈腐的行文风格看来,这显然是莫里的杰作。我怒气冲冲地从人群中挤出来,把展示厅的大门摇得嘎吱直响。门锁着,但我有钥匙,我打开门走了进去。

莫里、鲍勃·邦迪和我父亲都坐在角落一张新买的沙发上,安静地看着"林肯"。

"嗨,伙计。"莫里对我说。

"你收回成本了吗?"我问他。

"不。我们还没开始收费,这只是展销。"

"那小学六年级水平的告示是你写的吧? 我就知道肯定是

你。你认为按这条路的人流量,会有人来询价吗? 你为什么不让那东西向人们推销汽车蜡或是洗洁精呢? 为什么只让它坐在那里写字? 还是说,它要参加什么早餐比赛吗?"

莫里说:"它在查阅信件。"他、我父亲和邦迪看起来都严肃极了。

"你女儿呢?"

"她很快就回来。"

我对我父亲说:"你不介意它用你的书桌吗?"

"不,我的儿子①,"他回答,"去和它说说话吧;就算受到干扰,它依然那么冷静自持,这种特质让我很惊讶,我们都可以从中学到东西。"

我从未见过我父亲露出如此恭顺的神情。

"好吧。"我走向了那张翻盖书桌和那正伏案写字的身影。展示厅窗户外面,人们直愣愣地看着我们。

"总统先生。"我低声说,感到喉咙干涩,"先生,无意打扰。"我紧张极了,但与此同时,我清楚地知道,在我面前的只是一台机器。我走上前去同它说话,就好像进入了一个幻象、一场戏剧之中,像那机器一样,我成了一个演员;虽然没有人给我装过指令带——因为我也不需要它。我只是自告奋勇地走上前去,向

---

① 原文为意第绪语。

大家展现自己有多愚蠢。现在,我完全无法保持冷静。为什么我不说"仿生人先生"呢?毕竟这才符合实际。

实际!这是什么意思?就像是一个小孩走向百货公司的圣诞老人;一旦他得知了实际情况,一切就都完蛋了。但我真要这样做吗?在这种情况下,面对真相就意味着一切的终结,意味着我就要当众完蛋了。那仿生人压根儿没有受过这种折磨。莫里、鲍勃·邦迪和我父亲一定也没有注意到我的痛苦。所以我继续朝它走去,因为我必须得保护我自己。我清楚得很,比屋子里的任何一个人,包括外面直愣愣地看着我们的人都更清楚。

"林肯"把羽毛笔放到一边,抬头看着我,用一种高昂而悦耳的声音说:"下午好,我想您是路易斯·洛森先生。"

"是的,先生。"我说。

然后,整间屋子在我眼前炸开来。那张翻盖书桌碎成了几百万片,缓缓地飞到空中,对着我砸过来。我闭上了眼睛,向前倒去,伏在了地上,甚至没来得及伸出手。我感觉自己撞到了地面上,在这重击之下,我整个人被砸成了碎片,眼前一片漆黑。

这一切超出了我能承受的范围。我昏了过去,感到全身冰凉。


我醒来时,发现自己靠在楼上办公室的墙角边。莫里·洛克坐在我身旁,抽着科里纳云雀雪茄,他盯着我,正将一瓶嗅盐往我鼻子下面放。

"天啊,"他发现我已经醒了,便说,"你额头上起了个大包,嘴唇也破了。"

我举起手,摸了摸那个包,它几乎有柠檬那么大。我也能感觉到嘴唇上的伤口。"我昏过去了。"我说。

"是啊,可不是嘛。"

现在,我看见我父亲在附近徘徊。普莉丝·弗劳恩季默穿着灰色的布外套来回踱着步——这使我不太高兴,她恼怒地看着我,脸上隐约带着一丝蔑视。

"它就说了一句话,"她对我说,"然后你就昏倒了。天啊。"

"那又怎么样?"我虚弱地说。

莫里笑着,对他女儿说:"说明我说得没错。它给人的冲击感很强。"

"我昏倒的时候,"我问,"'林肯'有什么反应?"

莫里说:"它站起来,把你扶起来,抬到了这儿。"

"上帝啊。"我低声说。

"你怎么会昏倒?"普莉丝弯下腰来逼视着我,"这包肿得真大。你真是个蠢货啊。总之,你这一跤摔得真是万众瞩目,你该听听人们都说了什么。当时我正从外面往里挤呢。看他们的反应,你会觉得我们造出了一个上帝或是什么别的;他们真的在外面祈祷呢,有几个老太太还在胸前画十字架。还有一些人,信不信由你——"

"够了。"我插嘴。

"让我说完。"

"不,"我说,"闭嘴。好吗?"

我们互相瞪着眼,然后,普莉丝站了起来,"你不知道吗,你的嘴唇破得很严重?你最好去缝几针。"

我伸手摸了摸嘴唇,发觉那儿依然在滴血。也许她说得没错。

"我开车载你到医生那儿去。"普莉丝说,她走到门边,等候着,"快点,路易斯。"

"我用不着缝针。"我说,但我站了起来,摇摇晃晃地跟在她身后。

我们在大厅里等电梯的时候,普莉丝说:"你胆子不大,对吗?"

我没回答。

"你的反应比我还要激烈,比我们任何一个人都更夸张。我惊讶极了,你的性格肯定没有我们想的那么稳重。我打赌,总有一天,在压力之下,你会暴露出严重的心理问题。"

电梯的门打开了,我们走了进去,门又关上了。

"我的反应有那么激烈吗?"我说。

"在堪萨斯市,我学会了除非有利,否则就不做出任何反应。这一点救了我,并治好了我的病,让我得以离开那里。他们就是这样对待我的。有着剧烈反应是个坏信号。这表明你没有办法控制好你自己。在堪萨斯市,他们管这叫'情感并列',意思就是说,情感介入了人际关系,并使它们变得复杂。无论这种情感是仇恨、嫉妒还是恐惧——就像你的情况中那样——它们都是'情感并列'。如果它们过于强烈,你就会患上精神疾病。然后,如果它们控制了你,你就会得精神分裂症,就像我一样。这是最糟的结果。"

我拿了一张纸巾,按在嘴唇上,在伤口处擦拭着,来回折腾。我没法把我的反应向普莉丝解释,因此我什么都没说。

"我该亲你一口吗?"普莉丝说,"这样你的伤口就会愈合了?"

我瞪着她,但她的脸上显露出了担忧。

"该死,"我慌张地说,"我没事。"我尴尬极了,没法直视她,感觉自己好像又变成了一个小男孩。"成年人之间可不会说这种话,"我嘟囔着,"亲一下,药到病除——听起来太傻了。"

"我想帮帮你。"她的嘴唇颤抖着,"噢,路易斯——全都完了。"

"什么完了?"

"它复活了。我再也不能触碰到它了。现在我还能做什么呢?我的人生再也没有目标了。"

"上帝啊。"我说。

"我的人生多空虚啊——我倒还不如死了。我此前的想法和行为全都是围着'林肯'转的。"电梯的门打开了,普莉丝走进了大堂,我跟在她身后。"你想去看哪个医生?我想,我可以只送你到路边。"

"没问题。"

我们坐进那辆白色的捷豹,普莉丝说:"告诉我该做什么,路易斯。我现在得给自己找点事做。"

我迷迷糊糊地说:"你会战胜这种消沉情绪的。"

"我从来没这么消沉过。"

"我在想,也许你可以去竞选教皇。"这是我脑子里跳出的第一个想法,真是疯狂。

"我真希望我是个男的,女性被排挤得太厉害了。你想做什么就能做什么,路易斯。女人又能做什么呢?家庭主妇、售货员、打字员,或是教师。"

"做个医生吧,"我说,"替人们缝补伤口。"

"我没法忍受生病、受伤,以及有缺陷的生物。你知道的,路易斯。这就是我为什么带你去看医生的原因,我得转移我的注意力——你伤得这么厉害。"

"我只是弄破了嘴唇!"

普莉丝启动了汽车,我们向街道驶去。"我要把'林肯'忘掉,我这辈子都不会再想它了。从现在开始,对我来说它只是一个产品,一个即将推向市场的产品。"

我点了点头。

"我要努力把它推销给山姆·巴罗斯,如今这是我生命中的唯一目标。从现在开始,无论我做什么、想什么,全都要围绕着山姆·巴罗斯。"

她这话让我想笑,但我朝她看了一眼,她脸上的表情就使我打消了念头。她的表情是如此的沮丧,缺乏幸福和快乐,甚至幽默;于是,我只得朝她点点头。在送我去医生那儿缝针的这一路上,普莉丝已经规划好了她的整个人生,包括她的未来,以及未来生活中的一切。这是一种疯狂的奇想,而我能看出,它完全脱胎于她消极绝望的情绪。普莉丝无法忍受无所事事的生活,哪怕是一分钟;她必须有个目标,这样她的世界才有意义。

"普莉丝。"我说,"你的问题是,你太理性了。"

"我没有。每个人都说,我做事完全是率性而为。"

"你被一种铁一般的逻辑把控了。这很糟糕,你必须尽力避免这种倾向。把这事告诉霍斯陶斯基吧,跟他说,必须把你从逻辑中释放出来。你就像被几何证明操纵着做事一样。放轻松,普莉丝。无忧无虑、天真愚蠢地活着吧。做一些毫无目的的事,好吗?别带我去看医生了,把我放到那家擦鞋店门口吧,我要去擦擦鞋子。"

"你的鞋子已经够亮了。"

"看到了吗?你看,你总是这样讲求逻辑。在下个十字路口停车吧,我们都下车去走走,或者去花店买束花,把它们扔到别的司机身上去。"

"谁来付钱呢?"

"我们用偷的。我们拿了就冲到门外去,不付钱。"

"让我考虑一下。"普莉丝说。

"别考虑了!你小时候偷过东西吗?或者为了取乐砸过什么东西,甚至破坏公共财产吗,比如说路灯?"

"我从杂货店偷过一块糖。"

"那就这么做。"我说,"我们找家杂货店,然后再做一次小孩。我们每人都偷一块十分钱的糖,然后去找个阴凉的地方,比如说,找块草坪坐一会儿,把它们吃掉。"

"你吃不了,因为你的嘴唇受伤了。"

我通情达理而迫切地说:"好吧。我承认的确如此。但你可以吃呀。不是吗？承认吧。你现在就可以去找家杂货店，按我说的这么做，甚至没有我也行。"

"无论如何，你都会和我一起去吗？"

"如果你想要我和你一起去的话。要不然，我把车停在路边，不熄火，你一跑出来，我就开车把你带走。这样你就不会被抓到了。"

"不。"普莉丝说，"我想要你陪着我，和我一起到店里去。你可以告诉我应该拿哪块糖，我需要你的帮助。"

"没问题。"

"犯这种事要处罚多久？"

"直到天长地久。"我说。

"别拿我开玩笑。"

"不，"我说，"我说真的。"我的确没在开玩笑，我认真极了。

"你在捉弄我吗？我看你就是在耍我。你为什么要这样对我？是我太荒唐了吗，是这样吗？"

"天啊，不是！"

但她已经认定了，"你知道，别人说什么我都会信。我同学总笑我太好骗，他们叫我'傻老帽游记①'。"

---

① 原文为"Gullible's travels"，与名著《格列夫游记》(*Gulliver´s Travels*)谐音。

我说："去杂货店吧,普莉丝,我会证明给你看。让我向你证实吧。让我救你。"

"救我?"

"把你从过于认死理的心灵中拯救出来。"

她动摇了。我看见她咽了一口水,内心交战着,考虑着她能做什么,如果做错了又该怎么办。她转过来,认真地对我说:"路易斯,关于你说的杂货店的事,我相信你。我知道你不会拿我开玩笑。你也许讨厌我——你的确在许多方面讨厌我——但你不是那种以嘲弄弱者为乐的人。"

"你并不是弱者。"

"我是。但你没有这种天性,所以你察觉不到。这很好,路易斯。我与你恰恰相反,我有这种天性,所以我不是好人。"

"好吧,我的天啊,"我大声说,"别这样了,普莉丝。你刚造出那林肯仿生人,所以陷入了消沉,感到无所适从,就像很多从事创造性工作的人一样,你感到失落,因为你刚完成了——"

"诊所到了。"普莉丝说,车速缓了下来。


医生给我做了检查,因为无须缝针,又把我打发走了。然后,我终于说服普莉丝载我去了家酒吧。我觉得我必须得喝一杯,我对她解释说,这是一种庆祝的方式,是一件必然要发生的事情,所以我们必须这么做。我们已经目睹"林肯"的复生,这是个伟大的时刻,或许是我们人生中最伟大的时刻。然而,即使它很伟大,其中依然包含着不祥和悲伤的因素,一些使我们苦恼的事,超出了我们的能力范围。

"我只喝一杯啤酒。"我们穿过人行横道时,普莉丝说。

在酒吧里,我给她点了一杯啤酒,又给自己点了一杯爱尔兰咖啡①。

"我看得出,你对这地方很熟悉。"普莉丝说,"你对这类地方都很熟悉。你老在酒吧里鬼混,对吗?"

我说:"我必须问你些事,我想了很久了,你对他人做出的那一番尖刻的评论是认真的吗?还是说,你只是随口说说,只是想惹人不舒服而已?如果是这样的话——"

"你觉得呢?"普莉丝平静地问。

"我不知道。"

"那你为什么要在意呢?"

"我对你好奇极了,想了解关于你的每一个细节。"

"为什么?"

"因为你的过去十分迷人。你十岁时患上精神分裂症,十三岁患上了强迫症,十七岁时,你完完全全成了个精神分裂症患者,

①一款由爱尔兰威士忌和咖啡调制而成的鸡尾酒。

受到联邦政府的监管,现在治好了一半,回来和正常人生活在一起,但你依然——"我突然停了下来。我想要了解她,但并不是为了她耸人听闻的过去,"老实和你说吧。我爱上了你。"

"你撒谎。"

我改口道:"我可能会爱上你。"

"在什么情况下?"她看起来紧张极了,她的声音颤抖着。

"我不知道。有什么东西在阻止我。"

"是恐惧。"

"也许吧,"我说,"也许就是恐惧。"

"你在耍我吗,路易斯? 你说的话当真吗? 我的意思是,你说的是,爱?"

"不,我没在耍你。"

她战栗着,笑了起来,"如果你能战胜恐惧,就能赢回一个女人的心。但不是我,是别的女人。我没法接受你对我说的这些话。路易斯,我们完全是两种人,你不知道吗? 你将情感显露在外,而我永远将它们隐藏起来,我更加深沉。如果我们两个有了孩子,又会是怎样呢? 我无法理解那些总在怀孕的女人,她们就像狗妈妈一样……每年都生孩子。遵循自然规律,粗俗地活着,这样一定很轻松吧。"她从眼角瞥了我一眼,"我根本没法理解这种事。她们通过生育来获得满足感,对吗? 天哪,我认识这种女人，但我自己永远都不会这样做。除非我手上正忙着什么事，否则我绝对不会感到开心。我很好奇，为什么我会这样呢?"

"我不知道。"

"一定有个解释，万物万事总有个理由。路易斯，我记不清了，但我觉得，此前从来没有男孩对我表过白。"

"噢，一定有过的。比如学校里的男孩子。"

"不，你是第一个。我根本不知道该如何反应……我都不确定我是否喜欢这样。这种感觉很奇怪。"

"接受吧。"我说。

"爱与创造力，"普莉丝半是对我，半是对她自己说道，"我们给'斯坦顿'和'林肯'带来了生命；爱与生命——它们是联系在一起的，对吗? 人会爱自己创造的生命，而因为你爱我，路易斯，你就一定想要和我一起在世间创造出什么新的东西，是吗?"

"我想没错。"

"我们做的这些事，我们的任务，我们伟大的工作，"普莉丝说，"让我们变得像神一样。我们创造出了'斯坦顿'和'林肯'，这个全新的物种……然而，我们给了它们生命，却把自己掏空了。你现在感到空虚吗?"

"见鬼，没有。"

"好吧，你和我太不一样。你对这份工作缺乏真实的体验。

来到这家酒吧……只是出于你的一时冲动。莫里、鲍勃、你爸爸，还有'斯坦顿'都和'林肯'一起回美声公司去了，你对此却毫不在意，因为你想坐在酒吧里喝一杯。"她快活而宽慰地对我微笑。

"大概是吧。"我说。

"我让你厌烦了，对吗？你实际上对我并不感兴趣，你只在意你自己。"

"是这样的。我想你说得不错。"

"你为什么要知道有关我的一切呢？你为什么觉得，你几乎爱上了我，却被一种恐惧阻碍着呢？"

"我不知道。"

"你曾经试着审视你自己、理解你自己的动机吗？我一直都在分析我自己。"

我说："普莉丝，讲点道理吧。你只是个凡人，和大多数人一样，既不好也不坏。成千的美国人都去过——或正待在——精神卫生诊所，他们也得过精神分裂症，受《麦克韩斯顿法案》管控。我承认，你十分迷人，但瑞典或意大利的好多新人女星都比你更迷人。你的智慧——"

"你正在试着说服你自己。"

"什么?"我吓了一跳。

"你在内心将我视作偶像，却挣扎着不愿承认。"

我把酒推到一边去,"我们回美声公司去吧。"酒精使我嘴唇的伤口火辣辣地烧了起来。

"我说错话了吗?"有那么一会儿,她看起来有些惊慌失措。她回忆着她说过的话,试图弥补,"我意思是说,你对我的态度十分矛盾……"

我抓住了她的手臂,"把你的啤酒喝完,然后我们走吧。"

我们离开酒吧时,她有气无力地说:"你又生我的气了。"

"没有。"

"我试着对你好一点,但我特地讲礼貌、说我该说的话时,总是适得其反……我不该这样矫揉造作地待人。我和你说过,我不该采用一套对我来说不恰当的行为范式。我总是做不好。"她用指责的语气说,仿佛这主意是我出的一般。

我们回到了车里,重新开车上了路。"听着,"我说,"我们回去,继续专心工作,把山姆·巴罗斯这条大鱼钓上钩,好吗?"

"不。"普莉丝说,"这事只有我办得到,它超出了你的能力范围。"

我拍了拍她的肩膀,"你知道,现在的我比以往更能理解你了。我认为,我们正在开始建立起一种良好、有益,而且稳定的关系。"

"也许吧。"普莉丝说,她对我微笑着,没留意到话中暗含的讽刺,"我希望如此,路易斯。人们应该彼此了解。"

我们回到美声公司时,莫里激动地迎了上来。"你们怎么现在才回来?"他举起一张纸,"我给山姆·巴罗斯发了封电报。读一读吧——拿好了。"他把那张纸塞到我手里。

我满心不安地打开了那张纸,读起了莫里的信。

建议您立刻飞来。林肯仿生人空前成功。望征求您的意见。省去通话,直接亲眼见证,定能令您欣喜若狂。请在今日内答复。

> 莫里·洛克
>
> 美声公司

"他回答了吗?"我问。

"还没有,但我也才刚发出去。"

这时传来了一阵骚动声。鲍勃·邦迪走了进来。他对我说:"'林肯'先生让我帮忙传达他的歉意,他想知道你现在怎么样了。"他看起来颤巍巍的。

"告诉他我没事,"我补充道,"替我谢谢他。"

"好吧。"邦迪转身回去,办公室的门在他身后关上。

我对莫里说:"我必须得承认,洛克,你有几把刷子。我之前的说法是错的。"

"感谢你的认可。"

普莉丝说："你谢他也是白谢。"

莫里抽着他的科里纳雪茄，焦虑地说："我们还有一大堆工作要做。我知道，我们这次能引起巴罗斯的兴趣。但我们必须小心——"他的声音变得低沉，"像他这样的人，可能会像丢火柴一样把我们丢到一边去。我说得对吗，伙计？"

"对。"我说。我也想过这种情况。

"他没准对上百万的小商人做过这样的事。我们四个必须团结起来——我们五个，如果你把鲍勃·邦迪也算进来。对吗，伙计？"他扫视着普莉丝、我，还有我父亲。

我父亲说："莫里，也许你该把它交给联邦政府。"他胆怯地看着我，"*我说得对吗，儿子？*①"

"他已经联系过巴罗斯了。"我说，"无论如何，据我们所知，巴罗斯已经在飞来的路上了。"

"我们也可以让他别来了。"莫里说，"即使他已经到了。如果我们觉得有必要，我们也可以到华盛顿特区去碰面。"

"问问'林肯'吧。"我说。

"什么？"普莉丝严厉地问，"噢，看在上帝的分上。"

---

① 原文为意第绪语。

"我是说真的。"我说,"听听它的建议。"

"一个来自上个世纪的乡巴佬政治家对山姆·K.巴罗斯能有多少了解?"普莉丝嘲讽地冲我发问。

我尽可能冷静地说:"普莉丝,看看它怎么说,我是认真的。"

莫里飞快地说道:"都别吵了,我们都有权发表意见。我认为,我们应该把'林肯'展示给巴罗斯看,如果出于一些疯狂的原因——"他突然停下来。办公室的电话响了起来,他冲向电话,接了起来。"你好,这里是美声公司,我是莫里·洛克。"

一片寂静。

莫里转向我们,用口型说:巴罗斯。

就这样了,我想。木已成舟。

"是的,先生,"莫里对着电话说,"我们会来博伊西机场接您。是的,我们到时见。"他容光焕发,朝我眨了眨眼。

我对我父亲说:"'斯坦顿'到哪里去了?"

"你说什么,我的儿子[1]?"

"那个斯坦顿仿生人——我没看见它。"我想起它对"林肯"的敌意,站了起来,朝普莉丝走去,她正站在那里,试着通过另一个话筒听莫里和巴罗斯的通话。"'斯坦顿'在哪里?"我大声问她。

---

① 原文为意第绪语。

"我不知道。邦迪把它放到了什么地方，可能在车间那里。"

"等等。"莫里放低了话筒，表情奇怪地对我说："'斯坦顿'在西雅图，和巴罗斯在一起。"

"噢，不。"我听见普莉丝说。

莫里说："昨晚，它坐灰狗巴士走了。今天上午它到了西雅图，立刻就去见了他。巴罗斯说，他俩促膝长谈，谈得很投机。"莫里用手掩着话筒，"他还没收到我们的电报。他现在对'斯坦顿'很感兴趣。我该把'林肯'的事告诉他吗？"

"你最好还是告诉他吧，"我说，"他迟早会收到电报的。"

"巴罗斯先生，"莫里对着电话说，"我们刚给您发去了一封电报。是的——我们制造出了一个林肯仿生人，这是一个前所未有的成功产品，造得比'斯坦顿'还要好。"他看了我一眼，不安地皱起脸，说："先生，你会和'斯坦顿'一起坐飞机来，对吗？我们迫不及待地想要让它回来。"一片寂静，莫里再一次放低了电话，"巴罗斯说，'斯坦顿'告诉他，它想要在西雅图待几天，看看风景。它想理个发，去图书馆看看，如果它喜欢那里，它也许甚至会考虑在那里开一个法律事务所，并在那儿定居。"

"上帝啊！"普莉丝说，握紧了拳头，"告诉巴罗斯，马上让它回来！"

莫里对着电话说："您可以说服它同你一起回来吗，巴罗斯先生?"又是一片寂静。"它已经走了。"莫里对我们说,这一次,他没有盖住话筒。"它对巴罗斯道别,然后走了。"他皱起了眉头,看起来无比沉痛。

我说:"总之,先谈好航班的事。"

"好的。"莫里重新打起精神,再一次拿起了电话,"我想那该死的玩意儿会没事的。它有钱,不是吗?"又是寂静。"您也给了它二十美元,好极了。总之,我们到时候见。那个'林肯'造得更好。是的,先生。谢谢。再见。"他挂断了电话,坐下来盯着地板,嘴唇扭曲着,"我竟然没有留意到它不在这儿。你觉得它是被'林肯'气走的吗?也许是吧,它的脾气太坏了。"

"事已至此,后悔也没用了。"我说。

"没错。"莫里咬着嘴唇低声说,"而且它的电池足以使用六个月! 也许,我们今年都见不到它了。我的天啊,我们在它身上投入了上千美元——而且,如果巴罗斯是在诓我们呢?也许,它把那东西锁在了某个保险库里。"

"如果他这么做了,"普莉丝说,"那么,他就不会来赴我们的约了。说真的,也许这样才好。要不是因为'斯坦顿'和巴罗斯说了那些话,表现得那么好,巴罗斯根本不会愿意上这儿来——他亲眼见到了它,而那电报也许根本到不了他手上。就算那电报没有送丢,而是到了他手上,他也可能看都不会看一眼,任我们在这儿干等着。不是吗?"

"是啊。"莫里愁眉苦脸地同意道。

我父亲说:"巴罗斯先生声望很高吗? 他对社会公益很热心,我儿子给我看了那封信,上面谈到了他维护平民住宅区的事。"

莫里点了点头,依然愁眉苦脸的。

普莉丝拍了拍我父亲的手臂,"是的,杰罗姆,他热心公益事业。你会喜欢他的。"

我父亲对普莉丝笑了笑,然后转向我,"看起来,所有事都在朝着好的一面发展,不是吗①?"

我们都点了点头,感到失落又害怕。门打开了,鲍勃·邦迪站在门口,拿着一张折好的纸。他走上前来,说:"'林肯'写了一张便笺。"

我把它打开。这封短信写得很动人:

致路易斯·洛森先生:

　　亲爱的先生,

　　向您致以真挚的问候,愿您早日康复。

亚·林肯

敬上

---

① 原文为意第绪语。

"我要去当面感谢它。"我对莫里说。

"去吧。"莫里说。

# 9

我们站在大厅门口,在寒风中等待着从西雅图来的航班,这时我问自己,和其他人相比,巴罗斯有什么特殊之处吗?

波音900着陆了,在跑道上滑行着。舷梯放了下来,门开了,乘务员引着人们走下飞机,航空公司的员工站在每条舷梯下,确保人们不会跌倒在沥青地面上。同时,运载行李的车辆像巨大的爬虫一样兜转着,驶向机场的另一头,一辆标准卡车已经亮着红灯,候在那里了。

各种各样的乘客开始露面,他们从飞机的两扇门中蜂拥而出,快步走下舷梯。我们四周,来接机的朋友和亲属们推搡着,在允许的范围内尽可能地向前挤。莫里站在我身边,紧张地颤抖着。

"我们去迎接他吧。"

他和普莉丝都走上前去,于是我也跟在了后面。一个身穿蓝色制服的机场工作人员拦住了我们,挥手示意我们退后。但莫里和普莉丝无视了他,我也照做了,我们来到连接着头等舱的那条舷梯前等候。乘客一个接一个地走下来,有些人面带着微笑,在生意人的脸上,你看不到真实的情感。还有些人面露疲惫。

"他来了。"莫里说。

从头等舱的舷梯上走来了一个身穿灰色西装的瘦高男子,他微笑着,大衣搭在手臂上。他走近时,我看出他的西装看起来比其他人的合身,一定是量身定做的,没准是在英国或中国香港做的。他看起来也比别人更放松,戴着绿色的无框墨镜,头发像照片里一样剪得极短,留着军人式的平头。他身后跟着一位乐呵呵的女士,我认识她:她是柯琳·尼尔德,她胳膊下夹着一个文件夹板和一叠纸。

"还有一个人。"普莉丝注意到。从他们身后又走来了一个人,这个人个头矮小,身材臃肿,身上的西服不太合身,袖子和裤管都有些长。他红色的脸上长着一个怪医杜立德[1]式的鼻子,长

---

[1] 美国作家休·洛夫廷系列童话故事中的人物,杜立德是一名兽医,具有和动物说话的能力。

而柔软的黑发从圆脑袋的一端梳到另一端,领带上戴着一个领带夹,迈着短小的腿,走在巴罗斯身后。看他这副模样,我一眼便断定他是个律师;律师出庭时,就是用这种姿势从辩护席上走下来的。棒球俱乐部的经理人向球场走去,向裁判抗议时也会摆出这种姿势。我看着他想道,在任何职业中,用于抗议的手势都是一样的:从座位上站起来,一边挥手一边说话。

律师面带轻快的笑容,语速极快地对柯琳·尼尔德说着话;这家伙看起来挺讨人喜欢的,他是那种精神饱满、充满活力的人,在我想象中,他正是巴罗斯会雇用的那种律师。和上次一样,柯琳穿着深蓝色的绗缝布外套,下摆笔挺地垂着。这一次,她全副武装:戴上了手套和帽子,拿着一个崭新的皮面邮袋式手袋。她正在听律师讲话;他说话时手舞足蹈的,就像个室内装修工人,或是施工队的工头。他给我一种友好又温暖的感觉,现在我感觉没那么紧张了。我想,那个律师看起来是个好人,我感觉我能理解他。

现在,巴罗斯走下了舷梯。他的眼睛藏在墨镜后,看不清楚,头微微低着,留意着脚下。他正在听律师说话。他一走下舷梯,莫里便迎了上去。

“巴罗斯先生!”

巴罗斯敏捷地转身,停下脚步,把路让给了他身后还未走下舷梯的人,同时他伸出了手,"洛克先生?"

"没错,先生。"莫里说着,和他握了握手。柯琳·尼尔德和那律师走到了他们身边,我和普莉丝也跟了上来。"这是普莉丝·弗劳恩季默。这位是我的合伙人,路易斯·洛森。"

"见到你真高兴,洛森先生。"巴罗斯和我握手,"这是尼尔德夫人,我的秘书。这位绅士是布朗克先生,我的法律顾问。"我们都分别握了手。"机场真冷,不是吗?"巴罗斯走向了大楼的入口。他走得很快,我们只得跟在他后面,一路小跑,像一群笨拙的大型动物。布朗克先生像加速的老电影一样,快速地摆动着他那两条小短腿;然而,他看起来一点都不在乎,他依然快活地笑着。

"博伊西,"他叫道,同时环顾四周,"爱达荷州,博伊西。接下来又会去哪儿?"

柯琳·尼尔德走在我身边,和我打招呼:"很高兴再次见到您,洛森先生。那'斯坦顿'仿生人真讨人喜欢。"

"那产品真惊人。"布朗克朝我们大声说,我们落在了他身后。"我们还以为它是国税局派来的呢。"他对我露出一个亲切友好的微笑。

巴罗斯和莫里走在最前面,因为入口的门太窄,普莉丝落在了后面。巴罗斯和莫里走出了门,普莉丝紧随其后,然后是布朗克先生,柯琳·尼尔德和我跟在最后。我们穿过大厅,又一次来到了街道上,出租车在这里载客,巴罗斯和莫里已经找到了一辆豪华轿车;穿着制服的司机拉开了门,巴罗斯和莫里上了车。

"您的行李呢?"我对尼尔德夫人说。

"我没带行李,等行李太费时间了。我们只在这待几个小时,然后就飞回去,也许今夜晚点就回去。如果要过夜的话,我们再去买生活用品。"

"呃。"我说,深深地被他们折服。

我们其他人钻进了车,司机启动了车子,飞速驶向博伊西。

"我觉得'斯坦顿'没法在西雅图开法律事务所。"莫里对巴罗斯说,"它没有华盛顿州的律师执照。"

"是的,没准过几天它就自己回来了。"巴罗斯打开烟盒,拿出一支给了莫里,然后也给我递了一支。

我想明白了,巴罗斯和其他人在外表上最大的差别是,他那身灰色的英国羊毛西服像动物的皮毛一般牢牢地长在了他身上;它成了他的一部分,像他的指甲和牙齿一样。他对此毫不在意,就像不在意他的领带、鞋子、香烟盒一样——他对自己的外表满不在乎。

所以,这就是做百万富翁的感觉,我想。

我们这种底层小人物却对这种潇洒人生望尘莫及,我总是想着自己的裤子拉链有没有拉好。像我这样的社会渣滓,我们时常会偷眼往下瞄,以确认自己的裤链没出问题。山姆·K.巴罗斯这一生从来都不必偷瞄自己的裤链。如果拉链没拉好,他只要从容地把它拉上就行了。我真希望我也能这么有钱,我对自己说。

我沮丧极了,我的前途渺茫,按我现在的地位,我甚至还用不着担心自己的领带系好没有。就像其他人一样。我恐怕永远都到不了那个层次。

此外,巴罗斯长得相当不错,他有点像罗伯特·蒙哥马利[①],但没那么英俊,因为巴罗斯摘下墨镜时,我看见他眼窝处的皮肤肿胀而布满皱纹。但他的体格像运动员那样健壮,也许是在五千美元一小时的私人手球场练出来的。在顶尖医生的指导下,他对廉价的烈酒、啤酒之类的东西避而远之;他从没在汽车餐厅吃过饭……也许他从不吃猪肉,而只吃眼肉羊排、牛排和烤熟的小块牛肉。

自然而然地,由于这种饮食习惯,他身上一丝赘肉都没有。这使我更沮丧了。

现在我明白,他在早晨六点吃炖李子,还有在五点钟空荡荡

---

① 罗伯特·蒙哥马利(Robert Montgomery,1904—1981),美国电影演员。

的街道上慢跑四英里是为了什么了。这位年轻而古怪,曾登上《展望》杂志封面的百万富翁才不会和我们一样,在四十岁时因心脏病死掉;他必须健康地活着,享受他的财富。和全国上下屡见不鲜的情况相反,没有什么寡妇能继承他的财产。

真古怪,见鬼。

但也聪明极了。


豪华轿车抵达博伊西的时候已经过了晚上七点,巴罗斯先生和他的两名下属说,他们还没有吃晚饭。他们问,博伊西是否有什么不错的餐馆。

博伊西没有什么不错的餐馆。

"我们只想吃点炒虾。"巴罗斯说,"简单吃个便餐就行。我们在飞机上喝了点东西,但什么都还没吃呢。我们一路上都在谈天。"

我们找了家说得过去的餐馆。领班带我们到了饭店后方一个马蹄铁形状的包厢里;我们脱下外套,落了座。

我们点了酒水。

"您的第一桶金真是在当兵时靠打扑克赢来的吗?"我问巴罗斯。

"不,这全是胡扯。我玩了六个月的掷骰子游戏。打扑克要靠技巧,而我只是运气好罢了。"

普莉丝说:"但您进入了房地产行业,这靠的可不是运气了。"

"不,这是因为我母亲过去在我们老家洛杉矶租赁房屋。"巴罗斯看了她一眼。

"同样,"普莉丝同先前一样紧张地说,"您也不是全凭运气,才成为了那个执着于理想的'唐吉坷德',说服美国最高法院否决了航天局对月球和行星的贪婪垄断。"

巴罗斯对她点了点头,"过誉了。我在月球上拥有土地,我相信我对它们有所有权,因此想要检验这些所有权的有效性,这样,就再也不会有人来质疑了。我们好像见过?"

"是的。"普莉丝说,眼睛亮闪闪的。

"但我想不起我们在哪儿见的面。"

"我们只在您的办公室见过一小会儿。您不记得没关系,但我记得您。"她没有把目光从那人身上移开。

"你是洛克的女儿?"

"是的,巴罗斯先生。"

她今晚看起来漂亮多了。她的头发梳理得很整齐,用妆容巧妙地掩盖了苍白的肤色,但又没有浓得和我见她时那样,仿佛戴着艳丽的面具一般。她已经脱下了外套,因此我看见她穿着一件迷人的短袖针织衫,右胸前戴着一个黄金的蛇形别针。老天作证,我想,她还穿上了文胸,是那种能在平地建高楼的款式。为这个意义重大的场合,普莉丝垫高了胸部。而且,她站起来挂外套的时候,我发现她穿上了又高又细的高跟鞋,这使她的腿看起来美极了。所以,在重要场合,她的确可以把自己打扮得体。

"我来拿吧。"布朗克说,从她手中拿走了外套,他跳起来,够向衣架,把它挂在一个挂钩上,然后走回桌边鞠了个躬,对她轻快地一笑,坐了下来。"你确信,"他大声地说,"这个不正经的老头——"他指着莫里,"真是你父亲?还是说,你犯了法定强奸罪,先生?"他伸出手指,夸张地指着莫里。"可耻啊,先生!"他冲我们笑着。

"我看你只是对她有意思。"巴罗斯咬掉了一只虾的尾巴,把它放到一边去,"你怎么知道,她不是另一个仿生人玩意,就像那个'斯坦顿'一样?"

"我要买一打这款仿生人!"布朗克喊道,眼睛里放着光。

莫里说:"她真是我女儿,之前一直在学校。"他看起来不太舒服。

"她从学校回到家里——"布朗克的声音放低了。他以一种夸张的方式转向莫里,嘶哑地耳语,"因为她怀孕了,对吗?"

莫里不自在地笑了笑。

我转移话题道："很高兴又见面了,尼尔德女士。"

"谢谢。"

"那个'斯坦顿'机器人把我们都吓坏了。"巴罗斯对莫里和我说,他手肘抵着桌子,交叠着手臂。他已经吃完了虾,看起来心满意足。作为一个以炖李子开启新一天的人,他似乎对今晚的食物很满意。从个人角度,我不得不承认,这个信号令人振奋。

"我该祝贺你们所有人!"布朗克说,"你们造出了一个怪物!"他大声笑着,心情很好,"照我说,杀了那玩意儿吧! 喊一伙拿着火把的暴徒来! 冲啊!"

他的话把我们都逗笑了。

"弗兰肯斯坦造的那个怪物最后是怎么死的?"柯琳问。

"冻死的,"莫里说,"城堡被烧毁了,他们往它身上喷水,然后水结成了冰。"

"但在后一部电影中,人们发现那怪物被冻在了冰里,"我说,"然后,他们把它复活了。"

"它消失在一个沸腾着岩浆的深坑中,"布朗克说,"我在现场看着呢。我还留着一个从它外套上拿下来的纽扣。"他从外套口袋里掏出了一个纽扣,轮流展示给我们看。"来自举世闻名的弗兰肯斯坦怪物。"

柯琳说:"这是从你的马甲上掉下来的,戴维。"

"什么!"布朗克往下瞧了一眼,皱起了眉头。"还真是啊! 这是我自己的纽扣!"他又笑了起来。

巴罗斯用指甲剔着牙,对莫里和我说道:"制造那个斯坦顿机器人花了你们多少钱?"

"大概五千块。"莫里说。

"如果批量生产的话,要花多少钱? 比如说,生产几十万台。"

"天啊,"莫里迅速地说,"我得说,大概六百块吧。假设它们造得完全一样,配备同样的控制单元,里面装上一样的磁带的话。"

"它只不过,"巴罗斯对他说,"是那种会说话的洋娃娃的真人版,过去这种娃娃很流行,你们只是更正了——"

"不,"莫里说,"您这样说不全对。"

"好吧,它可以说话,还会走路。"巴罗斯说,"它是自己坐大巴来西雅图的。但不就是它的自动机原理更复杂一些吗?"在莫里回答之前,他继续说下去,"我的意思是,它实际上并没有什么创新点,对吗?"

一片寂静。

"有的。"莫里说。他看起来有些不高兴了。我也注意到,普莉丝像他一样突然严肃了起来。

"好吧,那能请你说说看吗?"巴罗斯说,他的语调听起来依然那么和蔼亲切。他拿起他那杯绿色匈牙利葡萄酒,抿了一口,"说吧,洛克。"

"它并不是靠自动机驱动的,"莫里说,"您知道英国的格雷·沃尔特取得的成果吗?您知道他的那些电子龟吗?这叫'自体调节系统',它不受外在环境的影响,所有的反应都是自行产生的。就像会自行修理的自动化工厂一样。您知道'反馈'是什么意思吗?在电气系统里,有——"

戴维·布朗克把手放在莫里的肩膀上,"巴罗斯先生想知道的是,如果我非得说这个冗长的术语的话——你们的林肯和斯坦顿机器人是否存在专利权。"

普莉丝低沉而冷静地说:"我们的产品受到专利办公室的完全保护,拥有专业的法律代理。"

"那就好,"巴罗斯剔着牙,笑着对她说,"否则的话,我们就没法买下它了。"

"'斯坦顿'电子仿生人身上运用了许多新科技。"莫里说,"它代表着多年以来,政府内外许多研究团队的工作成果。而且,如果我的观点能代表其他人的话,我们对这惊人的成果都感到非常高兴,甚至惊喜……'斯坦顿'从灰狗巴士上下来,来到西雅图,又打了一辆出租车到您的办公室的时候,您也亲眼见到了我们的成果。"

"它是走路来的。"巴罗斯说。

"什么意思?"

"我说,它是从灰狗巴士站走到我们办公室来的。"

"无论如何,"莫里说,"在电子贸易行业,我们取得的成果可是前所未有。"

晚饭后,我们开车去了安大略,十点时抵达了美声公司的办公室。

"这小镇真有意思。"戴维·布朗克环视着空无一人的街道说,"大家都早早睡觉了。"

"瞧好了,你们就要见到'林肯'了。"我们下车时,莫里说。

他们在展厅的窗前停下,读起了那张关于"林肯"的说明。

"让我来做这个王八蛋吧。"巴罗斯说。他把脸贴在玻璃上,朝里面瞧去,"但我没看到它,它在做什么,睡觉吗? 还是说,每天下午五点人行道上人最多的时候,你们都要派人来当众刺杀它?"

莫里说:"'林肯'肯定在下面车间里,我们去看看吧。"他打开了门,侧身让我们进去。

现在,我们站在了修理车间门口,里面黑漆漆的,莫里摸索着电灯开关,把灯打开。

"林肯"坐在那里,正在沉思。原来它一直安静地坐在黑暗中。

巴罗斯立刻说道:"总统先生。"我看见他用手肘捅了捅尼尔德。布朗克咧开嘴,笑得贪婪而热情,看起来像一只饥饿却自信的猫一样。显然,他对眼前的这幅场景十分受用。尼尔德夫人伸长了脖子,微微喘着气,看起来十分入迷。不出我所料,巴罗斯毫不犹豫地走进了修理车间,十分从容。他并没有对着"林肯"伸出手,而是在距它几步远的地方礼貌地停了下来。

"林肯"转向他,脸上带着忧郁的神情。我从未见过谁的脸上流露过这样的绝望。我后退一步,莫里也退了一步。普莉丝站在门口,什么反应都没有。"林肯"站了起来,迟疑了一会儿,然后,那痛苦的表情渐渐消失不见;它用和它高大体格截然相反的破碎、尖厉的声音说:"您好,先生。"它低头打量着巴罗斯,友好而满怀兴趣,眼里微微闪着光。

"我是山姆·巴罗斯,"巴罗斯说,"非常荣幸见到您,总统先生。"

"谢谢,巴罗斯先生,""林肯"说,"为什么您和您的朋友不进来坐一坐呢?"

戴维·布朗克瞪大眼睛,看了我一眼,无声地传达着惊讶与敬畏。他拍了拍我的背。"呦。"他轻声说。

"您记得我吧,总统先生。"我对那仿生人说。

"是的,洛森先生。"

"还有我呢?"普莉丝冷淡地问。

那仿生人煞有其事又笨拙地向她轻鞠一躬,"弗劳恩季默小姐,还有您,洛克先生……工作的总舵手,对吗?"那仿生人笑了起来,"如果我没弄错的话,您是公司的所有人,或者说共有人。"

"您在这儿做什么?"莫里问它。

"我在想莱曼·杜伦巴尔①说过的一句话。你知道,道格拉斯法官②曾经和布坎南③会面,就《莱康普顿宪法》④和堪萨斯州的问题展开讨论。道格拉斯法官随后挺身而出,即使明知面临威胁,也要挑战布坎南的观点,这是一种行政举措。我和我在共和党中的那些亲密伙伴并不支持道格拉斯法官,这也不符合我们的事业。但到了1857年年底,我当时在布卢明顿,我突然发觉,已经没有共和党人支持道格拉斯了,就像人们从纽约的《论坛报》

---

① 莱曼·杜伦巴尔(Lyman Trumbull, 1813—1896),曾任伊利诺伊州参议员,在南北战争和重建时期的独立观点使他在漫长的政治生涯中从民主党转为共和党,再转为自由共和党,最后又回到民主党。

② 指斯蒂芬·A.道格拉斯(Stephen A. Douglas, 1813—1861),曾任伊利诺伊州参议员,民主党人。1858年在伊利诺伊州就奴隶制问题与林肯展开了七次辩论。因为道格拉斯1841至1843年曾担任最高法院法官,林肯在辩论中称其为"法官"。

③ 詹姆斯·布坎南(James Buchanan, 1791—1868),美国第15任总统。

④ 堪萨斯州加入联邦时制定的四大宪法草案之一。该宪法草案拥护奴隶制。

上读到的那样。我让杜伦巴尔从斯普林菲尔德给我写信,告诉我是否——"

这时,巴罗斯打断了那林肯仿生人,"先生,请原谅我。我们有生意要谈,之后我、布朗克先生,以及尼尔德夫人马上就要飞回西雅图。"

"林肯"鞠了一躬。"尼尔德夫人。"他伸出了手,然后,柯琳·尼尔德扑哧地笑出了声,走上前来同他握手。"布朗克先生。"他又庄重地同那矮小圆润的律师握了手,"您和克利夫兰的内森·布朗克不是亲戚,对吧,先生?"

"不是的。"布朗克回答,用力地摇了摇手,"您曾经做过律师,对吗,林肯先生?"

"是的,先生。""林肯"回答。

"我也是律师。"

"我看出来了,""林肯"微笑着说,"您拥有那种就琐事争论的神圣能力。"

布朗克大笑起来。

巴罗斯走上前站在布朗克身边,对那仿生人说:"我们是从西雅图来和洛森先生和洛克先生谈生意的,这笔生意包括巴罗斯集团对美声公司的投资。在生意敲定下来前,我们想与您谈谈。前不久,'斯坦顿'坐大巴来拜访过我们,我们已经见过面了。我们希望将您和'斯坦顿'作为美声公司的资产和基本专利予以收购。您当过律师,应该对这类业务有所了解。我很好奇,想要问问您,您对于现代世界的看法是怎样的? 比如说,您知道'维生素'是什么东西吗? 您知道现在是哪一年吗?"他仔细打量着那仿生人。

"林肯"没有立即回答,它正要开口作答时,莫里招手让巴罗斯走到一边去。我也跟了上去。

"这样做根本毫无意义,"莫里说,"你完全明白,我们把它造出来,不是用来回答这种问题的。"

"没错。"巴罗斯同意道,"但我很好奇。"

"别这样。如果你把它的初级电路烧坏了,你就会觉得很滑稽了。"

"它有这么脆弱吗?"

"不,"莫里说,"但你在刺激它。"

"我没有。它看起来太逼真了,我只是想知道它对于自己的复活有多少了解。"

"别管它了。"莫里说。

巴罗斯立刻打了个手势。"当然。"他对柯琳·尼尔德和他们的律师招手示意,"我们这就把生意谈好,回西雅图去。戴维,你对它满意吗?"

"不满意。"布朗克走回我们身边。柯琳和普莉丝依然同那仿生人站在一起,她们还在问他和斯蒂芬·道格拉斯辩论的事。"依我看,它运转得并不像那个'斯坦顿'一样好。"

"怎么说?"莫里问。

"它——说话很慢。"

"它只是还没回过神来。"我说。

"不,不是这样的,"莫里说,"是性格上的差异。斯坦顿更加固执死板。"他转向我说:"我很清楚这两个人物的性格特征,并据此为仿生人制造了指令带。林肯就是这种人,有时他就会陷入沉思。我们进来时它正在思考,其他时候它会显得外向许多。"他对布朗克说:"林肯的性格就是这样的,如果你在这儿多待一会儿,你就能见到仿生人心情不一样时的模样。他就是个情绪多变的人,和斯坦顿不一样,他的性格没那么稳定。我是说,我们的电路设计没有问题,它本来就是这样。"

"我知道了。"布朗克说,但他听起来依然将信将疑。

"我明白你的意思,"巴罗斯说,"它看上去像卡住了。"

"没错,"布朗克说,"我认为,他们根本没有把它制造得那么完美。肯定还有不少漏洞。"

"他们不让我们问时兴的话题,"巴罗斯说,"借此来掩饰它的漏洞——你发现了。"

"当然了。"布朗克说。

"山姆，"我对巴罗斯插话道，"也许是因为你刚从西雅图飞过来，又从博伊西坐了那么久的车，你根本没明白我们的意思。坦白说，我以为你完全理解仿生人的运行原理，但为了让场面不会变得太尴尬，咱们先别谈这个话题了。好吗？"我微笑着。

巴罗斯盯着我陷入沉思，没有回答；布朗克也是如此。莫里坐在角落的一张工作椅上，抽着雪茄，默默地吐出蓝色的烟圈。

"我明白，你对'林肯'感到很失望，"我说，"我理解。坦白说，那个'斯坦顿'接受过培训。"

"啊。"布朗克说，眼睛发亮。

"这不是我的主意。我的合伙人太紧张了，他想要把它设定完善。"我扭头向莫里的方向示意，"他做得不对，但这件事已经过去了；我们目前的工作重点是那个'林肯'仿生人，因为它是美声公司真正探索的基础。我们回去再问它一些问题吧。"

我们三个走了回去，尼尔德夫人和普莉丝还站在那里，听那个高大、留着胡须的仿生人弯腰说着话。

"……他引用我的话说，《独立宣言》中早就将黑人的权利纳入其中，根据那上面的说法，所有人都生来平等。道格拉斯法官说，我在芝加哥是这么说的；然后他又说，到了查尔斯顿，我却把黑人称作劣等种族。他还说，我曾声称这不是一个道德问题，而是一个等级问题；但到了盖尔斯堡，我又反过来说，这是个道德问题。"那仿生人冲我们露出一个文雅而苦涩的微笑，"观众席中，有些家伙喊道，'他说得对。'我很高兴有人赞同我的观点，因为我自己总觉得，道格拉斯法官一直在借着我往上爬呢。"

普莉丝和尼尔德夫人欣赏地笑了起来。我们其他人一言不发地站在那里。

"道格拉斯法官获得最多掌声的那一次呢，他说，整个联邦北部的共和党人都支持不再增加蓄奴州这一原则，而联邦的另一端的共和党人却反对这条原则……法官想知道，林肯和他的同党人是否支持林肯本人曾从《圣经》中引述的话，即'若一国自相纷争，那国就站立不住'。"那仿生人的话中带了些开玩笑的意味，"法官也想问，我的原则是否和共和党保持一致。当然，直到十月份，我才有机会在昆西回答法官的问题。我当时问他，他是否能够证明马栗①和栗色马是同样的东西。我的确无意为白人与黑人争取同等的政治和社会权利。这两个种族在体质上有着天壤之别，而在我看来，这种差别使得他们永远无法在完全平等的基础上共存。但我认为，黑人和白人一样，都拥有生命权、自由权与追求幸福的权利②。黑人与我们白人在许多地方都不同，显然，我们的

---

① 七叶树的果实，外表与板栗相似。
② 此处，"林肯"引用的是《独立宣言》中的句子。

肤色不同——也许，我们在智识与道德禀赋上也有很大的差异。但黑人和我、道德拉斯法官，以及任何一个白人一样，拥有自食其力，而不必在他人命令之下苟活的权利。"那仿生人停顿了一下，"那时，我这番话引起了一阵欢呼。"

山姆·巴罗斯对我说："你往那东西的体内装了盘相当不错的带子，是吧？"

"这话是它自己想出来的。"我告诉他。

"它自己想出来的？你是说，它能够自行发表演说？"显然，巴罗斯并不相信我的说法，"在我看来，这东西只是个寻常的机器人玩意，只不过打扮得像历史人物而已，除此之外，它实在算不上什么。早在1939年旧金山世博会上就展出了同样的东西，叫作'佩德罗语音合成器'①。"

我们之间的对话并没有躲过那林肯仿生人的耳朵。事实上，现在，它、普莉丝，以及尼尔德夫人都看着我们，听我们谈话。

"林肯"对巴罗斯先生说："就在不久前，您是不是表示，您想把我视作某种财产予以'收购'？我记得不错吧？如果这样的话，我倒是很好奇您想要如何收购我，或是其他别的人，因为弗劳恩季默小姐告诉过我，如今各种族之间的地位空前平等。对于这类

---

① 原文为"Pedro the Vodor"，或为"Pedro the Voder"的误写。后者是贝尔实验室制造的语音合成器，于1939年在旧金山世博会上展出。

事,我的心情有些复杂,但我确信,当今世界已经没有人能'收购'任何人了,即使在俄罗斯,这也是一桩丑事。"

巴罗斯说:"但机器人除外。"

"您是指我吗?"那仿生人说。

巴罗斯笑了起来,说:"好吧,我是这个意思。"

他身边,那位矮小的律师戴维·布朗克站了起来,他摸着下巴,若有所思,目光从巴罗斯身上移到了那仿生人身上,又移了回来。

"先生,您能不能告诉我。"那仿生人说,"人类是什么?"

"好的。"巴罗斯说。布朗克看向了他;显然,巴罗斯享受这种被注视的感觉。"人就像两条腿的萝卜[1]。"他补充道,"你应该对这个说法很熟悉吧,'林肯'先生?"

"是的,先生。"那仿生人说,"这是莎士比亚借福斯塔夫之口说的,对吗?"

"是的。"巴罗斯说,"如果让我补充的话,我要说,人也可以被定义为一种拿着手帕的动物。这样如何? 莎士比亚先生可没这么说过。"

"没有,先生。"那仿生人赞同道,"他没这样说过。"那仿生人

① 出自莎士比亚《亨利四世》下篇第三幕。下文提到的"福斯塔夫"为剧中的人物。

大笑起来,"我欣赏您的幽默,巴罗斯先生。我能在演说中借用这个说法吗?"

巴罗斯点了点头。

"谢谢您。"那仿生人说,"现在,您已经将人类定义为一种拿着手帕的动物。但动物又是什么呢?"

"我可以告诉你,你并不是动物。"巴罗斯把手插进了裤袋;他看起来自信极了,"动物具有一套生物遗传与结构,但你没有。你身体里只有阀门、电线和开关。你是机器。你就像——"他想了想,"珍妮纺纱机。就像蒸汽机一样。"他朝布朗克眨了眨眼,"蒸汽机会自认为,它应受你刚才引用的宪法条文的保护吗?它难道像白人一样,拥有自食其力的权利吗?"

那仿生人说:"机器会说话吗?"

"当然会。收音机、留声机、录音机、电话——它们都能说个不停,没完没了。"

那仿生人想了想。它不知道这些东西是什么,但它可以敏锐地猜到;它有那么多的时间独自思考,我们都非常羡慕它。

"那么,先生,机器又是什么?"那仿生人问巴罗斯。

"你就是一台机器。那群家伙把你造了出来,你是他们的所有物。"

那仿生人布满皱纹、留着深色胡子的长脸上露出了疲倦与愉悦交织的神情,它低头看着巴罗斯,"那么,先生,您也是一台机器。因为您是被上帝之手创造出来的。而且,就像'那群家伙'一样,祂根据自己的形象创造了您。我记得伟大的犹太学者斯宾诺莎认为,动物只不过是聪明些的机器。而在我看来,关键之处在于灵魂。机器可以替人完成任何工作——这你也赞同。但它没有灵魂。"

"世界上没有灵魂这种东西。"巴罗斯说,"这全是胡说八道。"

"因此,"那仿生人说,"机器和动物是一样的。"它淡然、耐心地说着,语速缓慢,"而动物和人一样。这难道不对吗?"

"动物是由血与肉组成的,而机器是由电线和管道组装而成的,就像你一样。你说这些又有什么意义? 你明知道你就是台该死的机器;我们进来的时候,你正在黑暗中独自坐着考虑这件事。那又怎么样? 我知道你是台机器,但我不在乎。我只在乎你能不能派上用场。而在我看来,你的表现并没有优秀到足以吸引我。也许要等过一阵子,等你的漏洞被修好一些时,你才能引起我的兴趣。你只会喋喋不休地谈论道格拉斯法官,还有一堆关于政治和社会的废话,没人对这些东西感兴趣。"

他的律师戴维·布朗克转过身来,沉思着看着他,依然摸着自己的下巴。

"我想,我们该回西雅图去了。"巴罗斯对他说。他又对我和莫里说:"我已经决定了。我们愿意投资,但我们必须控股,这样我们就能把控研发方向。比如,就目前看来,那个南北战争的概念荒谬至极。"

我吓了一跳,结结巴巴地说:"什、什么?"

"要想从这个南北战争的主题策划中获益,只能通过我说的这种方式。你花一百万年都想不出这个主意。用机器人来重演战争,没错。但收益是这么来的:开战时,人们可以就战争的结果下注。"

"什么战争的结果?"我说。

"哪一方会获胜的结果。"巴罗斯说,"是北方还是南方。"

"就像冠军棒球联赛一样。"戴维·布朗克若有所思地拧着眉头。

"没错。"巴罗斯点了点头。

"南方怎么可能赢,"莫里说,"他们根本没有工业。"

"那就设定一个差点制度①。"巴罗斯说。

莫里和我都说不出话来。

"你肯定不是认真的吧。"过了好久,我才重新组织起语言。

---

① 高尔夫运动中的一种制度,目的是使水平不一的运动员得以公平竞争。

"我是认真的。"

"把一曲民族史诗改造成一场赛马会？一场赛狗会？一场赌博？"

巴罗斯耸了耸肩，"我告诉你的主意可是价值百万，你可以置之不理，这是你的权利。我只能说，除此之外，你根本没法从这些内战机器人身上赚到钱。而我本人会用一种完全不同的方式来规划它们。我知道你们的工程师罗伯特·邦迪的来头，我知道他曾受雇于联邦航天局，负责为他们的仿生人设计电路。总之，在允许的范围内了解尽可能多的太空探索硬件知识对我来说无比重要。我知道，你的'斯坦顿'和'林肯'都是政府项目的轻微修改版。"

"大幅改良版。"莫里纠正他，声音嘶哑，"政府的仿生人只是可移动的机器，它们构造简单，只用于在人类无法生存的真空地带爬行。"

巴罗斯说："我来告诉你我的设想吧。你能制造一些看起来更加友好的仿生人吗？"

"什么？"我和莫里异口同声地说。

"如果能把它们的外形设计得和隔壁邻居完全一样，我就能让它们派上用场。一户亲切友善的家庭，一户好邻居。像你想要住在他们附近的人，像你在内布拉斯加州奥马哈市的童年回

159

忆中的人。"

莫里沉默了一会儿,说:"他的意思是,这种机器人能卖得很好,因此有利可图。"

"不是卖。"巴罗斯说,"是免费提供。太空殖民已经被推迟得太久了,现在已经刻不容缓。而月球上贫瘠又荒凉,住在那儿的人会感到很寂寞。我们发现,很难说服第一批人启程前往那里。他们会购买土地,但他们不会在那儿定居。我们希望城镇能如雨后春笋般涌现出来。为此,我们也许必须采取措施。"

"那些人类定居者会知道,他们的邻居全都是仿生人吗?"我问。

"当然了。"巴罗斯平静地说。

"你不会对他们隐瞒真相吗?"

"天啊,才不会。"戴维·布朗克说,"那是欺诈。"

我看着莫里,他也看着我。

"你得给他们取名字。"我对巴罗斯说,"取些好听、老派又寻常的美国人名。爱德华斯一家人,包括比尔和玛丽·爱德华斯,还有他们七岁的儿子提姆。他们要前往月球,哪怕那里严寒又缺氧,土地贫瘠而荒芜。"

巴罗斯看着我。

"然后,随着越来越多的人上钩,"我说,"你就开始偷偷摸摸地把那些仿生人撤回来。爱德华斯一家,琼斯一家,还有其他家庭——他们把房子卖掉,搬到别处去了。直到你投资的土地上,你兴建的住宅小区里住满了真正的人。而没有人知道这一切。"

"这样行不通的。"莫里说,"有些真人居民可能试图和爱德华斯太太上床,然后他们就会发现真相。你知道小区里的生活是怎样的。"

戴维·布朗克像驴叫一样嘶哑地笑出了声,"说得对啊!"

巴罗斯平静地说:"我认为这样行得通。"

"你只有这一条道走。"莫里说,"因为你在天上有那么多土地,而人们不愿意移居到那里去……我还以为,那里已经很繁华了,而人们不愿意到那里去,只是因为那里的法律太严厉了呢。"

"那里的法律是很严厉。"巴罗斯说,"但是——现实一点吧。只要你一看到那上面的环境……好吧,我这样说吧。在那里待上十分钟,对大多数人来说就已经无法忍受了。我去过那里一次,就不想再去第二次了。"

我说:"感谢你对我们这么坦诚,巴罗斯。"

巴罗斯说:"我知道政府的仿生人在月球表面运行得很好。我知道你们手上有那种仿生人的改良版。我也知道,你们是怎样对它进行改良的。这次,我想按照我个人的设想,对它进行进一步改良。你们提出的其他方案绝对不可能成功。除了用于太空探险以外,你们的仿生人没有多少真正的市场价值。这个南北战争把戏不过是个愚蠢的白日梦。如果你们不按我说的做的话,我就不会和你们进行任何合作。我要以书面的形式把这件事确定下来。"他转向了布朗克,后者严肃地点了点头。

我张目结舌地看着巴罗斯,不知道该不该相信他;他是认真的吗?为了创造繁荣的假象,就要把仿生人打扮成人类殖民者一样,居住在月球上?男性、女性和儿童仿生人住在小小的起居室中,假模假样地吃饭,装模作样地上洗手间……这太可怕了。而这一切,都是为了帮这个人摆脱麻烦,而我们真的想把我们的命运与人生寄托在这上面吗?

莫里坐了下来,抽着雪茄,看起来面色沉重;他一定也在想和我一样的事。

然而,我能理解巴罗斯的立场。他必须说服那些群众,移民去月球是件大有前景的事,他把自己的全副身家都押在这上面了。也许,为了达成目的他可以不择手段。人类必须战胜他们的恐惧与脆弱,进入史无前例的陌生环境中。这样做也许能帮助人们战胜困难,同伴能为他们带来宽慰。暖气与保护广大土地的充气穹顶都将建好……住在那里,他们感受到的并不是身体上的痛苦——而是月球的氛围带给他们的心理折磨。没有生命,也没有生机……永远都不会有什么变化。而隔壁那座亮着灯的房子里住着一家人,坐在桌边吃早餐,聊着天,其乐融融:巴罗斯能够提供这幅景象,正如他能提供空气、暖气、房屋与水一般。

我不得不佩服这个人。在我看来,如果不欺骗他人的话,这个主意实在不错。当然,他们会采取一切办法来掩盖秘密。但如果那些措施失效了,如果新闻媒体曝光了这一切,巴罗斯的生意就完蛋了,或许他还会被起诉,被送进监狱。我们也许也要跟着蹲号子。

巴罗斯的商业帝国中,还有多少像这样的骗局?显然,他的生意建筑在谎言之上……


最终,我将话题转到了他们的返程上,我告诉他们,要在今晚就返回西雅图可不容易,并说服巴罗斯打电话在附近的一家汽车旅馆订了房间。他们一行人会住到明天,然后再动身返回。

这个小插曲使我能抽身打个电话。我走了一段路,直到没人能听见我的声音,然后往博伊西我父亲那边打了个电话。

"他试图拉我们下水。"我告诉我父亲,"他把我们拉到了完全陌生的领域里,我们完全不知所措。我们实在没法应付这个人。"

通常来说,这个时候我父亲都已经上床休息了。他听起来有些迷糊,"这个巴罗斯,他还在这里吗?"

"是的。而且他的脑子很灵活。他甚至同那'林肯'辩论了一通,并自以为获胜了。也许他确实赢了;他引用了斯宾诺莎的话,说动物只不过是聪明些的机器,而不是活生生的东西。引用这话的不是巴罗斯——而是'林肯'。斯宾诺莎真的这么说过吗?"

"很抱歉,我不知道。"

"您什么时候能过来?"

"今晚不行。"我父亲说。

"那么明天来吧。他们要在这里过夜。我们明天要继续谈,需要像您这样文雅的人道主义者的支援。您明天一定得来。"

我挂断了电话,回到人群中。他们五个——如果你算上那仿生人的话,就是六个——正在大办公室中谈天。

"回去休息前,我们要去喝一杯。"巴罗斯对我说,"当然,你会和我们一起去。"他向那仿生人点了点头,"我也希望它能来。"

我暗自叹了口气。但大声地答应了。


现在,我们坐在一家酒吧里,酒保正在为我们调酒。

我们点单时,"林肯"始终一言不发。但巴罗斯为它点了一杯"汤姆·柯林斯"鸡尾酒。现在巴罗斯把杯子递给了它。

"干杯。"戴维·布朗克举起他那杯酸威士忌酸,对那仿生人说。

"尽管我没有戒酒,"那仿生人用它那古怪而高昂的声音说,"但我很少喝酒。"他怀疑地检查了一番那杯酒,然后抿了一口。

"如果你们照你们设想的逻辑,再往前推进一点点的话,"巴罗斯说,"你们的生意本可以更扎实一些。但现在已经太晚了。我是说,无论你们造的这个等身玩偶能卖多少钱,将它用于太空探险至少也能卖到相等的价钱——甚至更多。所以两者相抵了。你不觉得吗?"他询问般地环顾四周。

"太空探险,"我说,"是联邦政府的项目。"

"那么,我指的是,我进一步提出的那个设想。"巴罗斯说,"我的重点是,这笔交易划得来。"

"我不明白你的意思,巴罗斯先生。"普莉丝说,"你这是什么意思?"

"我是说,你们想要把这仿生人造得同真人没什么差别,甚至能够以假乱真……而在我们看来,你们倒不如将它送到月球上去,住在一栋加利福尼亚牧场风格的、带有两个卧室的住宅中,给它们取名叫爱德华斯一家人。"

"那是路易斯的主意!"莫里大喊道,"这个爱德华斯一家人的说法是他提出的!"他狂热地左右打量着我,"不是吗,路易斯?"

"是啊。"我说。至少,我认为这是我的主意。我对自己说,我们得离开这里。我们居于守势,正被逼得逐步撤退,一步步退向了死胡同。

"林肯"默默地喝了一小口鸡尾酒。

"你觉得这酒怎么样?"巴罗斯问它。

"味道不错。但它让我有些迷糊。"然而,它又抿了一口。

这就是我们需要的东西,我想,迷糊的感觉!

# 10

最后，我们决定各自回去休息。

"和您谈话很愉快，巴罗斯先生。"我说，对他伸出手。

"我也一样。"他和我握了握手，然后和莫里和普莉丝也握了手。"林肯"站在稍远的地方，以它特有的忧郁神情望着我们……巴罗斯根本没想和它握手，他甚至没打算同它道别。

没过多久，我们四个就走在了回美声公司的路上。人行道上黑漆漆的，我们呼吸着夜间清冽的空气，感到心情舒畅。

没有了巴罗斯那一行人在，一回到办公室，我们就拿出了"老乌鸦"波本威士忌，用一次性纸杯痛饮加了水的波本酒。

"我们有麻烦了。"莫里说。

我们其他人都颔首赞同。

"你怎么看?"莫里问那仿生人,"你觉得他这人怎么样?"

"林肯"说:"他就像螃蟹一样,横冲直撞。"

"什么意思?"普莉丝说。

"我知道他什么意思。"莫里说,"这个人横行霸道,拼命地逼迫我们,让我们乱了方寸,完全不知所措。在他面前,我们就像小孩一样。小孩!而且我们两个——"他指着我,"我们自称销售,为什么我们反倒被他轻易击败?如果我们当时没有及时脱身的话,现在一定被他完全占据了主导地位,把底牌都输干净了。"

"还有我父亲在呢。"我说。

"你爸!"莫里酸溜溜地说,"他比我们还愚蠢。我真希望我们从来都没有和这个巴罗斯扯上过关系。现在我们再也摆脱不了他了——直到他得到他想要的东西。"

"我们不一定非要和他做生意。"普莉丝说。

"我们可以让他回西雅图去。"我说。

"别耍我了!我们可没法说服他。明天一大早,他肯定就会来敲我们的门,就像他说的那样。他会不断折磨我们,不断逼迫我们——"莫里瞪着我。

"别让他影响到你。"普莉丝说。

我说:"我觉得,巴罗斯其实是个走投无路的人。他的商业大厦摇摇欲坠,这个月球殖民计划就要完蛋了,你们没察觉到吗?我们面前的并不是一个有权有势的成功人士。他只不过是个把全副身家都赌在月球房地产开发上的普通人罢了。他建造穹顶,为人们提供暖气和空气,还建造了转换器,来把冰转换成水——但他始终没法让人们动身前往那里。我都为他难过了。"

他们都专注地看着我。

"这个骗局是巴罗斯的最后一搏。"我说,"他打算将仿生人安置在村庄中,假扮成人类定居者。这个骗局脱胎于绝望。他第一次说这事的时候,我还以为这是个只有巴罗斯这样的人物才能构想出的那种超出我们凡人眼界的宏景。但现在,我却不那么确定了。我觉得他是害怕了,害怕到已经陷入疯狂。这个主意并不合理,他根本不能指望骗过任何人,联邦政府马上就会发现的。"

"怎么发现?"莫里问。

"卫生部会给有意移民太空的人进行体检,这是政府的职责。巴罗斯又该怎么把那些仿生人送上太空呢?"

莫里说:"听着。无论他的计划听起来有多合理,这和我们都没有关系。我们没有资格去评判他。只有时间会证明一切,而如果我们不和他合作,甚至连时间都证明不了什么。"

"我同意。"普莉丝说,"我们应该按兵不动,看看他能给我们什么好处。"

"如果他被抓进大牢,我们可什么好处都得不到。"我说,"他一定会蹲大牢的,他一定会落得这个下场。我是说,我们必须脱身,不要和这个人有任何生意来往了。他做生意既不诚实,又不可靠,不仅危险,还蠢得要命。我们自己的主意本就够蠢了。"

"林肯"说:"能让'斯坦顿'先生到这儿来吗?"

"什么?"莫里说。

"我认为,要是'斯坦顿'先生在这里,而不是像您说的那样待在西雅图的话,我们的优势能更大一点。"

我们互相看着。

"他说得对。"普莉丝说,"我们应该把'埃德温·M.斯坦顿'叫回来。他对我们有用,他这人很固执。"

"我们需要一个强硬的人。"我同意道,"一块硬骨头。我们都太容易让步了。"

"好吧,我们能把它弄回来。"莫里说,"今晚就可以。我们可以租一架私人飞机,飞去西雅图外围的西雅图-塔科马机场,然后开车到西雅图找到它,把它带回来。明天上午我们见巴罗斯的时候,就可以带上它。"

"但这样的话,我们会累坏的。"我指出,"况且,这还是在最好的情况下。也许我们要花好几天才能找到它。现在它可能不在西雅图，或许它已经跑去了阿拉斯加或日本——甚至已经启程去了巴罗斯在月球上兴建的居住区。"

我们愁眉苦脸地用纸杯喝了一小口波本酒，但"林肯"没喝。它把它那杯酒推到了一边。

"你们听说过袋鼠尾汤吗?"莫里问。

包括那仿生人在内，我们都看着他。

"我放了一罐在办公室。"莫里说，"我们可以把它放在电炉上热一热，美味极了。我来做吧。"

"我要走了。"我说。

"不了，谢谢。"普莉丝说。

那仿生人温和、憔悴地微笑着。

"我来告诉你们我是如何买到它的。"莫里说，"那天我在博伊西的超市里排队。收银员对一个家伙说:'不，我们以后再也不进袋鼠尾汤了。'突然之间，从摆着麦片的货架的另一端传来一个空洞的声音:'不进袋鼠尾汤了吗? 再也不进了?'然后这个人匆匆忙忙地推着购物车，去抢购最后那些罐头。所以我也跟着买了一些。试试吧，它会让你们好受些的。"

我说:"注意巴罗斯是怎么击败我们的:他先管那仿生人叫'机器人'，然后又说它们只是要人的花招，最后，他又管它们叫'洋娃娃'。"

"这是一种技巧，"普莉丝说，"一种销售技巧。他在一点点地打压我们。"

"语言，"那仿生人说，"也是一种武器。"

"你只会和他辩论，"我问那仿生人，"你就不能和他说些别的什么吗？"

那仿生人摇了摇头。

"它当然什么都做不了。"普莉丝说，"因为它就像我们在学校里做的那样，站在公平公正的立场上与人争辩。上个世纪中叶，人们就是这样辩论的。而巴罗斯才不讲求什么公平，这里又没有观众给他挑错。对吧，林肯先生？"

那仿生人没有回答，但在我看来，它的微笑似乎变得更沉痛了，它把脸拉长，表情变得更加凝重。

"世风日下啊。"莫里说。

然而，我想，我们不能坐以待毙。"也许他把'斯坦顿'严密关押，藏在了一个我们都不知道的地方。也许，他已经把它搬到某处的工作台上拆解了，他的工程师正以此为模板制造他们的仿生人呢。他们会稍做些改动，以免侵犯我们的专利权。"我转向莫里，"我们真的注册专利了吗？"

"还在审批呢，"莫里说，"你知道这套程序是怎么运作的。"他听起来并不乐观，"他当真会偷走我们的东西，现在，他已经看过了我们的产品,他一看就知道,只要时间充足,他自己也能造出同样的东西。"

"好吧。"我说,"就像内燃机的情况一样。但是我们已经抢占了先机,我们这就在洛森工厂里尽可能快地开工吧。我们要在巴罗斯行动前抢占市场。"

他们都瞪大眼睛,望着我。

"我想你说得对,"莫里咬着大拇指说,"我们现在还能怎么办呢?你觉得,你爸爸马上就可以配置好装配线吗?他能像你一样迅速地改变主意吗?"

"他快得像条蛇。"我说。

普莉丝不以为然地说:"别要我们了。老杰罗姆?他要花一百年才能制造出冲压零件的模具,线路则要跑到日本去完成。那么他就必须得飞到日本去准备,或许他会用老方法乘船去那儿。"

"噢。"我说,"原来你考虑过这个方案,我明白了。"

"是啊。"普莉丝轻蔑地说,"我确实认真考虑过。"

"无论如何,"我说,"这是我们最后的希望。我们必须马上把那玩意儿推上零售市场。按现在的状况,我们已经浪费太多时间了。"

"我同意。"莫里说,"我们就这样做吧,明天我们就去博伊西，让老杰罗姆还有你那个滑稽可笑的弟弟查斯特马上开始工作。立刻开始制作冲压模具，然后飞去日本——但是我们该怎么和巴罗斯说呢？"

这问题把我们难住了。我们再一次陷入了沉默。

"我们就和他说，"我宣布道，"'林肯'坏掉了。它已经完全报废了，因此，我们只好取消了它的上市计划。这样的话，他就不会想要这东西，转而飞回西雅图去了。"

莫里走到我身边，低声说："你是说，我们得把它的电源切断。把它关掉。"

我点了点头。

"我讨厌这样做。"莫里说。我们都看着"林肯"，后者正用忧郁的眼神看着我们。

"他会坚持亲眼看一看。"普莉丝指出，"如果他想来看，就让他来看几次吧。让他像摇泡泡糖贩卖机一样摇它好几下，如果我们把它关掉，它就不会有任何反应了。"

"行。"莫里赞同道。

"好的。"我说，"那我们就这么办。"


我们立刻把"林肯"关掉。然后莫里就下楼开车回家了，他说他立刻就要上床睡觉。普莉丝自告奋勇要载我回汽车旅馆，再把我的雪铁龙开回她自己家,然后第二天早上过来接我。我太累了,于是接受了她的提议。

她开车载我在安大略空无一人的街道上穿行,说:"我在想,是不是所有有钱有势的人都这样。"

"当然。所有白手起家的人都这样——那些富二代可能就不一样了。"

"把'林肯'关掉,"普莉丝说,"让我感觉特别可怕。目睹着它失去生机,就好像我们再一次杀死了它。你觉得呢?"

"我也是这么想的。"

过了一会儿,她把车子停在旅馆前,说:"你觉得,要想发家致富就非得这样吗?非得要变成他这样吗?"毫无疑问,山姆·K.巴罗斯让她改变了。现在,她是一个清醒的成年女人了。

我说:"别问我。我一个月最多也就赚个七百五十美元。"

"可是我们不得不佩服他。"

"我知道你迟早要这么说。你一开始说话,我就知道你要把话头拐到这里来。"

普莉丝叹了一口气,"所以,在你眼中,我就像一本翻开的书一样一览无余。"

"不,你是我目前为止面对的最大谜题。只有这一次,我才在心里想,'普莉丝肯定要说,可是我们不得不佩服他',而你真的这么说了。"

"我猜你也觉得,我会逐渐走回到老路上,变得像从前那么崇拜他。我没什么话好说了。"

我什么都没说。但她说得没错。

"你是否留意到,"普莉丝说,"我能够忍受把'林肯'关掉?如果我这都能忍,我什么都可以忍得住。我甚至感觉有一些享受,当然了,我没有把这种情绪流露出来。"

"别瞎说了。"

"我体验到了一种权力的快感,这是一种至高无上的权力。我们赋予它生命,又可以把它的生命取走——咔嚓!就这么容易。但是,道德的负担并不担在我们肩膀上,它担负在山姆·巴罗斯的肩上,但他根本不觉得重,甚至还很享受。瞧瞧这种力量吧,路易斯。我们真心希望我们也能像他一样。我并不后悔把它关掉,我只是因自己流露出的沮丧情绪而后悔。我真讨厌我自己,怪不得我如今和你们混在一块儿,山姆·巴罗斯却正待在事业巅峰。你知道他和我们之间的差距有多明显。"

她沉默了一会儿,点了一支烟,坐在那儿。

"那么性呢,你怎么看待做爱?"过了一会儿,她问。

"做爱更糟糕,比关闭那仿生人还糟。"

"我的意思是,性会改变你。性交的体验。"

她这话把我吓得浑身发冷。

"怎么了?"她问。

"你把我吓坏了。"

"怎么会?"

"你说得就好像——"

普莉丝替我把话说完了,"好像我曾居高临下,目睹着一切,甚至我自己的身躯一般,没错。但那具身体并不属于我,我只是一缕幽魂。"

"就像布朗克说的那样,'展示给我看'。"

"我不能,路易斯。但我是说真的,我并不是个存在于时空中的实体。柏拉图说得不错。"

"那我们其他人呢?"

"好吧,那就是你们的事了。我将你看作一个实体,也许你的确是;也许你们都是。你不知道吗? 如果你自己都不知道,我也没法告诉你。"她掐灭了烟,"我得回家了,路易斯。"

"好的。"我打开车门。汽车旅馆的每个房间都黑漆漆的。夜深了,甚至那个巨大的霓虹广告牌都熄灭了。经营这家店的那对老夫妻此刻一定正在床上安睡。

普莉丝说:"路易斯,我包里有个子宫帽①。"

---

① 原文为"diaphragm",既指用于避孕的子宫帽,也有横膈膜的意思。

"你是指那种放到你体内来避孕的东西吗？还是说那种长在胸腔里，你用来呼吸的东西。"

"别开玩笑了。我很认真，路易斯。我是说，我们上床吧。"

我说："好吧，那我们得好好地来一场。"

"你什么意思？"

"没有，没什么意思。"我从身后关上了车门。

"我要开始说些粗俗的话了。"普莉丝说，她把我这一侧的车窗摇了下来。

"不，你不会说的，因为我根本就不会听。我讨厌听一本正经的人说出的粗俗话。你最好保持孤傲，继续对着受苦受难的生物冷嘲热讽；至少——"我迟疑了，但管它呢，"至少我可以诚实而冷静地说，我恨你，也怕你。"

"如果我说了粗俗话，你会有什么感觉？"

我说："我会和医院预约，明天就上他们那儿去，把我自己给阉了。"

"你的意思是说，"她缓缓地说，"当我还是个残酷的精神分裂症患者时，在你眼中我很性感；但如果我变得多愁善感了，那么你对我就一点儿感觉都没有了。"

"并不会。你在我眼中还是那么迷人。"

"带我去你的房间，"普莉丝说，"榨干我吧。"

"不知道为什么,但你说话的方式有一种我说不出的味道,能让人想入非非。"

"你还是个雏儿。"

"不是。"我说。

"你是的。"

"不,激将法对我没用。我才不是雏儿,我这辈子可是阅女无数。我是说真的。在性方面,我可谓见多识广;我很老了。而你满嘴说的都是些骗男大学生的玩意,毫无经验的小孩才会被你骗到。"

"但你依然不想跟我上床。"

"不想,"我附和道,"因为你不仅冷漠,还那么残忍。你不仅对我这样,对你自己也是如此,你就是这样对待那具你声称并不属于你的身体的。你忘了林肯——林肯仿生人同巴罗斯和布朗克的那场辩论吗? 动物和人很像,他们都是血肉之躯。而你正试图抛弃你的身躯。"

"不是试图,我本来就不是。"

"那你是由什么构成的? 你是台机器。"

"但机器有线路。我可没有线路。"

"那又怎么样?"我说,"你觉得你是个什么?"

普莉丝说:"我知我是什么。本世纪以来,精神分裂症已经不再罕见，就像歇斯底里症在十九世纪一样。它是一种深层的、具有渗透性而微妙的心灵异化。我真希望我不是个精神分裂症患者，但我是……你很幸运，路易斯·洛森；你是个老派的人，我愿意把自己给你。我很担心，我谈论性的时候用的字词会不会太粗俗。我把你吓到了，真对不住。"

"不止粗俗，简直毫无人性。你会——我知道你会怎么做。如果你和人上床的话——如果你和人上过床的话。"我感到迷茫而疲倦，"你会全程全神贯注，无论是精神上还是心理上都会始终保持清醒，观察着一切。"

"这样不对吗？我以为大家都这样。"

"晚安。"我从车边走开。

"晚安，胆小鬼。"

"滚一边去。"我说。

"噢，路易斯。"她说，听起来很受伤。

"抱歉。"我说。

她抽着鼻子，说："你怎么能说这种话。"

"看在上帝的分上，原谅我吧。"我说，"你得原谅我，我简直是鬼迷心窍了，才会说出这种话，刚才好像有什么别的东西控制了我的舌头。"

她依然抽着鼻子，安静地点了点头，把车子发动，打开了车灯。

"别走。"我说，"听着，就当作我疯了，试图借此接近你，你不这么觉得吗？你说过的所有话，你展现出的对山姆·巴罗斯前所未有的崇拜，都使我迷失了心智。我非常喜欢你，真的。目睹你展现出了温暖和人性，然后又变回原来那样——"

"谢谢。"她的声音近乎耳语，"你让我好受多了。"她朝我微微地笑了笑。

"别因此难过。"我牢牢抓着车门，不让她离去。

"不会的。实际上我根本没受多大影响。"

"上楼去吧。"我说，"陪我坐一坐，好吗？"

"不。别担心了——我们的压力都太大了。我知道你因此而沮丧。我说这种粗话，是因为我不知道该怎么说，从没有人教过我该怎么谈论这种难以启齿的东西。"

"这只是经验问题。但是，听好了，普莉丝，答应我一件事，别否认我伤害了你。你刚才的反应很好，感到——"

"感到受伤也很好。"

"不，我没这个意思；我的意思是，这样让人振奋。我并不是在为我自己找补。听着，普莉丝，因为我说的话，你刚才深受打击——"

"我难受极了。"

"的确，"我说，"别不承认。"

"好吧,路易斯,的确是这样。我承认。"她低下了头。

我拉开车门,说:"和我来吧,普莉丝。"

她熄灭了引擎,关上车灯,从车里溜了出来;我挽上了她的胳膊。

"这就是迈向亲密关系的第一步吗?"她问。

"我在带你熟悉那难以启齿的东西。"

"我只想学会如何谈论它,我并不想做。当然了,你只是在开玩笑;我们只是一起坐一会儿,然后我就回家去。这样对我们来说都好,事实上,我们也只会这么做。"

我们走进汽车旅馆那昏暗的小房间,我打开灯,调高暖气,然后打开了电视。

"这是为了不让别人听见我们喘气的声音吗?"她关掉了电视,"我的喘气声很小,没必要这样。"她脱掉了外套,把它拿在手上,等着我把它拿去挂在衣柜里。"现在告诉我,我该坐在哪里,我们又要怎么做?在那把椅子上吗?"她坐在一把直背椅上,双手在膝盖上交叠,严肃地看着我,"这样如何?我还要脱什么?要脱鞋吗?要把衣服都脱了吗?还是说你想替我脱?如果你想的话,我的裙子上没有拉链,它装的是纽扣,小心点儿,别太用力了,否则的话,最上面那颗纽扣就会掉下来,我还要把它缝回去。"她扭过身子,把那纽扣展示给我看,"纽扣在这儿,裙子的边上。"

"很有教育意义,"我说,"但又煞风景。"

"你知道我想要什么吗?"她脸上露出了得意的神色,"我想要你开车出去,买些犹太咸牛肉、犹太面包和麦芽酒,还要买些土耳其蜂蜜糖,当作饭后甜点。那种咸牛肉好吃极了,切成薄片,每磅卖二百五十美元。"

"我倒是愿意。"我说,"但方圆百里内都买不到这种东西。"

"博伊西买不到吗?"

"买不到。"我把我自己的外套挂了起来,"已经太晚了,在哪里都买不到犹太咸牛肉。我不是说现在的时间已经太晚了,我是说,在我们人生中为时已晚了。"我在她对面坐下,把椅子拖近了一些,握住她的手。它们又小又干燥,但非常结实。她成天都在切瓷砖,在手臂上练出了许多肌肉,手指也长得很结实。"我们逃走吧。我们可以开车去南方,然后再也不回来,再也不要看见那仿生人、巴罗斯,还有俄勒冈的安大略市了。"

"不。"普莉丝说,"你没有感觉到吗? 我们肯定要同山姆搅和在一起了。你刚才说的话把我吓了一跳,你想跳进车里,一走了之。我们逃不掉的。"

"原谅我吧。"我说。

"我不怪你,但我没法理解你;有时候你简直就像个小孩子,对生活一无所知。"

"我只是在生活中开拓出了自己的一片天地，"我说，"并且对它习以为常了。就像一只羊，只认识草地里的那一条路，从来不往外迈出一步。"

"这样做，会让你更有安全感吗？"

"大多数时候我都很有安全感，但在你身边时，从来都不。"

她点了点头，"对你来说，我就是那块草地。"

"说得不错。"

她突然大笑出声，说道："我们就像是在莎士比亚笔下做爱一样。路易斯，你快说，说你这只羊要在我可爱的双峰和峡谷，特别是我神圣而茂密的草原中放牧，咀嚼嫩叶与绿草。你知道，在那里，野蕨和牧草都散发出香气，它们卷曲着，长得很繁茂。我无须再多说了，不是吗？"她的双眼闪着光。"现在，看在上帝的分上，至少试着把我的衣服脱掉吧。"她弯腰开始脱鞋。

"不。"我说。

"诗意的那一阶段不是老早就结束了吗？我们就不能把它跳过，直奔主题吗？"她开始解裙子的纽扣，但我按住了她的手，阻止了她。

"我实在是太无知了，我没法再继续下去。"我说，"我没法子了，普莉丝。我无知、笨拙又胆小。事情已经远远偏离了我能理解的范畴，我迷失在了这个我一无所知的领域中。"我紧紧抓住了她的手，"现在，我能想到最好的事，我唯一能做的只是吻你。如果可以的话，我想要亲你的脸颊。"

"真老套，"普莉丝说，"我直说了。你属于那垂垂老矣的旧世界。"她转过头来，向我靠近，"那我就大发慈悲地让你亲一下吧。"

我吻了她的脸颊。

"实际上，"普莉丝说，"如果你想追根究底的话，那些野蕨和草并不茂盛；那里充其量只有几颗野蕨，大概四根草，然后就没了。我基本上还没发育，路易斯。我去年才开始戴文胸，有时候甚至忘了戴，我几乎不需要它。"

"我能吻你的嘴吗？"

"不行，"普莉丝说，"我们还没那么亲密。"

"你可以闭上眼。"

"或者你可以把灯关上。"她把手抽出来，摸向墙上的开关，"我来关吧。"

"不要，"我说，"我有一种不好的预感。"

她站在开关边上，迟疑了，"我可不会这么优柔寡断。路易斯，你在动摇我。对不起，但我要关灯了。"她把灯关了，整个房间陷入了黑暗。我什么都看不见了。

"普莉丝，"我说，"我要去俄勒冈州的波特兰，把犹太咸牛肉买回来。"

"哪里能挂裙子？"普莉丝在黑暗中说，"我不想把它弄皱了。"

"这真是一场疯狂的梦。"

"不，"普莉丝说，"这是一场极乐。你难道没感觉到，极乐正向你迎面扑来，直撞到你脸上吗？帮我把衣服挂起来。我在十五分钟之内就得走。我们可以一边聊天一边做吗？还是说，你退化得像动物一样，只会哼哼了？"我听见她在黑暗中窸窸窣窣地摸索着，把她的衣服挂好，又寻找着床。

"这里没有床。"我说。

"那就在地板上做。"

"你的膝盖会擦伤的。"

"我的不会，你的才会。"

"我有种恐惧症，"我说，"我必须开着灯，否则的话，我会担心自己是不是正在和一个用弦、钢琴丝，还有我祖母的橙色旧棉被做成的东西做爱。"

普莉丝笑了起来。"那就是我，"她的声音离我很近，"你准确地描述出了我的本质。我就快捉到你了。"她一边说，一边敲着什么东西，"你逃不掉的。"

"别这样，"我说，"我要把灯打开。"我找到了开关，按了下去。灯光一闪,屋中又变回了原来的样子。我头晕目眩地站着,普莉丝穿着衣服,站在那里。她根本没脱衣服,我目瞪口呆地看着她,她不出声地笑着,看着我这副表情。

"这只是我营造的幻象。"她说,"我本想在最后时刻击败你,激起你的性欲,然后——"她打了个响指,"晚安吧。"

我试图挤出一个微笑。

"别那么较真,"普莉丝说,"别对我感情用事。我会伤你的心的。"

"谁对你感情用事了呢?"我听到我自己哽咽的声音,"这是人们在黑暗中玩的一种游戏。按他们的说法,我不过是在将计就计。"

"我不知道这种说法。"她收敛了笑容,眼睛也不像刚才那样明亮了。她冷漠地看着我,"但我明白你的意思。"

"我要和你说一件别的事,准备好吧。博伊西的确有犹太咸牛肉,我随时都能买到它。"

"你这个混蛋。"她坐了下来,开始穿鞋。

"沙子正从门外涌进来。"

"什么?"她环视着四周,"你在说什么?"

"我们被困在这里了。有人在我们头上堆了一堆沙子,我们再也逃不掉了。"

她尖锐地说:"别说了。"

"你本不该把心事都告诉我。"

"是的,否则的话,你就要利用它们来折磨我。"她走向衣柜,去拿外套。

"我难道不受折磨吗?"我跟在她后面说。

"你是说刚才吗？噢,我的天啊,我本不该退缩的,我本该停在那儿。"

"如果我刚才没做错事的话。"

"我刚才还没想好。那事本来取决于你,取决于你的本事。我期望很高。我是个理想主义者。"她找到了外套,要把它穿上;我条件反射地上前帮忙。

"我们正在穿衣服,"我说,"而我们根本就没来得及把它们脱下来。"

"现在你后悔了,"普莉丝说,"后悔——这是你唯一擅长的事。"她仇恨地瞪了我一眼,吓得我往后一缩。

"我本该对你说些下流话。"我说。

"你不会的,因为你知道,如果你说了,我就会猛烈地回击,立刻把你击倒在地。"

我耸了耸肩,说不出什么了。

"你害怕了。"普莉丝说。她缓缓地走向停靠在路边的车。

"害怕,是吧。"我走在她身边说,"我害怕了,因为我知道,这种事情必须出于两个人的互相理解和同意。它不能由一方强加在另一方身上。"

"你的意思是,你害怕蹲大牢。"她把车门拉开,坐在驾驶座上,"你本该像一个真正的男人一样,抓着我的手腕,把我拉到床上,然后根本不在意我说了什么——"

"如果我这么做了,你就会抱怨个不停,先是对我,然后对莫里,继而对律师,又而对警察,最后你会在法庭上,把这件事宣扬到全世界。"

我们两个都不再说话了。

"总之,"我说,"我吻了你。"

"你只亲到了脸。"

"亲了嘴。"我说。

"你撒谎。"

"我记得我亲到了你的嘴。"我替她关上了车门。

她摇下车窗,说:"所以这成了你的一桩风流韵事,你占了我的便宜。"

"我也会把这件事牢牢记住、永远珍惜,"我说,"珍藏在心里。"我把手按在胸前。

普莉丝发动了车子,把灯打开,走了。

我在那里站了一会儿，然后走回我的房间。我们完蛋了，我对自己说。我们都那么疲惫，那么低落，我们都要完蛋了。明天，我们必须得摆脱巴罗斯。普莉丝——可怜的普莉丝，她正处于低谷状态。正是因为关闭了"林肯"，她才会变成这样。这是个转折点。

我把手插进口袋里，跌跌撞撞地穿过了大开的房门。

第二天早晨，阳光明媚而温暖，我还没起床，就已经感觉好多了。然后，我起床刮了胡子，在餐厅的咖啡厅里吃了早餐，包括烤饼、培根、咖啡和橙汁，还读完了报纸。我感觉焕然一新，精神抖擞。

这就是早餐的作用，我想。也许我已经被治愈了？我已经恢复了健康，变回了一个健全的人？

不。我们好多了，但我们并没有被完全治愈。因为我们一开始就并不健全，如果一个人根本没有健康可言，你就永远无法使这个人恢复健康。我们生的是什么病呢？

普莉丝曾一度濒临死亡。而这件事使我触动，它深深植入我的心头，被我长久地挂念。还有莫里、巴罗斯，以及除了我父亲之外的所有人，我们都要完蛋了；而我父亲的病情最轻。

爸爸！我差点忘记了，他就要来了。

我跑到外面,拦了辆出租车。

我最早抵达美声公司的办公室。过了一会儿,从办公室的窗户中,我看见我那辆雪铁龙魔法火汽车停了下来。普莉丝从那上面走下来。今天,她穿着蓝色的棉布裙子,搭配长袖罩衫;她的头发扎着,脸上干净而有光泽。

她走进办公室,对我微笑,"很抱歉,我昨晚说错话了。也许下一次我不会这样了。你没事吧?"

"我没事。"我说。

"你说的是真的吗,路易斯?"

"不是。"我说,对她回以微笑。

办公室的门开了,莫里走了进来,"我昨晚睡得很好。天哪,好伙计,我们得把这个混蛋巴罗斯赚走的每一分钱都抢回来。"

我父亲跟在他身后,穿着那身深色条纹的列车员制服,庄重地向普莉丝打了招呼,然后转向莫里和我,"他已经来了吗?"

"还没有,爸爸。"我说,"但他随时都可能到。"

普莉丝说:"我认为,我们应该把'林肯'打开。我们不该这么怕巴罗斯。"

"我同意。"我说。

"不,"莫里说,"听我说。这样能吊巴罗斯的胃口。不是吗? 好好想想吧。"

过了一会儿，我说："莫里说得对。我们还是把它放着吧。就算巴罗斯会踢它、打它，我们也别把它打开了。他这人受贪欲的驱动。"而且，我想，我们是被恐惧驱动着。我们目前做的这些事，都出于恐惧，而非常识。

有人敲了门。

"他来了。"莫里说，他看着我，眼神有些躲闪。

门开了。山姆·K.巴罗斯、戴维·布朗克和尼尔德夫人站在门外，在他们身边，站着一个忧郁而深沉的身影——"爱德华·M.斯坦顿"。

"我们在街上遇见了它，"戴维·布朗克高兴地说，"它正朝这里来，我们就让它上出租车，载了它一程。"

那"斯坦顿"仿生人恼怒地看着我们。

天啊，我对自己说。我们从没想到会发生这种事——这会引起多大的影响？我们的计划还行得通吗？还有多少行得通？

我不知道。但无论如何，我们得继续下去，而这一次，我们必须得展开决战。成败在此一举。

# 11

巴罗斯热切地说:"我们把车停在了稍远一些的地方,和'斯坦顿'聊了聊。至少可以说,我们已经在某种程度上达成了共识。"

"哦?"我说。莫里在我身边摆出了一副严厉的表情。普莉丝肉眼可见地发着抖。

我父亲伸出手,说:"我是杰罗姆·洛森,爱达荷州博伊西的洛森小型钢琴与电子风琴工厂的老板。荣幸见到您,塞缪尔·巴罗斯先生。"

我们都为对方准备了一个"惊喜",我想道。昨晚,你们在那边谋划着,搬出了"斯坦顿";而我们这边则搬出了我父亲——如果这算得上势均力敌的话。

《大英百科全书》说得不错："斯坦顿"会因为个人利益倒向敌人那一边。这个卑鄙之徒！我突然想到：也许在西雅图期间，他一直和巴罗斯待在一起，他根本没去开法律事务所或去观光。毫无疑问，他们一开始就是一伙的。

我们制造出的第一个仿生人出卖了我们。

这是个多么惊人的凶兆。

但是至少，"林肯"不会做出这种事情，想到这一点，我感觉好多了。

我想，我们最好还是把"林肯"重新打开。

我对莫里说："让'林肯'上这儿来，怎么样？"

他抬起了眉毛。

"我们需要它。"我说。

"没错。"普莉丝赞同道。

"好吧。"莫里点点头，下楼去了。

决战已经开始，但我们都做了些什么呢？

巴罗斯说："我们第一次见到'斯坦顿'的时候，还以为它只是你们造出来的机械把戏呢。但很快，布朗克先生就提醒我说，你们真把它造得像活人一样。我很好奇，你们给我们的'斯坦顿'伙计付多少报酬？"

报酬，我混乱地想。

"这是日工法的规定。"布朗克说。

我瞪了他一眼。

"你们和'斯坦顿'先生签过工作合同吗?"布朗克问,"如果签过的话,我希望你们付给它的报酬符合最低工资法。实际上,我们正和'斯坦顿'讨论这件事,而他可不记得和你们签过什么合同。因此我认为,巴罗斯完全可以以六美元一小时的时薪雇佣它。我想你也会认为,这是笔相当合理的工资。以此为前提,'斯坦顿'先生同意和我们回西雅图去。"

我们谁都没说话。

门打开了,莫里走了进来。林肯仿生人摇摇晃晃地跟在他身边,它身材高大,驼着背,留着黑色的胡子。

普莉丝说:"我想,我们应该答应他的提议。"

"什么提议?"莫里问,"我没听说过什么提议。"他对我说:"你听说过什么提议吗?"

我摇了摇头。

"普莉丝,"莫里说,"你和巴罗斯谈过了?"

巴罗斯说:"以下是我的提议。按照我们的评估,美声公司大概价值七万五千美元。我愿意提供——"

"你们两个谈过了?"莫里插话道。

普莉丝和巴罗斯都没说话。但对我和莫里,乃至在场的所有人来说,事情都很清楚了。

"我愿意提供十五万美元的投资。"巴罗斯说,"自然,我要获得多数股权。"

莫里摇头拒绝。

"我们能商量一下再答复吗?"普莉丝对巴罗斯说。

"可以啊。"巴罗斯说。

我们撤回到大厅对面的一间小库房中。

"我们完了,"莫里说,他的脸色发灰,"完蛋了。"

普莉丝没说话,但她绷紧了脸。

过了很久,我父亲说:"别和这个巴罗斯扯上关系。如果他拥有多数股权,就千万别跟他合作,这我很清楚。"

我转向了"林肯",它正安静地站在那儿听我们说话。"你是个律师——看在上帝的名义上,帮帮我们吧。"

"林肯"说:"路易斯,巴罗斯先生和他的同伴们正占着优势呢。他做事堂堂正正、无懈可击……他是强势的那一方。"那仿生人想了想,然后转过身,走到窗边,朝下面的街道看了看。忽然,它转向了我们;它厚重的嘴唇扭动着,脸上带着痛苦的神情,但眼睛里闪着光,说道:"山姆·巴罗斯是个生意人,但你也是。你就当场把这家小公司,这个美声公司按一美元的价格卖给杰罗姆·洛森先生吧。这样的话,它就成了洛森小型钢琴与电子风琴工厂的财产，而洛森工厂可是资产丰厚。要想收购它，山姆·巴罗斯就必须把包括工厂的整个公司都买下来，而他还没有做好这方面的打算。至于'斯坦顿'，我就这么和你们说吧，'斯坦顿'不会和他们继续合作的。我可以和他谈谈，说服他回来。'斯坦顿'的脾气不好，但他人不错。我认识他许多年了；他曾经在布坎南政府里任职，我当选后，顶着压力、忍受他的种种阴谋把他留了下来。他这个人虽然脾气阴晴不定、自私自利，但很诚实。到头来，他不会跟无赖之徒混在一起的。他并不想开法律事务所，回归到法律界；他谋求的实际上是公共权力，而在这方面，他很负责——他是一名尽职尽责的公仆。我会告诉他你想要让他担任董事长，然后他就会愿意留下来的。"

莫里立刻小声地说："我怎么没想到竟然还可以这样。"

普莉丝说："我——我不同意。美声不应该由洛森家族来掌控，这是绝无可能的事情。而且，'斯坦顿'才不会同意这样的提议。"

"不，他会的。"莫里说。我父亲点了点头，我也点了点头，"我们会让它在我们的公司担任要职——为什么不？他有能力。我的天，他甚至能在一年之内把我们都变成百万富翁。"

"林肯"轻声说："信任'斯坦顿'，把生意交到他手中——你们绝对不会后悔的。"

我们回到办公室。巴罗斯和他的手下在那儿满怀期待地等着我们。

"我们决定了，"莫里清了清喉咙，"呃，我们已经以一美元的价格，"他指了指我父亲，"将美声卖给了杰罗姆·洛森先生。"

巴罗斯眨了眨眼说："真的吗？有意思。"他看向布朗克，后者悔恨而痛苦地摊开了手。

"林肯"对"斯坦顿"说："埃德温，洛克先生和两位洛森先生希望邀请你加入这家新成立的企业，担任董事长一职。"

斯坦顿仿生人脸上那尖酸愤恨、严肃刻板的表情渐渐退去；有那么一瞬间，它脸色大变，又迅速恢复如常。"当真？"它疑惑地冲着我们说。

"是的，先生。"莫里说，"我们真诚地向您发出邀约。我们需要您的才能，我们愿意退位让贤。"

"没错。"我说。

我父亲说："我也这么认为，'斯坦顿'先生。我儿子查斯特也是这个意思。我们是认真的。"

莫里坐在美声公司的安德伍德老式打字机前，往里面塞了一张纸，开始打字，"我们可以出具书面文件；我们马上就签字，立即着手安排这件事。"

普莉丝低沉、冷漠地说:"我认为,无论对巴罗斯先生还是对我们的全部努力来说,这都是可耻的欺骗。"

莫里盯着她,震惊地说:"闭嘴。"

"我不要和你们继续合作了,因为这样做是错的。"普莉丝说。她的声音平静得就像是在打电话向梅西百货订衣服一样,"巴罗斯先生、布朗克先生,如果你们希望我同你们一起回去,我很愿意。"

我们——包括巴罗斯和布朗克——都震惊极了。

但巴罗斯很快就回过了神来。"你,啊,你帮忙造出了那两个仿生人。所以,你能造出别的仿生人,对吗?"他看着她。

"不,她不能。"莫里说,"她只是给它们化个妆罢了。她对于电子的部分了解多少呢? 一点都不懂!"他继续盯着他女儿。

普莉丝说:"鲍勃·邦迪会和我一起走。"

"为什么?"我问,我的声音颤抖着。"他也会走?"我说,"你和邦迪已经——"我说不下去了。

"鲍勃爱上了我。"普莉丝轻声说。

巴罗斯在他的外套口袋里摸索着,掏出了钱包。"我给你钱买机票,"他对普莉丝说,"你在我们之后走。这样,就不会有什么法律纠纷了……我们搭乘不同的航班。"

"很好,"普莉丝说,"我一天之内就会抵达西雅图。但你不用给我钱,我自己有钱。"

巴罗斯对戴维·布朗克点了点头,说:"好吧,我们的生意已经谈好了,这就动身回去吧。"他对"斯坦顿"说:"你就留在这里了,'斯坦顿';你下决定了吗?"

斯坦顿仿生人用刺耳的声音说:"是的,先生。"

"再会。"巴罗斯对我们说。布朗克友好地朝我们挥了挥手。尼尔德夫人转身跟在巴罗斯身后。然后,他们离开了。

"普莉丝,"我说,"你简直是疯了。"

"这是个是与非的问题。"普莉丝说,声音极低。

"你是认真的吗?"莫里问她,他的脸色苍白,"你真要和巴罗斯走? 要去西雅图加入他的公司?"

"是的。"

"我要报警,"莫里说,"把你看管住。你还没有成年,还是个孩子呢。我要联系精神卫生局的人,让他们把你送回卡萨宁去。"

"不,你不会的。"普莉丝说,"我可以走,巴罗斯的公司会帮我。精神卫生局的人没法带走我,除非我是自愿的。我不会再回来了,除非我疯了,而我没有疯。我能管好我自己的事情。所以,你别发脾气了,你发脾气也没用。"

莫里舔了舔嘴唇,结结巴巴地说了几句,然后闭上了嘴。当然,她说得没错,她完全可以一走了之。巴罗斯的人会确保这事毫无法律漏洞,他们知道该怎么做,而且怎么从中获利。

"我不相信,鲍勃·邦迪会因为你就离开我们。"我对她说。但我从她的表情中看出,他会跟她走的。她知道这事早就注定了。他们这样多久了? 我分不清。只有普莉丝才知道,我们只得相信她。我对"林肯"说:"你没想到事情会变成这样,对吗?"

它摇头否定。

莫里结巴着说:"不管怎么样,我们已经摆脱他们了。我们保住了美声公司,也留住了'斯坦顿'。他们不会再对我们下手了。至于普莉丝和鲍勃·邦迪,我一点都不在乎他们。要是他们想和巴罗斯走,那就祝他们好运吧。"他可怜地瞪了她一眼。普莉丝回以和从前一样冷漠的目光,神色毫无波澜。在危机面前,她甚至会变得更冷漠,更讲求效率,也更具有掌控力。

也许,我苦涩地对自己说,她的离去对我们来说反倒是好事。照原先这样下去,迟早有一天我们会无法再应付她——至少我不能。巴罗斯能吗? 也许他能够利用她,剥削她……或者,也许她能够伤害,甚至毁灭他。又或两者都有可能。然而,有了邦迪的帮助,普莉丝和邦迪可以毫不费力地造出另一个仿生人来。他们不需要莫里,更不需要我。

"林肯"转向我,同情地说:"'斯坦顿'先生决策果断,这种能力会令你们受益的。他精力充沛,马上就能为你的公司效力。"

"斯坦顿"抱怨道："我的健康状况不如先前那么好了。"但它看起来自信而愉快，"我会尽力而为。"

"你女儿的事真令人遗憾。"我对我的合伙人说。

"天啊，"他喃喃自语，"她怎么能这么做？"

"她会回来的，"我父亲说，他拍着莫里的胳膊，"他们会的；孩子们①总会回来的。"

"我才不想要她回来。"莫里说。但显然，他在撒谎。

我说："我们下楼，到马路对面去喝杯咖啡吧。"那里有一家不错的早餐式咖啡厅。

"你去吧，"普莉丝说，"我要开车回家；我有很多事要做。我能开你的捷豹吗？"

"不能。"莫里说。

她耸了耸肩，拿起钱包，离开了办公室。门在她的身后关上，她就这样走了。


我们坐在咖啡厅里喝咖啡时，我想，"林肯"真是帮了我们的大忙。它想到了一个好主意，帮我们击退了巴罗斯，让我们得以脱身。总之，事情会变成这样也不是它的错……它根本没想到普莉丝会来这一招。它也不可能知道她和邦迪之间的关系，知道她

---

① 原文为意第绪语。

已经用她那老套的把戏把我们的工程师拿捏住了。我从没想到这一点,莫里也从没想到。

女招待盯着我们看了一会儿,走上前来,"这就是那个'亚伯拉罕·林肯'橱窗人偶,对吗?"

"不,这是个W.C.菲尔兹<sup>①</sup>人偶,"我说,"只不过它穿着林肯的戏服。"

"我男朋友和我几天前看了它的展览。它看起来非常像真人。我能摸摸它吗?"

"可以。"我说。

她小心翼翼地伸出手,摸了摸"林肯"的手。"噢,它还是热的!"她感叹道,"而且,天啊,它还会喝咖啡!"

我们最后还是把她打发走了,这样,我们就能继续讨论原来那个沉痛的话题了。我对那仿生人说:"你一定经过了极其深刻的改变,才适应了这个社会。你比我们中的某些人适应得还要好。"

"斯坦顿"生硬地说:"'林肯'先生能和任何人、任何事物搞好关系,靠的是一种老派的办法——讲笑话。"

"林肯"微笑着,小口地喝着咖啡。

"我在想,普莉丝正在做什么。"莫里说,"没准在收拾行李。

---

① W.C.菲尔兹(W.C.Fields,1880—1946),美国演员。

她的离去对我们来说可不是件好事。毕竟她是团队的一分子。"

我意识到,我们的办公室里已经流失了许多人。我们摆脱了巴罗斯、戴维·布朗克和尼尔德夫人,却猝不及防地失去了普莉丝·弗劳恩季默,以及我们唯一的工程师鲍勃·邦迪。我在想,我们还会见到巴罗斯吗?我在想,我们还会见到鲍勃·邦迪吗?我也在想,我们还会见到普莉丝?如果见到了,她会不会已经变了个样呢?

"她怎么能这样出卖我们?"莫里大声地说道,"她跑到我们对手那边去了——我们花了那么多钱和时间,诊所治疗和那个霍斯陶斯基医生却根本都不管用,什么用处都没派上。她知道什么是忠诚吗?我是说,我真希望能把我花出去的钱拿回来。但是就她而言,我才不在乎我能不能再见到她——我受够她了。我是认真的。"

我转换话题,对"林肯"说:"先生,您还有别的建议吗?接下来我们该怎么办呢?"

"我很担心,我提供的帮助并不会像我设想中的那么大。""林肯"说,"因为有个女人在,任何事都变得无法预料,命运也变得反复无常……但是,我依然建议您留用我作为您的法律顾问。就像他们雇了布朗克先生一样。"

"这真是个好主意。"我说,拿出了我的支票本,"您想要多少聘金?"

"十美元足够了。""林肯"说。于是,我按他说的数目开出了支票。他收下了支票,谢过我。

莫里深锁着眉头,抬起头来看我们,说:"当前的聘金至少是两百美元;美元没有当年那么值钱了。"

"十美元就够了。""林肯"说,"我马上就针对将美声公司出售给博伊西钢琴厂这件事起草文件。至于所有权问题,我建议我们大致按照巴罗斯的建议,成立有限公司,我会查阅现今的法律条文,看看股权应当如何分布。我恐怕得花一些时间来查清这些事,所以你们得耐心点儿。"

"没问题。"我说。普莉丝的离去给我们,特别是莫里,留下了沉重的影响。我们什么都没有得到,反而失去了许多;巴罗斯就是这样使我们付出了代价。然而——我们有什么机会逃脱吗?"林肯"说得对。这是我们工作中的不可预料因素,巴罗斯当时就像我们一样惊讶。

"没有了她,我们还造得出仿生人吗?"我问莫里。

"当然。但没了鲍勃·邦迪不行。"

"你可以雇个人取代他。"我说。

但莫里并不在乎邦迪的事,他还是一心只想着他女儿。"听我说,是那玩意儿把她给毁了,"他说,"就是那本该死的书,《玛乔丽·晨星》①。"

"为什么?"看到莫里偏离话题说起了莫名其妙的怪话,我感觉很糟。他就像突然老糊涂了一样。普莉丝的事给他带来的惊吓就有这么大。

"那本书,"莫里说,"让普莉丝觉得,她可以邂逅某位英俊多金的白马王子。就像你知道的那个人,就像山姆·K.巴罗斯一样。我的祖国同胞就是这样看待婚姻的。他们冷血至极,只为了个人利益而结婚。而在这个国家里,孩子们为了真爱而结婚;也许这很蠢,但至少不是出于算计。如果普莉丝能深深地爱上某个男生的话,她才可能有救。然而,现在她已经走了。"他的声音变了调,"面对现实吧,这不只是一桩生意。我是说,这确实是桩生意,但不是关于仿生人的生意。她想要把自己卖给他,由此得到某些回报;你知道我的意思,路易斯。"他摇了摇头,无助地看着我,"而且,她想要的一切他都能给她。她也深知这一点。"

"是啊。"我说。

"我根本就不该让他接近她。但我不怪他,是她的错。她身上如今发生的一切全都根源于她自己。我不在乎她在他那里做了什么,又变成了什么模样。我们最好看看报纸,路易斯。你知

---

① 美国作家赫尔曼·沃克所著小说,讲述十九岁的犹太少女玛乔丽·晨星的爱情故事。

道,他们总是追踪巴罗斯的动态。我们可以从他妈的报纸上知道,普莉丝究竟干了什么。"他别过脸去,大声地喝了一口咖啡。

我们都尴尬地低下了头。

过了一会儿,斯坦顿仿生人说:"我什么时候可以作为董事长上任?"

"随时都可以。"莫里说。

"其他先生都同意吗?""斯坦顿"问我们。我父亲和我都点了点头,"林肯"也点了头。"那么我就认为,我已经上任了,先生们。"它清了清喉咙,擦了擦鼻子,又理了理胡子,"我们现在必须开始行动。两家公司合并之后,有许多新的业务需要开展。我已经考虑过我们接下来的生产方向。我认为,我们不能再制作更多的'林肯'仿生人,更多的——"它停下来想了想,脸上闪过一丝讽刺、嘲弄而痛苦的表情,"更多的'斯坦顿'仿生人了。一台就已经够了。未来,我们应该推出一些更简单的产品。这样我们产品的机械故障问题也会得以改善,不是吗?我必须得去检查工人和仪器,看看他们怎么样了……尽管如此,即使是现在,我也能自信地说,我们公司能够生产出简单、有价值而实用的产品,一些并不那么独特或复杂,但能为大众所用的仿生人。也许,我们能造一些自己就能生产出更多仿生人的仿生工人。"

这是个好主意——但也吓人极了,我想。

"在我看来，""斯坦顿"说，"我们应该马上就设计和开工，马上就着手制造一个统一的标准化产品。趁巴罗斯还没来得及用上弗劳恩季默小姐的知识和才能，就率先正式向市场推出我们公司的第一款仿生人，打响名头。"

我们都点了点头。

"我尤其建议，""斯坦顿"说，"制造一款能做简单家务的仿生人，一种保姆仿生人，并在此基础上将它推上市场。我们得尽可能地降低它的复杂度，这样，我们就可以把价格降到最低了。比如说，只卖四十美元。"

我们互相看了看，这主意真不错。

"过去，我有幸发现了这个商机，""斯坦顿"继续说道，"而我也知道，如果保姆仿生人能够胜任照顾儿童的工作的话，它马上就会热销。那么，我们就会有一个很好的商业前景。所以，现在我想要就这个提议发起投票。同意的人请说'赞同'。"

我说："赞同。"

莫里说："赞同。"

我父亲想了一阵子，说："我也赞同。"

"那么，这个提议就通过了。""斯坦顿"宣布道。它喝了一会咖啡，然后把杯子放到柜台上，坚决又自信地说："公司需要一个名字，一个新的名字。我建议，我们就管这个公司叫'爱达荷州博伊西市双洛公司',大家满意吗?"它环视着我们。我们都点着头。"很好。"它用餐巾纸轻轻擦了擦嘴,"那我们现在就开始吧。'林肯'先生,作为我们的律师,麻烦您为我们准备好法律文件。如果有必要的话,您可以雇用一名对现有法律更加熟悉的年轻律师。从今开始,我们还要付出许多诚恳真切、积极勤奋的努力,因此我们不应该沉迷于过去,沉迷于我们最近所经历的痛苦与挫折。先生们,我们必须朝前看,而不是一味地回顾——我们能做到吗,洛克先生? 即使面对重重诱惑?"

"是的,"莫里说,"你说得对,'斯坦顿'。"他从外套口袋里掏出了火柴,从椅子上站起来,走向了收银台,在那里的雪茄盒里摸索着。他拿着两支用金箔包好的雪茄,走了回来,把其中一支雪茄递给了我父亲。"奎尔伯爵雪茄,"他说,"菲律宾产的。"他又把他那一支雪茄拆开,点燃了;我父亲也点燃了雪茄。

"我们会成功的。"我父亲吐出一口烟,说。

"没错。"莫里说,也吐出一口烟。

我们其他人喝着咖啡。

# 12

起初我很担心,普莉丝的倒戈会不会使莫里大受打击,把他变成一名不那么可靠的合伙人。但我错了。实际上,莫里开始加倍地投入工作;他回复那些询问电子风琴和小型钢琴的来信,安排好从工厂到太平洋西北地区各处的货运,把货品直送到加利福尼亚、内华达、新墨西哥和亚利桑那——除此之外,他还埋首于设计和着手生产仿生人保姆的新工作。

没有了鲍勃·邦迪,我们无法开发出新的电路,莫里只好对旧回路加以改装。我们的仿生保姆会是一个革新产品——可以说,是"林肯"的后辈。

许多年前,莫里曾在大巴上读过一本叫作《战栗冒险故事》的科幻杂志,里面有个故事描述了一种长得像大型犬的机器服务员，能够看管孩童，它们被称作"娜娜"。毫无疑问，这个名字来自《彼得·潘》里的那条狗。莫里喜欢这个名字。有一天，我们召开了董事会议，"斯坦顿"主持，出席的有我、莫里、杰罗姆和查斯特，以及我们的律师"亚伯拉罕·林肯"。莫里便提出，我们可以把这个主意拿来用。

"我猜，杂志或作者会来告我们。"我说。

"已经过去很多年了，"莫里说，"那本杂志已经停刊了，也许作者都死了。"

"问问我们的律师吧。"

认真考虑后，"林肯"先生断定，给儿童机器保姆取名叫"娜娜"这个主意如今属于公有领域。"我留意到，"他指出，"没有读过那个科幻故事的人也能猜出，这个名字出自《彼得·潘》。"

因此，我们就将我们的仿生保姆命名为"娜娜"。然而，我们花了好几个星期才把这事定下来。因为，为了下决定，"林肯"通读了《彼得·潘》。他非常喜欢这个故事，甚至把书带到了董事会议上，大声朗读，边读边笑。读到那些他感到有趣的章节，他笑得更是大声。我们别无选择，只得忍受他的读书声。

"我警告过你们。"有一天，我们不堪其扰，全都躲到洗手间里去抽烟时，"斯坦顿"对我们说。

"最让我难受的是，"莫里说，"那是一本他妈的童书。如果他非要大声朗读,为什么不读些有用的东西呢,比如说《纽约时报》之类的?"

在此期间,莫里还订了西雅图的报纸,希望能在上面找到普莉丝的踪迹。他信心满满地认为,自己很快就能找到什么东西。当然了,她就在西雅图,因为一辆卡车曾经开到他家里来搬东西,司机告诉莫里,有人让他把东西全都搬去西雅图。显然,山姆·K.巴罗斯付了账,普莉丝根本没有那么多钱。

"你还是可以报警。"我向莫里指出。

他沮丧地说:"我相信普莉丝。我知道,她能凭自己的意志找到正确的道路,回到我和她母亲身边。而且无论如何,我们得面对现实——她处于政府的看管之下,而我不再是她的法定监护人了。"

对我来说,我更希望她不要回来。她不在的时候,我感觉更放松,过得也更轻松了。而在我看来,即使心情不佳,莫里工作的效率也提升了许多。在家中,他再也不用受到一大堆烦心事的折磨,每个月也不必付给霍斯陶斯基医生一大笔钱了。

"你觉得,山姆·巴罗斯会不会给她找了个更好的门诊分析师?"一天晚上他问我,"我在想,他在这上面花了多少钱呢?每周三次,每次四十块,一周就是一百二十块,一个月几乎要花上五百块。只是为了治好她那混乱的心理!"他摇着头。

我想起，大概一年前，政府曾经在全美每一家邮局都贴上了精神卫生宣传标语：

**迈向精神卫生——成为家中第一个走进精神卫生诊所的人！**

到了傍晚，孩子们都戴上亮闪闪的徽章，挨家挨户地按门铃，为精神卫生研究筹款。他们说服了公众，从他们手中榨出钱来，全是为了我们这个时代的进步。

"我为巴罗斯感到难过。"莫里说，"看在他的分儿上，我希望她能好好回报他，为他设计出仿生人的皮囊，但我很怀疑她是否能做到。没有了我，她只不过是一个半吊子。她只会到处闲逛，画一些漂亮的画。除了我们洗手间里的壁画，她完成的作品并不多。而她剩下了价值好几百块的材料。"

"哇噢。"我说，再一次因我自己和我们其他人的好运而庆幸；真高兴，普莉丝已经走了。

"至少在最开始的时候，"莫里说，"她真的全身心投入到了她自己的创作中。"他告诫般地说，"别小看她，好伙计。比如说，看看她把'斯坦顿'和'林肯'的皮囊设计得有多好。你必须得承认，她干得不错。"

"确实不错。"我承认道。

"可是,既然普莉丝已经走了,谁来为我们设计'娜娜'的皮囊呢?你不行,你一个艺术细胞都没有。我也不行。那个你称为'弟弟'的鬼东西也不行。"

我认真地想着。"听好了,莫里。"我突然说,"你觉得'独立战争老兵机器保姆'听起来怎么样?"

他迷惑地看着我。

"我们已经有设计了,"我继续说,"我们可以做两种款式,一种保姆穿着北方联邦的蓝色制服,另一种穿着南方叛军的灰色制服,就像纠察队员一样尽着它们的义务。你觉得怎么样?"

"我想问,'纠察队员'是什么?"

"就像哨兵一样,但人数要多得多。"

莫里沉默了很久,说:"好吧,士兵象征着恪尽职守,而这对孩子们来说有一定吸引力。这种设计同机器人式的设计相比,也显得不那么冷漠和没人情味。"他点了点头,"这个主意不错,路易斯。我们可以召集董事会议,提出我们的建议,或者说,你的建议。这样的话,我们就可以开始工作了。好吗?"他跑到门边,充满了热情,"我要打电话给杰罗姆和查斯特,然后我要下楼去,把这事告诉'林肯'和'斯坦顿'。"那两个仿生人在莫里家的一楼有单独的住所,莫里本来把那个单元租了出去,但如今他将它们收回,以供两个仿生人居住。"你觉得它们会反对吗? 特别是'斯坦顿'。它的头脑很死板。如果它认为这是一种——亵渎呢? 那样,我们就打消这个念头,把它扔到河里去吧。"

"如果它们拒绝了,"我说,"我们就反复地提。最终,我们还是能说服它们的,因为他们怎么能拒绝这个提议呢? 除了'斯坦顿'会有一些清教徒般的古怪念头。"

然而,虽然这个主意是我提出的,我却有一种奇怪的厌倦感,仿佛在这燃尽所有灵感的爆发瞬间,我已经说服了所有人,战胜了所有的困难。为什么我会有这种感觉呢? 这个是不是太简单了呢? 总之,它只是我们——或者说,莫里和他女儿——研发出的旧产品的简单改造版。一开始,他们幻想着造出一百万之多的士兵,重演整场南北战争;而现在,我们只满足于制造具有南北战争士兵外形的机器保姆,将家庭主妇从要命的日常琐事中解脱出来。在这条思路上,不知怎么地,最有价值的部分已经流失了。

除此之外,我们盈利的机会也微乎其微。我们没有什么宏伟的蓝图,只有一个发家致富的小小计划。我们就像另一个巴罗斯,但我们比他要渺小、卑微得多;我们有像他一样的野心,却没有他那样的体量。如果不出意外的话,我们很快就能推出一款粗制滥造的机器保姆产品;也许我们还会以虚假宣传的方式来推广这种产品，就像我们如今在广告栏中耍的"翻新钢琴"花招一样。

"算了吧，"我对莫里说，"这主意糟透了。别提它了。"

他在门边停下，喊道："为什么？这主意很好啊。"

"因为，"我说，"它很——"我不知道该怎么表达。我感到既疲惫又绝望——不仅如此，还非常孤独。这是因为谁，又是为什么？因为普莉丝·弗劳恩季默吗？因为巴罗斯……因为他们这一伙人，巴罗斯、布朗克、柯琳·尼尔德、鲍勃·邦迪，还有普莉丝；因为他们正在做的事吗？他们正在谋划着什么疯狂至极、不切实际的计划呢？我真想知道。我们，莫里、我、杰罗姆，还有我弟弟查斯特，我们都被甩到身后了。

"告诉我，"莫里愤怒地挥舞着双手，"为什么？"

我说："这太——俗套了。"

"俗套！真是见鬼。"他瞪着我，一脸迷惑。

"忘了这回事吧。你猜如今巴罗斯正在做什么？你觉得，他们正在制造那个'爱德华斯一家人'吗？或者说，他们正准备偷走我们那个南北战争百年纪念的主意？还是说，他们正在策划些什么新东西？莫里，我们一点远见都没有。这就是我们的缺点。没有远见。"

"我们明明有。"

"不，"我说，"**因为我们并不疯狂**。我们清醒而理智，不像你女儿，也不像巴罗斯。这不是事实吗？你难道没有体会到吗？我们缺乏的不正是这种特质吗？为了某些疯狂的计划喋喋不休地吵上好几个钟头，也许吵到了一半，就又把话题搁置了，转向别的事情，别的同样疯狂的事情？"

"也许你说得没错。"莫里说，"但是，上帝啊。路易斯，我们不能因为普莉丝背叛了我们，就坐下来等死吧？你觉得我会有这种念头？我比你了解她多了，伙计，了解得太多了。每天晚上，我都受尽折磨，想象着他们在一起的场景，但我们必须继续下去，竭尽全力。你的主意或许并不是像电灯或火柴那样伟大的发明，但它很不错。它很小，但有商机。它行得通。而且，我们还有什么更好的想法吗？至少，它能帮我们省一笔钱，我们就不必从外面雇个设计师，让他们飞到这儿来为'娜娜'设计外形了，我们也不用去请一个工程师来干邦迪的活儿了——假如我们请得到的话。对吗，伙计？"

省钱，我想道。普莉丝和巴罗斯根本不需要考虑这方面的问题。看看他们吧，他们派了一辆卡车来把她的东西从博伊西运到西雅图。我们只是小人物。我们一文不名。

我们只是小甲虫。

只要失去了普莉丝——失去了她。

　　我到底做了什么？我问我自己。我爱上她了吗？一个眼神冰冷的女人，一个工于心计、野心勃勃的精神分裂症患者，一个处于联邦精神卫生局监管下、这辈子都要接受心理治疗的病人，一个前精神病患者，沉迷于那些带有紧张性兴奋特质的愚蠢计划，总是诽谤和攻击每一个没有满足她要求的人？我爱上的是怎样一个女人，或者说怎样一个事物啊。我眼前的命运该会有多糟呢？

　　对我来说，普莉丝就仿佛既是生命本身——又是生命的反面，她如同死亡、残酷、伤口与裂痕，同时也是存在的精髓。她是行动，是生命的实质，生长着，计划着，计算着，残酷又自私。她在我身边时，我简直无法忍受；她不在我身边时，我也无法忍受。没有了普莉丝，我变得日渐渺小，变得一文不名，最后会像后院中的小虫一样死去，无人知晓也无人在意；而在她身边，我被击打、刺激、切成碎片、反复踩踏——但无论如何，我依然活着：在这些过程中，我依然真实地存在。难道我喜欢受虐吗？不。这只是因为对我来说，受虐仿佛成了生活的一部分，成了与普莉丝共处的一部分。没有了普莉丝，苦难、怪异、不公、不平就全都消失不见。但同样地，一切活力也都消失了，只剩下蹩脚而粗糙的计划，一间布满灰尘的小办公室，里面站着两三个人，在沙堆中挣扎……

天知道,我并不想受普莉丝或任何人的虐待。但受苦预示着近在咫尺的现实。在梦境中,只有恐惧,却没有普莉丝平时带给我们的那种折磨,那种直接作用于身体的钝痛。她并不是有意要这样待我们,这种特质是从她的本性中自然生发出来的。

要想逃脱这种折磨,我们只能避开她,我们现在正是这样做的。然而,现实本身也随着她的离去,随着那些矛盾和古怪特性而消失了;如今,人生变得可预料了:我们会制造出南北战争士兵保姆,也会赚到一些钱。但这意味着什么呢? 又有什么意义呢?

"听着,"莫里对我说,"我们必须继续工作。"

我点了点头。

"我是认真的,"莫里在我耳边大声说,"我们不能放弃。我们这就按原先的计划,召集董事会议;你把你的主意告诉他们,就像你真心相信它一样,把他们说服。好吗? 你能保证吗?"他狠狠地拍打着我的背,"拜托了,你这混蛋,你不这么做的话,我就把你的眼睛打爆,把你打进医院。伙计,拜托了!"

"好吧,"我说,"但我感觉,你在对一个已经入土了的人说话。"

"没错,而且你看起来真像已经入土了。但是,拜托了,无论如何,我们马上开始行动吧。你下楼去说服'斯坦顿',我知道'林肯'不会为难我们的——他天天只是坐在房间里,边读《小熊维尼》边发笑罢了。"

"那是什么东西? 也是儿童读物吗?"

"没错,伙计,"莫里说,"所以你快到楼下去吧。"

我往楼下走去,感觉稍振作了一些。但没有什么东西能使我重获生机,除了普莉丝,什么都不能。我不得不加倍努力,接受这一现实。


我们几乎错过了西雅图的报纸上与普莉丝有关的第一篇报道,因为它乍看起来和普莉丝并没有什么关系。我们只好一遍一遍地读,直到确认无误。

那篇报道是关于山姆·K.巴罗斯的——因此我们注意到了它。报道中还提到和他去了夜店的一名优秀的年轻艺术家。专栏作家提到,那个女孩名叫"普莉丝汀·女子"。

"天啊!"莫里尖叫道,面色铁青,"这是她的新名字。'弗劳恩季默'是'女子'的意思,但并不准确。听着,伙计,我总是这么和你、普莉丝,还有我前妻说,但你们都不知道。'弗劳恩季默'其实并不是'女子'的意思,它的意思是'风尘女子'。你知道吧,就是'流莺'的意思。"他又难以置信地把那文章再读了一遍,"她把她的名字改了，但她改错了；天啊，应该是'普莉丝汀·流莺'。多滑稽啊，我是说，她真是疯了。你知道她为什么要这样做吗？因为那本书，《玛乔丽·晨星》，书中女主角的姓其实是'摩尔根斯特恩'，就是'晨星'的意思。普莉丝从这本书中得到了灵感，把自己的姓改了。然后又把'普莉西拉'改成了'普莉丝汀'。我要疯了。"

他在办公室里发了疯地走来走去，一遍又一遍地读那篇报道，"我就知道，这是普莉丝，肯定是她。听听这描述吧。你说这是不是普莉丝：

**斯瓦米俱乐部现场目击：超级大佬山姆·巴罗斯现身店中，而陪在他身边的这位女士，鉴于还有大半夜不睡觉的小屁孩在场，我们暂且称其为巴罗斯的"新门徒"。她是一名比六年级老师的铅笔还要瘦削的妞儿，名叫——信不信由你——'普莉丝汀·女子'，她脸上带着不可一世的表情，仿佛对我们这群凡人满不在乎，留着一头黑发，拥有会令老式木制船头女神像（各位都知道这种款式吗？）无比嫉妒的傲人身材。同行的还有律师戴维·布朗克，他告诉我们，普莉丝是一名艺术家，拥有人们无法想象的天赋……戴维还笑着说，也许过不了多少年，她就将登上电视，成为演员，甚至不限于此！**

"天啊，真是一派胡言，"莫里把报纸丢到一边，说，"那群八卦专栏作家怎么能写出这种话？他们真是疯了。但无论如何，你可以看出，这就是普莉丝。他们说她要上电视当演员？这又是怎么回事？"

我说："巴罗斯肯定拥有一家电视台，或入股了哪家电视台。"

"他有一个狗粮厂，生产鲸脂罐头。"莫里说，"那个厂家赞助了一个周播电视节目，一个马戏团之类的东西，以及其他各种生意。他多半要利用这些产业，给普莉丝一些出镜机会。但她能做什么呢？她不会演戏！她根本就没有天赋！我想，我还是报警吧。把'林肯'喊过来，我需要律师的建议。"

我试着使他冷静下来，他现在激动得要命。

"他正在和她睡觉！那个野兽正在和我女儿普莉丝睡觉！这个王八蛋！"莫里开始给博伊西的机场打电话，试图订一张前往西雅图的火箭航班票。"我这就到那里去，把他抓起来，"在打电话的间隙，他对我说，"我要带上枪，让警察见鬼去吧。那女孩才十八岁，这是重罪。证据确凿，可都握在我们手上了——我要毁了他的人生。让他给我蹲二十五年的大牢。"

"听着。"我说，"巴罗斯肯定仔细考虑过这件事，因为我们反复警告过了他，而那个律师布朗克一直跟在他屁股后面。他们一定打好掩护了。别问我他们是怎么办到的，但他们肯定考虑过所有的情况。你不能仅仅因为一个八卦专栏作家说你的女儿是——"

"那么,我就杀了她。"莫里说。

"等等,看在上帝的面上闭嘴吧,听我说。无论她如你所说的那样和他睡了,还是没睡,我不得而知。也许她成了他的情妇,我也这么觉得。但要证明这件事,就是另一回事了。现在,你当然可以强迫她回安大略,但他一定有别的办法可以强行把她留下来。"

"我宁愿她还在堪萨斯,从没离开过那家精神卫生诊所。她只是个可怜的孩子,还得过精神病!"他稍微冷静了一些,"他能怎么把她留下来?"

"巴罗斯可以从他公司里找个小马仔,让他和她结婚。而一旦他这么做,谁都管不着她了。你想要事情变成这样吗?"我和"林肯"谈过话,所以我知道这回事。"林肯"已经告诉我,要强迫像巴罗斯那样熟知法律的人做任何事都十分艰难。巴罗斯能像折烟斗通条一样,随意地歪曲法律。法律并不能给他带来规矩或障碍,反倒给了他便利。

"那就糟了。"莫里说,"我明白你的意思。这样的话,他就有借口把她留在西雅图了。"他的脸色沉了下来。

"这样的话,你就再也没法让她回来了。"

"然后,她就要和两个男人睡觉:她在巴罗斯名下某家工厂里跑腿传话的马仔丈夫，还有——巴罗斯本人。"他睁大了眼睛，瞪着我。

"莫里，"我说，"我们得面对现实。也许上学时，普莉丝已经和男生睡过觉了。"

他的表情变得更加扭曲。

"虽然我不想这么说，"我说，"但有一天晚上，她和我说话的样子——"

"行了，"莫里说，"别说了。"

"和巴罗斯睡觉并不会把她害死，更不会把你害死。至少，她不会因此怀孕，他很聪明，知道要避免这件事。他会让她打避孕针的。"

莫里点点头。"我希望我已经死了。"他说。

"我也有这种感觉。但是，你记得两天前你曾对我说过什么吗？你说，无论我们感觉有多糟糕，我们都得继续工作。现在，我要把这句话还给你。无论普莉丝对我们来说有多重要——不是吗？"

"是啊。"他最后说。

于是，我们继续前进，完成我们的工作。在董事会上，"斯坦顿"不同意让"娜娜"身穿南方叛军的灰色制服；他对南北战争的主题没有意见，但战士们必须是忠诚的联邦小伙子。"斯坦顿"反问道,有谁会愿意把自己的孩子交到叛军手中呢?我们让步了,杰罗姆被派去洛森工厂准备设备;与此同时,我们在安大略的双洛公司的办公室里,开始与一名日本电子工程师合作进行设计,我们雇用了他,让他兼职工作。

几天之后,西雅图的报纸上出现了第二篇报道。这一次,我抢在莫里之前读到了它。

今日,本报通讯员从巴罗斯先生的新闻秘书欧文·卡恩处得知:巴罗斯公司最新发掘的明日之星,拥有一头闪耀黑发的普莉丝汀·女子小姐将现身少年棒球联盟决赛现场,为获胜队伍颁发金棒球奖。鉴于少年棒球联盟季后赛仍有一场比赛尚未举行,现在依然……

所以说,山姆·K.巴罗斯有一名新闻秘书,他还有戴维·布朗克,以及别的一大群雇员。巴罗斯给了普莉丝她一直梦寐以求的东西,他履行了他们提出的所有承诺——毫无疑问。而我也毫不怀疑,她也同样信守着她的承诺。

她被照料得很好,我对自己说。也许在整个北美洲,谁都不能给她更多她想要的东西了。

这篇文章的标题是《大明星授予小球员金棒球奖》,普莉丝就是他们说的"大明星"。我仔细读了报道,发现山姆·K.巴罗斯先生还为夺冠的少年棒球联盟俱乐部提供球衣赞助——无需强调,巴罗斯已经赞助了金棒球奖——在球衣的背后,印着一行大字:

## 巴罗斯公司

当然了,球衣的正面印着球队的名字,代表小球员们的地区或学校。

我毫不怀疑,她现在非常高兴。总而言之,简·曼斯费尔德[①]的事业于二十世纪五十年代开始腾飞,由于被美国脊椎按摩师们评为"直脊椎小姐",她第一次走进了大众的视野里。那时候,她是一名健康饮食提倡者。

所以,看看普莉丝将面临怎样的前途吧,我想。首先,她为少儿棒球队颁发金棒球,她的事业由此腾飞,直达顶峰。也许巴罗斯能把她的裸照登到《生活》杂志上去;这并不是不可能的事,他们每周都会刊登一些裸照。这样的话,她就会变得大名鼎鼎。而她所需要做的,只不过是在一名专业的彩色照片摄影师面前当众

---

① 简·曼斯费尔德(Vera Jayne Palmer,1933—1967),活跃于二十世纪五六十年代的美国女演员,以性感著称。

宽衣解带,而不仅仅是私下脱给山姆·K.巴罗斯看。

然后,她可以短暂地嫁给门多萨总统。他已经结过了,多少次呢,四十一次婚了,有的婚姻甚至持续不到一周。最差她也会受邀参加在白宫举办的单身聚会,乘总统的游艇出海,或是在总统的豪华度假卫星上度过一周。特别是单身聚会,受邀到那儿表演的女孩从此就不一样了——她们打开了名气,各种各样的事业从那里腾飞,特别是在娱乐界。因为,如果门多萨总统想得到她们,全美国的每个男人都会想得到她们,因为大家都知道,这位美国总统对女人的品位要求极高,而且拥有优先选择权——

这些想法把我折磨得发疯。

要花多少时间? 我想。几周? 几个月? 他马上就着手办这件事,还是说,他也要花一些时间来准备?

过了一个星期,我翻电视指南的时候,发现普莉丝的名字出现在了巴罗斯的狗粮公司赞助的那档电视节目上。根据电视广告和演职员名单,她将在飞刀表演中出任女角。她穿着新款透明泳衣,随着《月亮欢愉》的乐声跳舞,与此同时,燃烧的小刀朝她飞去。这一幕是在瑞典拍摄的,因为这种泳衣在美国的海滩上还不合法。

我并没有把那张名单给莫里看,但他不知怎么地自己发现了。节目播出前一天,他打电话让我到他家去,把名单拿给我看。杂志上也刊登了一张普莉丝的小照,只拍了她的头和肩膀。然而,这张照片的拍摄方式也暗示着,她肩膀以下其实寸丝不挂。我们盯着这张照片,感到愤怒而沮丧。然而,她看起来很开心。也许她真的很开心。

照片上,她身后是一片绿水青山。自然而健康的美丽景色衬托着这位纤细的黑发女孩。她笑着,充满生机、热情与活力。充满着——未来。

未来属于她,我仔细看着这张照片,意识到了这一点。无论她赤裸着身体,躺在植物染色的羊毛毯上的照片出现在《生活》杂志上,还是成了门多萨总统的一周情人,或是疯狂地跳着舞,腰部以上一丝不挂,迎着着火的小刀,出现在儿童节目上——她依然那么真实,依然那么美而有魅力,就像山岳和海洋一般,无论人们有多愤怒或悲惨,都无法毁灭或糟蹋它。莫里和我又有什么呢?我们能给她什么呢?一些陈腐又酸臭的东西——它们并不面向未来——而是属于昨日,属于过去。充满陈旧、悲伤和死亡的气息。

"伙计,"我对莫里说,"我觉得,我得去趟西雅图。"

他什么都没说,继续看着电视指南。

"我对于仿生人真的一窍不通,"我说,"我很抱歉,但事实如此。我只想去西雅图,看看她怎么样了。也许随后——"

"你不会回来了。你们都不会再回来。"

"也许我们会。"

"要打赌吗?"

我和他赌了十块钱。这是我唯一能做的事。向他承诺并没有用,我也并不会——也不能——信守承诺。

"你会毁了双洛公司。"莫里说。

"也许吧,但我还是要走。"

那天晚上,我收拾了衣物,在飞往西雅图的环球航空波音900火箭航班上预订了一个座位。航班将在第二天上午十点四十分起飞。如今,已经没有什么东西能够阻止我了,我甚至没想给莫里打个电话,和他再说些别的事情。我为什么要浪费时间呢?他什么都做不到。但我呢?走着瞧吧。

我服役时用的点四五手枪太大了,于是我往包里装了一把点三八手枪,把它和一盒子弹一起包在毛巾里。我没有太多射击演练经验,但我可以在一个普通房间大小的范围内击中一个人,也许也能在一个公共大厅,例如夜店或剧院的范围内击中。就算在最坏的情况下,我也能把它用在自己身上;我很确定,我能轻松地命中——我自己的脑袋。

在明天来临之前,我没有什么别的事情可以做了,于是我坐下来,拿出莫里借我的那本《玛乔丽·晨星》读了起来。这本书是他的,也许这正是多年以前普莉丝读过的那一本。我希望能通过这本书增进对普莉丝的了解,我读它并不是为了消遣。

第二天早上,我起得很早。我刮过胡子、洗了脸,吃了点早餐,就动身前往博伊西机场。

# 13

如果你想知道地震和火灾①前的旧金山是怎么样的,你可以到西雅图看看。西雅图市居山靠海,历史悠久,街道像峡谷一样狭长而多风,除了公共图书馆外没有什么现代建筑。贫民区绵延数英里、老鼠滋生,在那里,你还能看见鹅卵石和红砖建筑,就像爱达荷州波卡特洛市的某些地区一样。西雅图市中心是繁华的购物区,真正的都市风貌,旁边坐落着一两家老牌大酒店,例如奥林匹斯酒店。风从加拿大吹拂而来,波音900在西雅图-塔科马机场降落时,你就能瞥见那些起风的山谷,那场景令人惊叹。

---

① 1906年,旧金山发生了里氏7.8级的大地震,地震后发生了火灾,给旧金山带来了极大的财产损失和人员伤亡。

我只花五美元就打了辆豪华轿车,从机场进了西雅图市区。由于街道拥堵,女驾驶员车开得就像蜗牛爬,过了好久我们才抵达奥林匹斯酒店。和其他老式城市酒店一样,它有一个地下购物区,也提供各种高质量服务。酒店中有许多餐厅;实际上,一旦走进了这种大型城市酒店,你就像独自迈进了一个亮着昏黄灯光的世界。在这个世界里,有奢华的地毯,涂了清漆的古木,衣冠楚楚、高谈阔论的人们,长廊与电梯,以及忙个不停的清洁女工。

我来到房间中,先打开了有线音乐,然后再打开电视。我站在窗边眺望了一会儿远处的街道,调好了空调和暖气,脱下鞋子,踩在铺满地面的地毯上,然后打开行李箱开始整理东西。仅仅一小时前,我还在博伊西;现在,我却已经来到了西海岸几乎靠近加拿大边界的地方。飞机比开车快多了。我没有经过中间的乡村,就从一个大城市来到了另一个大城市。没有别的事情可以让我更高兴了。

评判一家好酒店的标准是,当你叫了客房服务,当酒店雇员走进房间时,一眼也不看你。他低着头,对你视而不见或根本不看;对他来说,即使你只穿着短裤或全身赤裸,你也是隐形的,这正合你意。那雇员会非常安静地走进来,留下熨过的衬衫、一碟食物、报纸或饮料;你把钱给他,他轻声道谢,然后就走了。这简直是日式服务,日本人为客人服务时,就从不看着人。你感觉好像房间从未来过别的人,甚至连前一位客人都仿佛不曾存在过;即使你在大堂外面碰见过清洁女工,你也会觉得这个房间完全是你的地盘。那些工作人员对你的隐私抱有不可思议的尊重。当然,你退房时要为这一切买单。你要花上五十美元,而不是二十美元。如果有人和你说这不值得,别听他们的。相信我:即使濒临精神崩溃,只要在真正的一流酒店住上几天,享受着二十四小时的客房服务并消费一番,你就会恢复正常。

在奥林匹斯酒店的房间里待了几个小时之后,我想,起初决定动身时,为什么我会那么焦躁不安? 现在,我感觉自己仿佛是来度假的,可以住在这里,品尝酒店提供的食物,在私人浴室里洗澡、读报纸,在商场中购物,直到把钱用完。但无论如何,我是来出差的。我得离开酒店,走上刮着冷风、阴沉灰暗的人行道,跌跌撞撞地前行。舒适的酒店给这一切增加了难度,也徒增了我的痛苦。你只得回到一个没有人替你开门的世界中,站在街角,和其他人一起等着交通灯变绿。你又变回了一个痛苦的普通人,受到各种毛病的折磨。这就像再一次经历了出生时的创伤一样,但办完事之后,至少你可以回酒店去。

而且,你可以用酒店房间的电话谈生意,而不必到外头去折腾。你尽可以这样做,这种做法符合人的天性。事实上,比起出门,你更喜欢让人们上门来拜访你。

然而,这一次,我的生意没办法在酒店里谈成,我根本试都懒得试。我竭尽所能地拖延:剩下的时间,我都待在房间里,到了晚上,我下楼来到酒吧,之后又去了一家餐厅,然后,我去拱廊购物区上散了步,回到了酒店大堂,又返回到购物区。我尽可能地拖延时间,不想迈出酒店,走进那加拿大式的寒冷夜色中。

这一次,我在外套口袋里装上了我的点三八手枪。

很奇怪,我居然跑来干一件违法的事。也许我本可以让"林肯"帮我找到一种合法的方式,把普莉丝从巴罗斯手上抢回来。但在深层次上,我更喜欢这样做:在行李箱里塞一把枪,来到西雅图,现在又把枪塞在我的口袋里。我喜欢这种独处的感觉,我谁都不认识,单枪匹马地来和山姆·巴罗斯先生对峙。就像老西部片中演的英雄史诗一样,我来到陌生的小镇,带着武器,孤身执行任务。

在这段时间里,我在酒吧里喝了几杯,又回到房间躺在床上,看了看报纸,又看了看电视。午夜时我叫了客房服务,让他们把热咖啡送到房间里来。我舒服到了极点。如果这种感觉能保持下去就好了。

明天早上我就去找巴罗斯,我对自己说。我必须解决这件事,但现在还不是时候。

到了夜里十二点半，正准备上床睡觉时，我突然想起，为什么现在不给巴罗斯打个电话呢？我可以像盖世太保一样把他叫醒。我不告诉他我在哪里，只说，山姆，我来了。我要好好吓唬他一下，他一定能从我的声音中判断出，我已经到了西雅图。

好极了！

我喝了很多酒；该死的，我喝了六七杯。我拨了号，对接线员说："帮我转接山姆·K.巴罗斯。我不知道他的号码。"对面是酒店的接线员，因此她照做了。

没过多久，我就听到了电话接通的提示音。

我自言自语，练习着将要说的话。"把普莉丝还给双洛公司。"我会这样说，"我恨她，但她属于我们。对我们来说，她就是生命本身。"电话铃声响了又响，显然，现在没人在家。最后我挂断了电话。

我在房间里毫无头绪地转来转去，自言自语道，即使对我这样的成年男人来说，这情况也糟透了。我怎么能告诉山姆·巴罗斯，普莉丝对我们来说代表着生命本身呢？我们的大脑有这么错乱吗？我们真就这么错乱吗？这种错乱难道不正是生命本身的特质，而和我们毫无关系吗？没错，不能怪我们，生命本来就是如此；它又不是我们发明的。还是说，它真是我们发明出的？

我反复想着，肯定已经在房间里来回走了好几个小时，心里除了这些模糊的思绪之外,没有什么别的东西。我的状态很糟糕,就像得了病毒性感冒一样,大脑代谢受损,被推向死亡。或者说,无论如何,对我来说情况就是这样的。我已经失去了同现实的全部关联,就连身处的酒店都好像已经不复存在;我忘记了客房服务、拱廊下的商店、酒吧,以及餐厅——有那么一阵子,我甚至不再在窗边驻足,眺望外面的灯光,还有那深邃、明亮的街道。我就像死了一样,失去了同这座城市的联系。

到了一点钟,我仍然在房间里踱着步,这时电话响了。

"你好。"我对着话筒说。

电话那头的并不是山姆·K.巴罗斯,而是莫里,他从安大略给我打来了电话。

"你怎么知道我住在奥林匹斯酒店?"我问道。我困惑极了,他仿佛动用了某种神秘的力量,来追踪我的足迹。

"我知道你在西雅图,你这个蠢蛋。这里有多少家大酒店呢?我知道你肯定会住在最好的一家。我猜,你肯定订了一套蜜月套房,还叫了几位女士作陪,现在已经玩疯了。"

"听着,我是到这里来杀山姆·K.巴罗斯的。"

"你拿什么杀他呢?你坚硬的脑壳吗?你要向他冲过去,一头撞在他的肚子上,把他撞死吗?"

我告诉莫里,我有一把点三八手枪。

"听好了，伙计。"莫里平静地说，"你这么做的话，我们所有人就都完蛋了。"

我什么都没说。

"话费很贵，"莫里说，"所以我不会像个牧师一样，花一整个小时劝导你。去睡觉吧，明天再给我打回来，你能保证吗？你得保证，不然我就给西雅图警察局打电话，让他们到房间里来逮捕你，我对天发誓。"

"别这样。"我说。

"那你得向我保证。"

我说："好吧，莫里。我保证今晚什么都不会做。我又能做什么呢？我试过了，也已经失败了；我只是在屋子里走来走去。"

"那就好。听着，路易斯。你这么做，并不能把普莉丝带回来。我已经想过了。如果你真到那里去冲他开枪的话，只会把普莉丝的人生毁掉。好好考虑吧，我知道你能想通的。如果这样行得通的话，你不觉得我早就这样做了吗？"

我摇了摇头，"我不知道。"我的头很疼，感到疲惫不堪，"我只想睡一觉。"

"好的，伙计。你好好休息吧。听着，你在你的房间里四处瞧瞧，那里有一张带抽屉的桌子之类的，对吗？看看最上层的抽屉。去吧，路易斯。现在就这么做，别挂断电话。拉开抽屉仔细找找看。"

"找什么?"

"那里有本《圣经》,是传道的放在那儿的。"

我"砰"的一声挂断了电话。

那个混蛋,我对自己说,他给我出这种主意。

我真希望我根本没来西雅图。我就像"斯坦顿"仿生人一样,像一台机器:将自己推进了一个自己根本不理解的世界,于是开始在西雅图寻找一个熟悉的角落,这样就能按照自己的习惯来行动了。"斯坦顿"想在西雅图开一间法律事务所;而我——我又做了什么呢?我试着重新建立起一个熟悉的环境,无论它给我带来过多少不快。我习惯于普莉丝,以及她的残酷天性;我甚至开始习惯于山姆·K.巴罗斯,并期待遇见他,以及他的情妇和律师。我的天性正将我从不熟悉的幕后推向熟悉的前方,我只能这样行动。我就像一个盲眼的东西一样,笨拙地摸索向前。

我知道我想要的是什么了!我对自己说。我想要加入山姆·K.巴罗斯公司!我想像普莉丝一样,成为他团队的一分子;我根本不想冲他开枪!

**我要投靠他们。**

那里一定也有一个属于我的位置,我想。也许,我用不着跳月亮欢愉舞;我才不会做这种事。我不想上电视,对成名也没有兴趣。我只想成为一个有用的人。我希望自己的能力能被那位大人物所用。

我拿起了话筒,让接线员转接俄勒冈州的安大略市,联系上了安大略的接线员,然后把莫里家的电话号码报给她。

电话接通了,然后传来了莫里带着睡意的声音。

"你在做什么,你睡了吗?"我问,"听着,莫里。我得把这件事告诉你,你必须知道这件事。我要跳槽到他们那边去了;我要加入巴罗斯的公司,该死的,我还要带上你、我父亲、查斯特,还有'斯坦顿',不管怎么说,他是个独裁者,会让我们的日子很不好过。我唯一担心的是'林肯'。但如果他足够聪明和善解人意的话,他一定会体谅我们的,就像上帝也会原谅我们一样。"

"你说什么?"莫里说。听起来,他没听懂我的意思。

"我打算出卖你们。"我说。

"不,"莫里说,"你这就不对了。"

"我哪里不对了? 你这话是什么意思?"

"如果你去了巴罗斯那儿,双洛公司就不复存在了,所以你可没有什么东西可以出卖。而我们只不过卷铺盖回家,伙计。你知道的。"他听起来冷静极了,"事实不正是这样吗?"

"我不在乎。我只知道,普莉丝说得对。见过山姆·巴罗斯这样的人之后,你就很难把他忘掉了。他是个明星,是颗彗星。你不跟他走的话,就会失魂落魄,失去生活的目的。我内心深处有一种很不理智的渴望,但它很真实。这是我的天性。到了某一天,你的内心深处也会激起这种情绪。他这人有种魔力。如果没有他,我们只不过是蜗牛罢了。生命的意义又在于什么呢?在沙尘中蹒跚前行吗?你无法长生不死,如果你无法成为一颗明星的话,你就会死去。你知道我带了一把点三八手枪吗?如果我没法加入巴罗斯公司,他妈的,我就要把我的脑子炸开花。我才不要被甩在后面。人的天性,这种求生的天性强烈极了。"

莫里没说话。但我知道他还在电话那头。

"听着,"我说,"我很抱歉吵醒了你,但我得把这事告诉你。"

"你的精神出了问题。"莫里说,"我要——听着,兄弟。我要给霍斯陶斯基医生打个电话。"

"打给他做什么?"

"让他给你打个电话。"

"好吧,"我说,"我要挂了。"然后我挂断了电话。

我坐在床上等着,果然,还没过二十分钟,大概凌晨一点半的时候,电话又响了。

"你好。"我对着话筒说。

对面传来一个遥远的声音:"我是米尔顿·霍斯陶斯基。"

"我是路易斯·洛森,医生你好。"

"洛克先生打电话给我。"他停顿了很久,"你现在感觉怎么样,洛森先生? 洛克先生说,你好像很难过。"

"听着,你这个政府雇员。"我说,"这不干你的事。我只是和我的合伙人莫里·洛克意见不合罢了。我现在在西雅图,准备加入一个更大、更有前途的公司。你记得我提过的那位山姆·K.巴罗斯吗?"

"我知道他。"

"我这样做很疯狂吗?"

"不,"霍斯陶斯基医生说,"表面上看,不是的。"

"我和莫里说那把枪的事,其实只是想要惹他发火。现在已经很晚了,我有点焦虑。当你终止合伙关系的时候,你在精神上也饱受煎熬。"我等着霍斯陶斯基医生说话,但他什么都没说。"我想我要睡觉了。也许我回博伊西的时候会顺路来看看你。这些事对我来说都太难了。你知道,普莉丝来了西雅图,加入了巴罗斯公司。"

"是的,我知道。我和她保持着联系。"

"她是个好女孩。"我说,"现在我觉得我爱上了她。这有可能吗? 我是说,对于我这种精神类型的人来说?"

"这有可能。"

"好吧,那我猜就是这样了。没有了普莉丝我也活不下去了,所以,我来到了西雅图。但我还是要说,枪的那部分是我瞎编的;如果这样说能让莫里冷静下来的话,你可以把这些事告诉他。我只是想让他明白,我是认真的。你明白我的意思吗?"

"是的,我想我明白了。"霍斯陶斯基医生说。

我们又漫无边际地聊了一会儿,然后他挂断了电话。一挂断电话我就对自己说,那家伙一定会给西雅图警察或当地的联邦精神卫生局打电话。我不能冒险,他很可能会这么做。

所以,我开始尽可能快地收拾东西。我把所有的东西都塞进了行李箱,然后离开房间,乘电梯到了一楼,来到前台结账。

"您有什么不满意的地方吗,洛森先生?"夜班职员问我,一个女孩正在电脑上计算费用。

"没,"我说,"我联系上了我到这儿来要找的人,他让我到他那儿去过夜。"

房费相当公道,我付了钱,然后叫了一辆出租车。门童把我的行李箱拎上车,塞进后备厢里;我给了他几美元小费。过了一会儿,汽车就冲进了稠密的车流中。

我们经过了一家看起来不错的现代汽车旅馆,我记下了它的位置,让出租车在几个街区外停下,然后付了钱,步行回到那里。我对汽车旅馆的老板说,我是开车到西雅图来做生意的,但我的车子坏了。然后当场胡诌了一个假名,叫詹姆斯·W.伯德。

我办了入住,并提前付清了十八美元五美分的房费,随后拿着钥匙走向了六号房间。

房间舒适、干净而明亮,这正合我意。我立刻躺上床,马上就睡熟了。现在,他们抓不到我了,我记得自己迷糊之中这么想。我很安全。明天,我就要去拦下山姆·巴罗斯,告诉他,我要来投奔他。

然后,我记得我想,我就要回到普莉丝身边,我要参与到她的成名之路中。我要亲眼看见一切。也许我们会结婚。我会把我对她的感受告诉她。告诉她,我已经爱上了她。既然巴罗斯已经掌控了她,如今的她一定比过去还要再漂亮一倍。如果巴罗斯要和我竞争,我就要把他扇到天边去。我要用前所未有的招数把他除掉。他挡不了我的道,我没开玩笑。

想着这些,我睡着了。

到了八点钟,因为我没有拉窗帘,太阳照在我身上,照着我的床和整个房间,把我唤醒了。窗外,一排排停靠的车辆反射着阳光。看起来,今天天气不错。

我昨晚都想了什么?昨晚入睡时,我脑海中那些疯狂而狂热的思绪此刻都浮现了出来。我想着和普莉丝结婚,还有杀了山姆·巴罗斯,都是些幼稚的想法。当你快入睡时,你会回归到孩童时期,就是这样的。我感到一阵羞愧。

然而,我的立场基本上并没有变。我来这里,是为了把普莉丝带回去,如果巴罗斯想要妨碍我——那我可就要对不起他了。

我患了失心疯,但我并不想让步。现在,天已经亮了,理智回归到了我的头脑中。我走进浴室,慢悠悠地洗了个冷水澡。但即使日光也无法将我深沉的信念驱散,我只需稍微调整我的计划,使其更加理性,更加有说服力,更加实用。

首先,我必须得以合理的方式接近巴罗斯,我要把我真实的情感和动机藏起来。我必须隐瞒和普莉丝有关的所有事情。我得告诉他,我想为他工作,想参与到仿生人的设计中——我会带来这些年来在同莫里和杰罗姆的共事中学到的全部知识与经验。但我一点都不能提起普莉丝,因为就算他只是抓到了一点蛛丝马迹,他也会——

你这只老狐狸,山姆·K.巴罗斯,我对自己说。但你无法读出我的心思。因为我的情绪绝对不形于色。我是专业人士,而且经验丰富,绝对不会暴露。

我边穿衣服、系领带,边在镜子前练习着。我脸上的表情十分冷淡,没有人能猜到,我的心已经被渴望啃噬殆尽:那是我对普莉丝·弗劳恩季默,或是"女子"的爱,随她现在管自己叫什么。

我坐在床上,擦亮鞋子,想着,这就是成长的意义。你必须学会隐藏自己的真实感受,学会戴上面具,甚至要学会愚弄像巴罗斯这样的大人物。如果你能做到的话,你就能取得成功。

否则的话,你就完蛋了。你会暴露所有秘密。

汽车旅馆的房间里配备了电话。我出去吃了早饭,包括火腿、鸡蛋、烤面包、咖啡,甚至喝了果汁。到了九点半,我回房找出了西雅图的电话簿,花了很长时间查阅巴罗斯的各种产业。最后,我找到了一家公司,认为他此刻会在那里,于是拨通了电话。

"西北电子,"接电话的女孩轻快地说,"早上好。"

"山姆·巴罗斯先生在吗?"

"是的,先生,但他正在打电话。"

"我可以等一会儿。"

那女孩愉快地说:"我替您转接他的秘书。"我等了好一会儿,然后听到了另一个女性的声音,但听起来要低沉许多,也要年长一些。

"这里是巴罗斯先生的办公室。请问您是哪位?"

我说:"我想和巴罗斯先生谈谈。我是路易斯·洛森,昨晚刚从博伊西飞来西雅图;巴罗斯先生认识我。"

"请稍等。"又过了好一会儿,那个女人说,"巴罗斯先生现在可以和您通话。请吧,先生。"

"你好。"我说。

"你好。"巴罗斯先生的声音传入我耳中,"你好吗,洛森先生? 我可以帮上你什么忙吗?"他听起来很高兴。

"普莉丝怎么样了?"我说,震惊于自己居然真在和他说话。

"普莉丝很好。你父亲和弟弟怎么样?"

"也很好。"

"有一个脸倒着长的弟弟一定很有意思,我真希望能见他一面。既然你来了西雅图,为什么不顺路来坐坐呢? 今天下午来吧。"

"一点左右。"我说。

"好的。谢谢你,再见。"

"巴罗斯,"我说,"你要和普莉丝结婚吗?"

他没有回答。

"我要开枪打死你。"我说。

"噢,看在上帝的分上。"

"山姆,我有一颗日产的全晶体管大杀伤性脑追踪飞雷。"我说的是我的点三八手枪,"而我要在西雅图地区将它引爆。你知道这意味着什么吗?"

"嗯,我不太清楚。脑追踪……它和大脑有关系吗?"

"是的,山姆。你的大脑。你在安大略时候,莫里和我录下了你的大脑模式。你到那里去真是个错误啊。这颗飞雷会找到你，然后在你身边爆炸。一旦我把它引爆，就无法撤回了，它会毁灭你。"

"噢，看在上帝的分上！"

"普莉丝爱的是我，"我说，"有一天晚上，她开车载我回家时，曾经告诉过我。离她远点，否则你就完了。你知道她多大了吗？你想知道吗？"

"十八岁。"

我摔上了电话。

我要杀了他，我对自己说。我一定要杀了他。他抢走了我的女人。上帝知道他们在一起做了什么，他又对她做了什么。

我又一次打通了电话，同我说话的还是先前那个声音轻快的总机接线员。"西北电子，早上好。"

"我刚才和巴罗斯先生说过话。"

"噢，电话断了吗？我再帮您接通吧。先生，请稍等。"

"告诉巴罗斯，"我对她说，"我会用我的先进科技逮住他的。请你告诉他，再见。"我又一次挂断了电话。

他会得知这条消息的，我对自己说。也许我该让他把普莉丝送回来。为了保命，他真会这么做吗？该死的巴罗斯！

我知道他会这么做的，我对自己说。为了自保，他会抛弃她;我随时都可以带她走。对于他来说,她并没那么重要;在他看来,她只是一个随处可见的漂亮女孩罢了。只有我真心爱着她,爱着她的真实与独特。

我又一次拨通了电话。

"西北电子,早上好。"

"再替我转接巴罗斯先生,谢谢。"

一阵咔嗒声。

"我是华莱士小姐,巴罗斯先生的秘书。您是哪位?"

"我是路易斯·洛森。再让我和山姆说几句话。"

她停顿了一阵子,"请稍等,洛森先生。"

我等了等。

"你好,路易斯。"耳旁传来了山姆·巴罗斯的声音,"好吧,你可真会给我搞事情,是不是?"他笑了起来,"我给太平洋沿岸军队的军火库打了电话,他们说根本就没有脑追踪飞雷这种东西。既然如此,你又是怎么把它弄到手的? 我猜你根本就没有这种东西。"

"把普莉丝交给我。"我说,"这样的话,我就放过你。"

"得了吧,洛森。"

"我没开玩笑。"我的声音颤抖着,"你以为我在和你玩游戏吗? 我现在已是穷途末路。我爱她,除此之外,我什么都不在乎。"

"老天。"

"你能做到吗?"我喊道,"还是说,我要来亲自了结你呢?"我尖叫着,把嗓子都喊哑了,"我带着各式各样的军用武器,是我在海外服役时留下的;我是说真的!"我内心深处,一个仍然保持冷静的部分想道,那个混蛋会抛弃她的,我知道他是个胆小鬼。

巴罗斯说:"你冷静一点。"

"好的,我这就带上所有的先进武器来会一会你。"

"现在听着,洛森。我知道,你这么做,是受了莫里·洛克的怂恿。我和戴维谈过这件事,他向我保证,所谓的法定强奸罪指控毫无意义,如果——"

"如果你强奸了她,我就杀了你。"我对电话吼道。然后,我内心深处,有一个冷静又嘲讽的声音得意地笑着,说,这混蛋是罪有应得。那个声音轻快地笑着,它高兴极了。"你听到了吗?"我吼道。

巴罗斯立刻说:"你疯了,洛森。我要打电话给莫里,至少他还没疯掉。听着,我这就打电话给他,告诉他普莉丝这就飞回博伊西。"

"什么时候?"我吼道。

"今天。但不和你一起走。还有,我觉得你应该去看看精神病医生,你病得很厉害。"

"好吧。"我说，平静了一些，"今天。但我不会回去的，除非莫里给我打电话，告诉我她已经到了博伊西。"然后我挂断了电话。

哇哦。

我从电话旁蹒跚走开，走进浴室用冷水洗了一把脸。

所以，表现得疯狂而失控很有效！到了我这个年龄，就该学会这种东西啊。我把普莉丝抢回来了！我成功地把他吓坏了，让他认为我是个疯子。而真相不正是如此吗？我真的发了失心疯，看看我做了什么吧。失去了普莉丝，我就疯了。

我冷静下来，拨通了博伊西工厂的电话，找到莫里。"普莉丝就要回来了。她一到，你就打电话给我。我会在这儿等着。我把巴罗斯吓坏了，我比他要强硬得多。"

莫里说："我要亲眼见到她才会相信。"

"那家伙害怕我。他怕极了——他迫不及待地要把普莉丝交出来。你一定不敢相信，在那种巨大的压力下，我变成了一个狂乱的疯子。"我把汽车旅馆的电话号码告诉他。

"霍斯陶斯基昨晚给你打电话了吗？"

"打了，"我说，"但他没什么用。就像你说的那样，你在他身上浪费了很多钱。对他，我除了鄙视以外没什么好说的。等我回来我要把这件事告诉他。"

"我欣赏你的这股自信劲儿。"莫里说。

"正如你所说,你真该好好欣赏我的这股自信劲儿。我把普莉丝抢了回来。莫里,我爱上了她。"

莫里沉默了许久,说:"听着,她还只是个孩子。"

"我的意思是,我要和她结婚。我和山姆·巴罗斯不一样。"

"我才不在乎你是什么人!"现在,莫里咆哮着,"你不能和她结婚,她还是个小孩子,她得回学校去。离我女儿远一点,路易斯!"

"我们彼此相爱。你不能介入我们的感情。她一到博伊西,你就打电话给我;否则的话,如果有必要,我就要让山姆·K.巴罗斯尝到苦头,甚至让她和我自己都不好过。"

"路易斯,"莫里减缓了语速,小心翼翼地说,"你需要联邦精神卫生局的帮助,诚实点吧,你需要帮助。我不会只因为钱或是什么别的理由,就把普莉丝嫁给你。我希望你能把事情放到一边去。我希望你根本没去西雅图。我宁愿她仍然和巴罗斯在一起。是的,普莉丝就算是和巴罗斯在一起,也比和你在一起好。你能给她什么呢?看看山姆·巴罗斯能给一个女孩带来什么!"

"他把她变成了一个婊子,这就是他给她带来的东西。"

"我不在乎!"莫里喊道,"这不过是说说而已,只是一个词,没别的了。你回博伊西吧。我们的合作就到此为止了。你必须离开双洛公司。我要打电话给山姆·巴罗斯,告诉他,我和你一点关系都没有,我想要普莉丝留在他身边。"

"你这个王八蛋。"我说。

"你要做我女婿？你认为我生了她——我暂且这么说——是为让她嫁给你？多搞笑啊。你什么都不是！滚蛋吧！"

"太糟了，"我说，但我感觉很麻木，"我要和她结婚。"我重复道。

"那你和普莉丝说过你要和她结婚吗？"

"不，还没有。"

"她会啐你一脸唾沫。"

"那又怎么样。"

"那又怎么样？所以，谁想要你呢？谁稀罕你呢？只有你那个发育不良的弟弟和你老糊涂的父亲。我要和'亚伯拉罕·林肯'谈谈，想办法永久终止我们的合作关系。"电话那头传来"咔"的一声，他挂断了。

我没法相信这一切，我坐在乱糟糟的床上，盯着地板。所以，和普莉丝一样，莫里也追随着飞黄腾达、腰缠万贯的大人物。我们之间也产生了嫌隙，我想道，原来不顾廉耻可以随基因遗传。

我本该知道的。她的势利是有原因的。

我现在该做什么呢？我问自己。

我该把自己的脑子打个稀巴烂，这样皆大欢喜。没有了我，他们也能做得很好,就像莫里说的那样。

但我不想这么做。我内心深处那个冷酷而冷静的声音,那个代表着我本能的声音说着,不要。击败他们所有人,它说,接受一切挑战……普莉丝和莫里、山姆·巴罗斯、"林肯",与他们奋起斗争。

瞧瞧你在自己的合伙人身上都发现了什么:原来他就是这么看你的,他一直在悄悄地观察你。天啊,这个真相简直——太可怕了。

很高兴我发现了真相,我对自己说。怪不得他要投身于独立战争老兵保姆仿生人的研制;他很高兴他女儿成了山姆·K.巴罗斯的情妇。他骄傲极了。他也读过那本《玛乔丽·晨星》。

现在,我知道这世界是由什么造就的了,我对自己说。我知道了人的本质,知道了他们心目中生命最重要的事物。知道了这些事情,你很容易会当场死去,或者决意自杀。

但我不会放弃,我对自己说。我想要普莉丝,所以我要从莫里和山姆·巴罗斯,还有其他人手中把她夺过来。我不在乎她、他们,或其他人怎么看,我也不在乎付出什么邪恶的代价,我只在乎我内心本能的声音。它说:把普莉丝·弗劳恩季默从他们的手中夺过来,然后娶她为妻。她一开始就注定要成为俄勒冈州安大略市的路易斯·洛森夫人。

这是我的誓言。

我拿起了话筒，又一次打通了电话。

"西北电子，早上好。"

"再替我接通巴罗斯先生。我是路易斯·洛森。"

电话那头安静了一会儿。然后，那个声音低沉的女人说："我是华莱士小姐。"

"让我和山姆说话。"

"巴罗斯先生出去了。您是哪位？"

"我是路易斯·洛森。请你告诉巴罗斯先生，带弗劳恩季默小姐去——"

"谁？"

"好吧，我是说'女子'小姐。告诉巴罗斯，让她坐出租车到我的汽车旅馆来。"我把地址告诉了她，"告诉他，如果他不这么办的话，我就要到你们那里去，直接把她带走。"

一片安静。然后，华莱士小姐说："我无法转告他任何事情，因为他不在这儿，他回家去了，他真的不在。"

"那么，我就要打他家的电话。把他的号码给我。"

华莱士小姐的声音颤抖着，她把电话号码告诉了我。我马上就发现了，我昨天晚上打过这个电话。

我转着电话拨号盘，拨了号。

普莉丝接了电话。

"我是路易斯,"我说,"路易斯·洛森。"

"我的天啊!"普莉丝似乎很惊讶,"你在哪里?听起来你似乎在附近。"她好像很紧张。

"我在西雅图。昨晚我乘环球航空的航班到了这里,我来是为了把你从巴罗斯手中解救出来。"

"老天啊。"

"听好了,普莉丝。你待在那儿,我马上就开车过去。行吗?你明白吗?"

"噢,不要。"普莉丝说,"路易斯——"她的声音变得生硬,"等一会儿。我今天早上和霍斯陶斯基聊过,他和我说了你的事,还说你有紧张性狂暴症,他警告我不要接近你。"

"告诉山姆,叫一辆出租车载你到我这儿来。"我说。

"我还以为是山姆给我打的电话。"

"如果你不和我走的话,"我说,"我就杀了你。"

"不,你不会的。"她生硬而冷静地说,她又找回了那种冷酷无情的姿态,"你敢试试。你这个下流的怪胎。"

我感到愕然。"听着。"我开口说。

"你这个穷鬼,你这个蠢蛋。如果你要闯进来,只会死得很惨。我知道你想要做什么,你这猪猡一样的狗屁玩意儿,没有了我,你根本无法设计出你的仿生人,不是吗?所以你想要我回去。见鬼去吧。你要是到这儿来,我就大喊大叫,说你要强奸我,或是要杀了我,然后你这辈子就在监狱里过吧。所以,你给我好好考虑一下。"然后,她停了下来,但她并没有挂断电话,因为我能听到她那边的声音。她正意犹未尽地等着,听我会说什么——如果我真要说什么的话。

"我爱上你了。"我告诉她。

"你给我滚吧。噢,山姆回来了。你给我把电话挂了。还有,别叫我'普莉丝'了。我的名字是普莉丝汀,普莉丝汀·女子。回博伊西去,继续改造你的二流劣质小破仿生人吧,就当是帮我的忙,好吗?"她又等了一会儿,但我想不起来该说什么话,我没什么话可说了。"再见,你这个下流的丑货穷光蛋,"普莉丝平静地说,"还有,别再打电话来骚扰我了。如果你能找到一个像你一样油腻、丑陋又下流的女人的话,你还是多给那女人打电话吧,她渴望你的抚摸。"

普莉丝,我想道,我爱你。为什么呢?为什么我会被你所吸引?这是一种怎样的扭曲天性?

我坐在床上,闭上了眼睛。

# 14

我别无选择，只得返回博伊西。

有权有势、老奸巨猾的山姆·K.巴罗斯没有把我打败，我的搭档莫里·洛克也没能奈我何，那个十八岁的普莉丝反倒把我击败了。继续在西雅图晃悠已经没有多大意义。

我还有什么路好走？我只得回到双洛公司，和莫里重归于好，继续我未完成的工作。回去继续制造独立战争老兵保姆。回到"埃德温·M.斯坦顿"的手下，继续为那个粗暴冷酷、脾气暴躁的家伙工作。回到那个林肯仿生人的身边，继续忍受他没完没了的朗读声，从《小熊维尼》读到《彼得·潘》。回到那个地方，我将再一次被科里纳云雀雪茄的气味环绕，时而还能嗅到我父亲抽的那种"安东尼与克利奥帕特拉"牌雪茄的味道，它闻起来要更甜一些。我想起了那个被我抛到脑后的世界,位于博伊西的电子风琴与小型钢琴工厂,我们在安大略的办公室……

况且,莫里可能根本不愿让我回去,没准他当真想和我拆伙。所以,我也许根本无法回到我所知的那个摇摇欲坠的世界中去,一切可能只是我一厢情愿。

或许,现在就是时候了。比起回到博伊西,我现在更该拿起那把点三八手枪,把自己的脑袋轰个稀巴烂。

我身体的新陈代谢仿佛快了又慢,慢了又快。离心力把我甩得七零八落,与此同时我摸索着,试图抓住我身边的随便什么东西。普莉丝抓住了我,又在同一瞬间把我丢出去,让我处在一阵阵的咒骂和恶心中。就像是磁铁吸引着粒子,又在同时将它排斥出去;我被困在这要命的震荡中。

与此同时,普莉丝继续她的人生,对我的感受根本无知无觉。

终于,我明白了我人生的意义所在。我注定要爱上超越生命本身的东西,一个残酷、冷漠又刻板的小东西——普莉丝·弗劳恩季默。我倒不如一开始就恨整个世界。

鉴于我目前几近绝望的处境,我决定再尝试一次。在放弃之前,我还想试试先找林肯仿生人谈谈。它之前帮过我的忙,没准这次也能帮得上忙。

"还是我,路易斯,"打通了莫里的电话之后,我立刻说,"请你载'林肯'到机场,然后让它立刻飞往西雅图。我要借用它大约二十四小时。"

他急促又狂乱地和我吵了起来;我们争吵了半个小时。最终他还是妥协了。我挂上电话时,已经得到了他的承诺:天黑前,"林肯"会乘上西雅图波音900号到达。

我感到疲惫不堪,立刻倒在床上休息。我心想,如果它找不到这个汽车旅馆,它一定也派不上什么用场……那我就躺在这里,与世长辞好了。

讽刺的是,普莉丝正是它的设计者。

现在,至少我们可以收回一些投资了,我想。我们花了那么多钱来造它,却没法和巴罗斯达成交易。它整天做的只有无所事事地闲坐着,大声朗读和咯咯怪笑。

突然,我想起亚伯·林肯一则与女孩有关的轶事。他年轻时曾经迷恋上一个女孩。他成功了吗?看在上帝的分上,我实在是记不清他和那女孩究竟成了没有。我只记得,他曾因这段感情饱受折磨。

就像我一样,我对自己说。林肯和我有许多共同点,我们都在女人身上栽过跟头。所以它一定能理解我。

在那仿生人到之前,我该做些什么呢?继续待在旅馆房间里太冒险了……去西雅图公共图书馆研读林肯生平，了解他年轻时求爱的经历吗？我告诉旅馆经理，如果有一个长得像亚伯拉罕·林肯的人来找我，就告诉它该到哪儿找到我，然后拦了一辆出租车，出发了。我还有一大堆时间要打发，现在刚到上午十点。

我还有希望，当出租车载着我穿梭在车流中，驶向图书馆时，我这么告诉自己。我不会放弃！

林肯是美国历史上最优秀的总统之一，也是一名卓越的律师。现在，既然有了他来帮我摆脱困境，我还能要求什么呢？

如果有什么人能够帮我，那一定就是亚伯拉罕·林肯了。

西雅图公共图书馆的藏书并没能成功帮助我维持信心。从书中我得知，亚伯·林肯曾经被他爱的女孩拒绝过。他遭受了严重的打击，因此在那几个月里，他几乎患上了忧郁症，几近自暴自弃。而且，这件事也在他的心中留下了永久的伤痕。

好极了，我恶狠狠地想着，合上了书。这可真是我求之不得的啊：他在情场上摔得比我还要惨。

但现在已经太晚了，那仿生人已经在从博伊西赶来的路上了。

也许我们将双双自杀，离开图书馆时，我对自己说。我们会在一起读些老情书，然后——"砰"，点三八手枪的枪声在我们脑袋边上炸响。

可另一方面,林肯后来取得了成功,他当选成了美国总统。对我来说,这就意味着,在因为女人而痛苦欲绝、几近求死之后,你依然可以站起来,继续前行;当然,尽管你永远都忘不了这回事。这段经历会继续塑造你人生的轨迹,把你变成一个更成熟深刻、深思熟虑的人。我注意到,"林肯"具有一种忧郁的气质。也许我也将成为这种类型的人,直到寿终正寝。

然而,目前想这些事还为时过早,我应该把握当下,好好考虑。

我在西雅图的街道上走着,到一家售卖平装书的书店买了一套卡尔·桑德堡①写的《林肯传》。我带着书回到房间,拿出半打啤酒和一大袋薯片,舒舒服服地坐了下来。

我特地细读了讲林肯青少年时期的那部分,特别是提及那个女孩安·拉特里奇的篇章。但桑德堡的遣词造句总是很含糊,他提起这件事时总是拐弯抹角的。所以我把书、啤酒和薯片都放到了一边,打了辆车又回到图书馆,查阅那里的藏书。现在才刚过中午。

林肯和安·拉特里奇的情事是这样的。1835年,年仅十九岁

① 卡尔·桑德堡(Carl Sandburg, 1878—1967),美国著名作家、记者、诗人。

的她因疟疾去世,从那时起,林肯就陷入了《大英百科全书》上所说的那种病态的抑郁状态中:"据传,他甚至出现了精神失常的症状。显然,他性格中的这一面把他自己都吓坏了,而七年之后,通过他最为神秘的那段经历,他的这种恐惧才被公众所知"。那个"七年之后"指的是1841年。

1840年,林肯和一位名叫玛丽·托德的漂亮女孩订婚,那时他二十九岁。但到了1841年的1月1日,他们本该举行婚礼的那一天,他却突然解除了婚约。当时新娘已经梳妆打扮完毕,一切都准备就绪。然而林肯没有出现。朋友们跑去看看他的情况。他们发现他正处于精神错乱状态中。过了很久他才慢慢恢复过来。1月23日,他给他的朋友约翰·T.斯图尔特写了一封信:

如今,我成了全世界最痛苦的男人。如果把我的痛苦均分给全人类的话,地球上所有人的笑意都将从脸上消失。我不知道我是否能振作起来;我强烈地感到,我绝对无法再振作起来了。我再也无法忍受这种状态了;我想,我要么得好转起来,要么,我就去死。

此前的1月20日,林肯曾私下给斯图尔特写信说:

这几天,癔症让我丢尽了面子,因此我想,亨利医生对我来说至关重要。要是得不到这个位置的话,他就要离开斯普林菲尔德。所以,你知道我对这件事的兴趣有多大。

"这件事"指的是将亨利医生任命为斯普林菲尔德的邮政局局长，这样的话，他就可以留在林肯身边为他治疗，好让他活下去了。换句话说，在那时候，林肯正处于自杀或发疯的边缘，又或两者皆是。

在西雅图公共图书馆里翻阅过众多书籍后，我得出了一个结论：林肯患的病，就是如今人们说的躁郁症。

最有意思的评论来自《大英百科全书》，书上说：

> 在他的一生中，疏离感一直如影随形。因此，他并未成为一名彻底的现实主义者。然而，由于他表现出的现实主义倾向，粗心的人们总是忽视这一点。他并不在乎人们是否知情，只是顺其自然，因循环境的变迁来行动，而从不踟蹰不前，驻足考虑他自己对于人间的依恋究竟是来自于对亲密关系的现实感知，还是或多或少地来自他自己的精神理念。

在提及安·拉特里奇那个篇章的开头处，《大英百科全书》补充道：

> 这件事揭露出了一种深远的敏感情绪，以及忧郁和放纵的情感在他人生中的脉络。它们时隐时现，同喧闹的欢笑交织在一起，一直延续到他生命的尽头。

后来发表政治演讲时，他常常尖锐讽刺。经过研究，我发现，这是躁郁症患者的典型行为。而且"喧闹的欢笑"与"忧郁"

的交织变换，正是躁郁症的主要症状。

但这段话又使我动摇：

沉默寡言是他的性格特征之一，有时，他甚至会成为一名彻底的隐匿者。

以及：

他有一种能力，史蒂文森称其为"亲切和蔼的头号闲人"，这值得我们深入思考。

而且，这些最不祥的篇章讲的都是他的优柔寡断，这并不是躁郁症的症状。这种症状——如果它算是一种症状的话——出现在内向型精神病患者和精神分裂症患者身上。

已经到了下午五点半，是吃晚饭的时间了。我坐得身体僵硬，眼酸头痛。我把书放回原处，向图书管理员道谢，回到了刮着阵阵寒风的人行道上，想找个地方吃饭。

很显然，我向莫里要求动用了史上最深沉、最复杂的人，我坐在餐厅里想着。晚饭味道不错，但我满脑子都是这档子事。

林肯和我一模一样。刚才在图书馆里，我简直就像在读我自己的传记。在精神方面，我们简直如出一辙，通过对他的了解，我也更了解我自己了。

林肯做事总是百折不挠。他也许是个不合群的人，但他并没有变得冷漠无情，事实恰恰相反。因此，他正是普莉丝那种冷酷型精神分裂症的反面。忧伤和富有同情心的特质在他脸上一览无余。他完全能体会到战争的痛苦,为每一名死者而难过。

所以,我很难相信,《大英百科全书》上描述的那种"疏离",还有他那著名的优柔寡断特质是精神分裂症的迹象。另外,我个人有和他——或者说,和他的仿生人交往的经历。在那仿生人身上,我没有体会到普莉丝具有的那种异化感和他者性。

对于林肯,我有种天然的信任和青睐,这和我对普莉丝的感觉恰恰相反。他有一种与生俱来的亲和力,性格热情而富有人性,兼具一种脆弱感。而通过与普莉丝的相处,我知道精神分裂症患者并不脆弱。林肯撤退到了安全地带,他可以在那里以科学的方式观察其他人,而不伤害到他自己。而普莉丝这样的人惯于离群索居。我可以看出,她最大的恐惧是与他人亲近。这种恐惧使她怀疑别人,给人们的一言一行强加上根本毫无关联的动机。我们之间的差别多么大啊。我知道,她随时会变成一个偏执狂;她对于真实的人性一无所知,她不像林肯一样,年轻时每天都轻易地与人们接触。归根结底,这是他们两个最大的区别。林肯知道人性有多复杂,人有伟大之处,也有渺小之处;有欲望,也有高义。这些形态不一的碎片拼在一起,就构成了几乎无限多样的人性。这些他都见多了。而普莉丝——对于人性,她始终带有一种顽固的、死板的图纸式印象。她创造了一种抽象简化的概念,并生活于其中。

怪不得她会这样难以捉摸。

我吃完了晚饭,在桌上留下小费,付了账单便又回到街道上。此刻正值黄昏,天色昏暗。现在我该去哪里呢?回旅馆去吧。我搭了一辆出租车,很快就穿行在街道中。

我来到汽车旅馆门前,发现我的房间亮着灯。经理从办公室里跑出来迎接我,"您有一名访客。我的天啊,和您说的一样,他看起来真像林肯。这是怎么回事,是个恶作剧之类的东西吗?我让他进来了。"

"谢谢。"我说,然后回了房。

林肯仿生人靠着椅背,坐在那里,长长的腿伸展着。他正全神贯注地读着卡尔·桑德堡写的传记,因此没有注意到我。在他身旁的地板上有一个小布包:那是他的行李。

"'林肯'先生。"我说。

他立刻抬起头来,对我笑了笑,"晚上好,路易斯。"

"您觉得桑德堡的这本书写得怎么样?"

"我还没能来得及想出什么意见。"它标记了它读到的地方,把书合上放到了一边,"莫里和我说,你遇到了大麻烦,想要我到这儿来帮帮你。希望我没有来得太晚。"

"不,你来得刚好。你从博伊西过来,路上怎么样?"

"我从天空看着地面，完全惊呆了。我们几乎都还没起飞，就降落到了这里。孔姐告诉我，我们已经走了上千英里。"

我感到困惑，"噢，是空姐。"

"抱歉，请原谅我的愚蠢。"

"您想要杯喝的吗?"我指了指啤酒，但那仿生人摇了摇头，拒绝了。

"我不太想喝。你为什么不把你的问题说出来呢，路易斯?然后我们马上就可以看看该怎么办。"那仿生人面露同情，等着我开口说话。

我在它的对面坐下，但我迟疑了。在读过那些书以后，我不知道自己是否还想向它咨询。并不是因为我对它的意见失去了信心——而是因为，我的问题可能会激起它埋藏已久的悲伤。我的情况和它同安·拉特里奇的事太相似了。

"说吧，路易斯。"

"我先喝一口酒吧。"我拿起起子，准备把酒打开。但我在那折腾了好一会儿，思考该如何是好。

"也许，我该先说几句。在我从博伊西到这儿来的路上，我仔细考虑了我们和巴罗斯先生的事。"他弯下腰，打开旅行袋，拿出几张横格纸，在上面用铅笔写了几个字，"你想要全力对抗巴罗斯先生吗? 这样的话，不管弗劳恩季默小姐意见如何，他都会自愿地把她送回来?"

我点了点头。

"这样的话,"那仿生人说,"给这个人打电话。"他递给我一张纸条,上面写着一个名字:

### 西尔维娅·德沃拉克

我想不起这个人是谁。我听过这个名字,但想不起她是干什么的。

"告诉她,"那仿生人轻声说,"你要到她家去拜访她,和她商讨一件棘手的事。这事和山姆·巴罗斯有关……这些就够了,她立刻就会邀请你到她家去的。"

"然后呢?"

"我会和你一起去。我想不会有问题的。你没必要编造事实,只要告诉她你和弗劳恩季默小姐的关系,还有你是代表她父亲来的,而你本人对那女孩有着深切的情感。"

我迷惑极了,"这个西尔维娅·德沃拉克是谁?"

"她是巴罗斯先生的政敌。领头谴责碧桃帽住房项目的正是她。那个项目归巴罗斯所有,帮他赚了一大笔钱。这位女士热衷于社会活动,专注于有价值的项目。"那仿生人递给我一大沓西雅图的剪报,"'斯坦顿'先生帮我收集了这些剪报。你可以从中读到,德沃拉克夫人为了此事简直不知疲倦。而且她也相当聪明。"

"你的意思是说,"我说,"如果我把普莉丝还没成年,还有她患有精神疾病、正处于联邦政府的监管下这件事——"

"我的意思是,路易斯,一旦你把事情告诉了她,德沃拉克夫人就知道该怎么做。"

过了一会儿,我说:"这样做值得吗?"我感到一股内疚,"做这样的事情……"

"由上帝来裁决。"仿生人说。

"你的意见如何?"

"普莉丝是你深爱的女人。难道不是吗?对你来说,这世上还有比这更重要的事吗?你难道不愿意把你的生命押在这场竞争中吗?我相信,你已经押上了你自己的生命,或许,如果莫里说得没错的话,你甚至把别人的命都押上了。"

"见鬼。"我说,"美国人的爱情就像是邪教,我们对它太认真了。它几乎成了一种全国性的宗教。"

那仿生人没说话,它在椅子上前后晃悠着。

"我是认真的。"我说。

"那你就只需要考虑这件事,而不必在乎其他人认不认真。

巴罗斯先生用金钱来衡量世界上的一切,我认为他这样做毫无人性。而且,他难道不正是你的对手吗,路易斯?从这个角度上,你绝对胜过了他:**他对普莉丝小姐不是认真的。**他这样做对吗?他这样更有道德,更合乎理性吗?如果他和你一样真心爱着普莉丝,他就会任凭德沃拉克夫人谴责他;他会娶普莉丝,在他自己看来,他也会认为这样做对双方都好。但他不会这样做,因此,他背离了他的人性。你不会像他这样,你会——你正把一切都押在这上面。对你来说,你爱的人比什么都重要,而我的确认为,你做得没错,错的是他。”

“谢谢你,”我说,“你知道怎样的人生价值观才是正确的,这点真让人佩服,我见过许多人,但我得说,只有你说中了事情的要点。”

仿生人伸出手,拍了拍我的肩膀,“我想,我们之间有一条纽带,路易斯。我们两个有许多共同之处。”

“我知道,”我说,“我们很像。”

我们都深受打动。

# 15

林肯仿生人花了一些时间，教会我该怎么和西尔维娅·德沃拉克夫人通话。我练习了一次又一次，但始终感到一种强烈的不祥。

但至少我也已经准备好了。我从西雅图市电话簿上查到了她的号码，拨了号。耳旁立刻传来了一个悦耳文雅的中年女士的声音。

"您好？"

"是德沃拉克夫人吗？很抱歉打扰您。我对您拆除碧桃帽的计划很感兴趣。我叫路易斯·洛森，来自俄勒冈州的安大略市。"

"我不知道我们委员会的名声居然传到了那么远的地方。"

"请问,我是否能和我的律师一起,到您家中和您谈一谈?"

"您的律师!我的天啊,出了什么事吗?"

"是有点事,"我说,"但和您的委员会无关。只是和——"我看了一眼那仿生人;它点了点头,表示肯定。"好吧,"我沉重地说,"和山姆·K.巴罗斯有关。"

"我明白了。"

"在安大略时,我和巴罗斯先生有过一场不愉快的商业合作。我想,也许您能帮帮我。"

"您说,您有个律师……如果他不能帮您的话,我不知道我还能帮上什么忙。"德沃拉克夫人谨慎、坚决地说,"但如果我们能把时间控制在,比如说,半个小时以内的话,您可以到我这里来。我八点钟还有个客人。"

我谢过她,挂断了电话。

"林肯"说:"做得好,路易斯。"它站了起来,"打辆车,我们马上就出发。"它朝门走去。

"等等。"我说。

它站在门边,看着我。

"我办不到。"

"那么,"那仿生人说,"我们先出去走走吧。"它帮我推开了门,"我们去呼吸一下夜晚的空气,空气中有群山的气息。"

我们两个走在了昏暗的人行道上。

"你认为,普莉丝小姐之后会怎么样?"那仿生人问。

"她不会有事的。她和巴罗斯待在一起;她想要什么他都会给她。"

那仿生人在一个加油站前停了下来,"你必须给德沃拉克夫人打个电话,告诉她,我们不去了。"那里有一个公用电话亭。

我走进电话亭关上门,又一次拨通了德沃拉克夫人的号码。我比前一次感觉还要糟,几乎没法把手指按到正确的按键上。

"您好?"我耳边传来了那个彬彬有礼的声音。

"还是我,洛森先生。很抱歉,我还没有把事情理清,德沃拉克夫人。"

"所以,您想要迟一些再来见我?"

"是的。"

"那很好。看您什么时候方便,洛森先生,先别挂断——您去过碧桃帽吗?"

"没有。"

"那地方实在糟糕。"

"我毫不惊讶。"

"请到那儿去看一看吧。"

"好的,我会的。"我对她说。

她挂断了电话。我站在那里抓着话筒,然后,我把它挂了回去,走出了电话亭。

"林肯"不知所踪。

他走了吗? 我问自己。现在我成了孤身一人吗? 在西雅图的夜色中,我张望着。

那仿生人坐在服务站里,它对面坐着一个穿着白制服的男孩;它前后摇晃着椅子,和他谈得很投机。我打开了门。"走吧。"我说。仿生人对那男孩道过晚安,然后,我们两个安静地离开了。

"为什么不去顺道看看普莉丝小姐呢?"仿生人问。

"噢,别了吧。"我说,我害怕极了,"今晚,也许他们就要对博伊西工厂施行打击报复。如果是这样的话,我们得准备接招。"

"她把你吓坏了。无论如何,她和巴罗斯先生都不可能待在家里。毫无疑问,他们享受公众眼光的洗礼。加油站的那个小伙子告诉我,某些举世闻名的娱乐界人士来到了西雅图表演,有些人甚至是从欧洲来的。他说那个厄尔·格兰特[1]也来了。他出名吗?"

"非常出名。"

---

① 厄尔·格兰特(Earl Grant, 1931—1970),美国知名爵士乐手。

"那个小伙子说,他们通常只待一晚,然后就飞到别的地方去。既然格兰特先生今晚在这里,我想,他明天就不在了。因此,巴罗斯先生和普莉丝小姐也许会到场观看他的演出。"

"他是唱歌的,"我说,"唱得非常好。"

"我们的钱够买票吗?"

"够。"

"那我们为什么不去看看呢?"

我打了个手势。为什么不去?"我不想去。"我说。

仿生人轻声说:"我从那么远的地方赶来帮你,路易斯。我想,作为交换,你应该也帮帮我。我很乐意听格兰特先生表演当下的流行歌曲。你能热心一点,帮帮我吗?"

"你这是故意为难我。"

"我希望你到最有可能碰见巴罗斯先生和普莉丝小姐的地方去。"

显然,我别无选择。"好吧,我们去吧。"我开始在街上找出租车,心里感到一阵苦涩。


人们接踵而来,只为倾听传奇明星厄尔·格兰特的歌声;我们几乎挤不进去。然而,我在哪都没有看见普莉丝和山姆·巴罗斯。我们在酒吧坐下,点了酒,从那里往下看。他们大概不会来了，我想。我感觉好一些了。概率很小，只是千分之一……

"他唱得真好。"在歌曲的间隙，仿生人说。

"是啊。"

"黑鬼的血液里流动着音乐。"

我看了它一眼。它这是在讽刺吗？这陈腐的论调，这种陈词滥调——但它脸上的表情很认真。也许在它那时候，说这话并不算冒犯。已经过去了那么多年。

"我想起，"仿生人说，"我小时候曾到新奥尔良去旅行。也正是在那里，我头一次看到了黑鬼，目睹他们悲惨的生活。我想那是1826年。那座城市洋溢的西班牙风情把我吓了一跳，它和我长大的那个美国完全不一样。"

"就是受雇于小贩丹顿·奥福特①的那一次吗？"

"你对我早年的经历很了解啊。"看起来，它很奇怪我怎么会知道得这么多。

"见鬼，"我说，"我查过了。1835年，安·拉特里奇离世。1841年——"我停了下来。为什么我要提这些？我本可以谈些别的事。就着酒吧昏暗的灯光我也能看到，那仿生人的脸变得苍白而深沉，它看起来很惊讶。"我很抱歉。"我说。

---

① 原文为"Denton Offcutt"，或为"Denton Offutt"的误写，后者是一名肯塔基州商人，1831年4月，他曾雇佣林肯等人一同前往新奥尔良。

谢天谢地,这时候格兰特开始唱另一首歌。然而,那是一首柔和、悲伤的布鲁斯歌曲。我感觉更紧张了,连忙挥手让酒保过来,给自己点了双份的苏格兰威士忌。

那仿生人坐在那里,驼着背沉思着;它把腿支了起来,以便把脚放在酒吧高脚凳的横栏上。厄尔·格兰特唱完之后,它依然沉默着,仿佛对周边的事物完全无知无觉。它脸上的表情茫然而沮丧。

"很抱歉,我让你难过了。"我对它说,并开始感到担心。

"不是你的错,只是情绪突然涌上了心头。你知道吗,我非常迷信。这是一种错吗?无论如何,我无法避免这种情绪,它成了我的一部分。"它缓缓地说,仿佛这花了它很大的力气似的。仿佛,我想,它几乎没有力气再说什么了。

"再喝一杯吧。"我说,然后我发现它根本没有喝第一杯,也是唯一的那杯酒。

那仿生人安静地摇了摇头,拒绝了我。

"听着,"我说,"我们搭火箭航班回博伊西去吧。"我从高脚凳上跳了起来,"走吧。"

那仿生人依然坐在那里。

"别被忧伤的情绪打败。我早意识到——布鲁斯音乐会影响人的心情。"

　　"不是因为那个有色人种的歌声，"那仿生人说，"是我自己的原因。别怪他，路易斯，也别怪你自己。在飞行途中，窗外茂密的森林使我想起了我的童年时光、我们一家人的旅行，特别是我母亲的死，还有我们骑着牛，回到伊利诺伊那一次。"

　　"我的天啊，这地方太阴沉了。我们得打车去西雅图–塔科马机场，然后——"我停了下来。

　　普莉丝和山姆走进了房间，一名女招待正领他们走向他们预订的桌子。

　　那仿生人看着他们，露出了微笑，"好吧，路易斯，我本该听你的。但我想，现在已经晚了。"

　　我站在高脚凳旁，全身僵硬。

# 16

　　林肯仿生人在我耳边低声说："路易斯，你得坐回椅子上。"

　　我点了点头，笨拙地爬上了高脚凳。普莉丝——她艳光四射，身穿新款的掠影牌服饰……她的头发剪得很短，梳到了脑后，眼影画得很怪，把她的眼睛衬得又大又黑。巴罗斯的脑袋剃得像台球一样光，他欢快又急促地走着，看起来和平常没什么差别。他脸上带着生意人式的笑容，轻快地接过菜单，开始点单。

　　"她看起来美得惊人。"仿生人对我说。

　　"是啊。"我说。酒吧里，坐在我们四周的男人们——以及女人们——都停下来朝她望去。我没法怪他们。

　　"你得行动起来。"那仿生人对我说，"恐怕你不能临阵逃脱，也不能呆坐在这里。我要到他们桌子边上去，告诉他们，你今天晚些时候和德沃拉克夫人有个约会，我只能为你做这么多了。剩下的事，路易斯，就全靠你自己了。"它从高脚凳上站起来，长腿一迈从酒吧走了出去，我根本来不及阻止。

它走到了巴罗斯的桌旁，弯下腰来，把手放在巴罗斯的肩膀上，对他说着话。

巴罗斯立刻转过身来看着我。普莉丝也转了过来，她漆黑而冷酷的双眼中闪着光。

"林肯"转身回到酒吧，"到他们那儿去吧，路易斯。"

我机械地站了起来，穿过一排桌子，向巴罗斯和普莉丝走去。他们正看着我。也许，他们认为我带着点三八手枪，但我没有，我把它留在了旅馆。我说："山姆，你完蛋了。我已经准备好把事情告诉西尔维娅了。"我看了看手表，"实在可惜，现在对你来说已经晚了。你原本有机会的，但你搞砸了。"

"坐下吧，洛森。"

我在他们的桌旁坐下。

女招待为巴罗斯和普莉丝端来了马蒂尼。

"我们已经造出了第一款仿生人。"巴罗斯说。

"哦？是谁的仿生人？"

"乔治·华盛顿，我们的国父。"

我说："很遗憾看到你的商业帝国化作废墟。"

"我不明白你的意思，但我很高兴能在这里遇见你。"巴罗斯说。"我想借此机会解开一些误会。"他对普莉丝说，"很抱歉，我谈起了生意。亲爱的，但我们能在这里遇见路易斯真是幸运；你介意吗？"

"是的，我很介意。如果你不把他弄走的话，我就和你没完。"

巴罗斯说："你太粗暴了，亲爱的。我有一件非常有意思的小事，想和洛森当面说清楚。如果你不高兴的话，我可以叫辆出租车来载你回家。"

普莉丝用一种平淡又疏远的语气说："我不要你送我回去。如果你胆敢摆脱我，我就把你丢到水桶里去，我下手很快，会把你的脖子都扭断。"

我们都看着她。除去那漂亮的裙子、发型和妆容，她还是原来的那个普莉丝。

"我要把你送回家去。"巴罗斯说。

"不。"她说。

巴罗斯向女招待示意，"你可以帮忙叫辆出租车——"

"你搞我的时候可是有证人在场的。"普莉丝说。

巴罗斯的脸色变得惨白，他挥挥手，让女招待回去。"现在，听好了。"他的手颤抖着，"你是想好好坐着，喝你的奶油浓汤，然后保持安静吗？你能保持安静吗？"

"我想说什么就说什么，想什么时候说就什么时候说。"

"什么证人？"巴罗斯勉强笑了笑，"戴维·布朗克？柯琳·尼尔德？"他的笑容变得僵硬，"继续说，亲爱的。"

"你是个猥琐的中年男人，最爱偷窥女孩的裙底，"普莉丝说，"你该去蹲大牢。"她的声音并不大，但听起来十分清晰，坐在附近的不少人都扭过头来。"你整天就不停搞我，"普莉丝说，"你只是个软蛋老头。"

巴罗斯的脸抽了抽，他扭曲地笑着，"还有吗？"

"没有了，"普莉丝说，"你收买了所有人，这样的话，他们就不会说对你不利的证言了。"

"还有吗？"

她摇了头，气喘吁吁的。

巴罗斯转向我，说："现在，继续吧。"他看起来依然保持着风度。这真令人吃惊，他什么都能忍受。

我说："我该联系德沃拉克夫人吗？这取决于你。"

巴罗斯看了一眼手表，说："我需要咨询我的律师。我可以打电话给戴维·布朗克，让他到这儿来吗？"

"可以。"我说。我知道布朗克会建议他屈服。

巴罗斯道了歉，走到外面去打电话。他不在时，我和普莉丝面对面坐着,什么都没说。他回来时,普莉丝露出了绝望而怀疑的表情。"你又干了什么坏事,山姆?"她说。

山姆·巴罗斯没有回答。他舒舒服服地靠在了椅背上。

"路易斯,他设法对付你。"普莉丝四处胡乱张望着,"你看不出来吗?你不是很了解他吗,难道你看不出来吗?噢,路易斯!"

"别担心。"我说,但如今我感到一阵不安,我注意到"林肯"在酒吧里走来走去,还皱着眉头。我做错了吗?我只好承认,现在已经太晚了。

"你可以过来吗?"我对那仿生人说。它立刻站起来,走了过来,弯下腰来听我说话。"巴罗斯先生正等着与他的律师商议。"

仿生人坐了下来,思考着,"我想,应该没什么问题。"

我们等候着。一个小时以后,戴维·布朗克出现了,他向我们走来。柯琳·尼尔德和他在一起,她穿着正装,身后跟着一个年轻的男人,理着平头,打着领结,脸上带着警觉而热切的表情。

那个男人是谁?我想。发生了什么事?我愈发不安。

"对不起,我们来晚了。"布朗克为尼尔德夫人拉开椅子,说。他们和那个打着领结的男人坐了下来,没有谁做介绍。

他一定是巴罗斯的雇员,我对自己说。他就是那个和普莉丝在法律上结了婚的马仔吗?

巴罗斯注意到我正盯着那个人看,介绍说:"这位是约翰尼·

布斯。约翰尼,这是路易斯·洛森。"

那个年轻男人连忙点头,"很高兴认识你,洛森先生。"他轮流向其他人点着头,"嗨。你好。你好吗?"

"等等。"我感觉全身发冷,"这位是约翰·布斯? 约翰·威尔克斯·布斯①?"

"你说得没错。"巴罗斯说。

"但他看起来一点都不像约翰·威尔克斯·布斯。"这是个仿生人,一个造得不像本人的仿生人。我刚查阅过书籍,约翰·威尔克斯·布斯总是打扮得做作而浮夸——而这个仿生人只不过是个寻常的势利眼,一个小人,这种人在美国每座大城市的商区都随处可见。"别耍我了,"我说,"这就是你费了那么大劲打造出的首款产品吗? 忠告你一句:最好回炉重造吧。"

但我说话时,一直害怕地盯着那个仿生人,即使它看起来愚蠢极了,但它也在正常运转。在技术上它无懈可击。而且对我们每个人来说,它都是个可怕的凶兆。"约翰·威尔克斯·布斯"仿生人! 我不由自主地向旁边瞟去,看"林肯"会有什么反应。它知道这意味着什么吗?

"林肯"什么都没说。但它脸上的皱纹变得更深了,上面时

---

① 约翰·威尔克斯·布斯(John Wilkes Booth, 1838—1865),美国戏剧演员,他同情南部邦联,对南北战争的结局甚为不满,是刺杀林肯的凶手。

常闪烁着些许忧郁的微光。它似乎知道自己即将面临什么，那个新的仿生人又预示着什么。

我简直不敢相信普莉丝居然能设计出这样的东西。然后，我意识到，当然她没有参与其中，因为这东西没有张像样的脸。参与的只有邦迪，他帮他们制造出了内部元件；然后，他们又把元件填进了这个大众化仿生人外壳中。现在，它正坐在桌旁笑着，点着头，像个典型的好好先生，一个应声虫。他们根本没尝试过按原样制作出一个逼真的布斯皮囊，也许他们对此根本就不在意。这是个突击任务，他们把它造出来，只为了完成一个特殊的使命。

"我们继续聊吧。"巴罗斯说。

戴维·布朗克点了点头，"约翰·威尔克斯·布斯"也点了点头。尼尔德夫人拿起了菜单。普莉丝盯着那个新的仿生人，一动不动，就像变成了石雕。所以我想得没错，她也被吓了一跳。她出门接受款待、换上新式时装、和人睡觉、被精心打造时，鲍勃·邦迪正在巴罗斯公司的某个工作室中，忙着制造这具精妙的机械呢。

"好吧，"我说，"我们继续吧。"

"'约翰'，"巴罗斯对他的仿生人说，"顺带一提，这位留胡子的高个先生是'亚伯·林肯'。我和你提过他的事，记得吗?"

"哦，是的，巴罗斯先生。"那个叫"布斯"的家伙立刻说，警觉地点了一下头，"我记得很清楚。"

我说："巴罗斯，你这是欺诈；你造的只不过是个名叫'布斯'的刺客，他的长相和说话方式都不对，你知道的。这完全是欺诈，是个彻头彻尾的蹩脚骗局。真是恶心，我为你感到羞愧。"

巴罗斯耸了耸肩。

我对那个叫"布斯"的玩意儿说："引用一句莎士比亚的著作。"

它对我笑着，敷衍又愚蠢。

"那就用拉丁语说点什么。"我对它说。

它依然笑着。

"你们把这玩意儿装起来花了多少个小时？"我对巴罗斯说，"半个上午？你们对于细节的把握呢？你们的技术到哪里去了？这玩意儿只是个有着杀人天性的低劣次品——不是吗？"

巴罗斯说："亲眼见过'约翰·布斯'之后，我想，你不会再以联系德沃拉克夫人要挟我了吧。"

"他要怎么行凶？"我说，"他要通过戒指下毒吗？还是要发动细菌战？"

戴维·布朗克微笑着。尼尔德夫人也微笑着。那个"布斯"和其他人一起，学着它老板的样子，空洞地笑着。巴罗斯先生操纵着他们,就像把他们都串到了一根绳子上,而他自己正随心所欲地扯着绳子,把控他们的言行。

普莉丝看着那布斯仿生人,她的神情几乎让她像变了个人。她的面容变得憔悴,脖子像鸟一样伸着,双眼呆滞,闪烁着支离破碎的光。

"听好了,"她指着"林肯"说,"那是我造的。"

巴罗斯看着她。

"它是我的。"普莉丝说。她又对"林肯"说:"你知道吗?我父亲和我制造了你?"

"普莉丝,"我说,"看在上帝的分上——"

"安静点。"她对我说。

"你别插手,"我对她说,"这是我和巴罗斯先生之间的事。"我发着抖,"也许你是出于好意,我也知道,你和那个'布斯'毫无关系。而你——"

"老天啊,"普莉丝对我说,"你闭嘴吧。"她转向了巴罗斯,"你小心地瞒着我,让鲍勃·邦迪造出了这东西,以摧毁'林肯'。你这个王八蛋。我永远都不会原谅你。"

巴罗斯说:"你在发什么疯,普莉丝?别告诉我你和那个林肯仿生人有什么私情。"他对她皱起了眉头。

"我不会亲眼看着我的作品被杀害。"普莉丝说。

巴罗斯说："也许你会的。"

"林肯"沉重地说："普莉丝小姐,我认为,洛森先生说得对。你应该让他和巴罗斯先生谈谈,好解决他们之间的问题。"

"我能解决这个问题。"普莉丝说。她弯下腰,在桌下笨拙地摸索着。我猜不出她要干什么,巴罗斯也猜不到;事实上,我们都僵硬地坐在原处。普莉丝抬起身来,手上拿着一只高跟鞋,金属的后跟露在外面,她挥舞着鞋子。

"去你的。"她对巴罗斯说。

巴罗斯从椅子上跳了起来。"不。"他举起了手。

那鞋跟砸向了布斯仿生人的头,正中那东西的头部,砸在了耳朵背面。"现在好了。"普莉丝对巴罗斯说,她的眼睛明亮而湿润,嘴边扬起了一条细细的、疯狂的曲线。

"天啊。"那布斯仿生人说。它的手在空中痉挛着,双脚在地下不停乱蹬着。一阵风从体内席卷着它,使它不住地抽动着。它的四肢挣扎着、抽搐着,最后变得僵直。它不再动了。

我说："到此为止吧,别再打它了,普莉丝。"我几乎站不住了。巴罗斯说了几乎一样的话,他用一种茫然又单调的语气,向她咕哝着。

"我为什么还要再打它?"普莉丝平淡地说。她把鞋跟从那东西的头上拔出来,弯腰穿上。坐在周围的人都震惊地看着我们。

那个布斯仿生人从椅子上滑了下来。我站起来,扶着它,把它按回原处。戴维·布朗克也站了起来。我们一起把它扶好,让它在椅子上坐直了,这样它就不会再倒下来了。普莉丝面无表情地喝了一口酒。

布朗克对周围的人说:"这只是个玩偶,一个用于展示的真人大小的玩偶。它是机械做的。"为了加强说服力,他把那仿生人头骨内的金属与塑料原件拿给他们看。在那个孔洞中,我看见有什么东西正发着光,我猜那是损坏的控制单元。不知道鲍勃·邦迪能不能把它给修好,我想,也许我根本不在乎。

巴罗斯点了一支烟,喝着酒,然后,他用沙哑的声音对普莉丝说:"你这么做,就是要和我对着干。"

"那就再见吧。"普莉丝说,"再见,山姆·K.巴罗斯,你这个肮脏的丑基佬。"她站起来,故意推翻了椅子。她从桌旁走开,转身离我们远去。她经过许多张桌子,穿过人群,最后来到了收银台,从那儿的女孩手中拿过了外套。

巴罗斯和我都没动。

"她出去了,"布朗克随即说,"我这儿能看见大门,她走了。"

"我该拿这东西怎么办?"巴罗斯指着那死去的布斯仿生人,对布朗克说,"我们得把它弄出去。"

"我们可以一左一右地把它架出去。"巴罗斯说。

"我能搭把手。"我说。

巴罗斯说:"她再也不会回来了。或者,她也有可能正站在人行道上,等着我们呢。"他对我说:"你能明白发生了什么吗?我猜不出。我不理解她。"

我跑到酒吧收银台一侧的走廊上,推开了通往街道的门。穿着正装的门童站在那里,对我彬彬有礼地点了点头。

没有普莉丝的身影。

"刚刚那个女孩去哪了?"我问。

门童打了个手势。"我不知道,先生。"他向我们示意那众多的出租车、繁忙的交通,以及俱乐部大门附近像蜜蜂般簇拥的人群,"对不起,我分不清。"

我在人行道上来回巡视着,甚至在每个方向上都跑了一小段,扭着头,试图捕捉她的身影。

但我一无所获。

最后,我只得回到俱乐部中,巴罗斯他们依然和那损坏的布斯仿生人坐在一起。现在,它已经从椅子上滑了下去,歪向了一边,它的脑袋耷拉着,嘴巴大张。戴维·布朗克帮我又把它扶了起来。

"你失去了一切。"我对巴罗斯说。

"我什么都没有失去。"

"山姆说得对。"戴维·布朗克说，"他失去了什么呢？如果需要的话，鲍勃·邦迪可以再造出一个仿生人。"

"你失去了普莉丝，"我说，"她就是一切。"

"噢，见鬼，谁在乎普莉丝？我甚至没看出她有多少才能。"

"我想也是。"我说。我感觉自己的舌头变得粗笨，它粘在了我嘴里的一侧。我摇晃着下巴，感觉不到疼痛，我什么感觉都没有，"我也失去了她。"

"很显然。"巴罗斯说，"但对你来说更好。你能忍受每天都经历这种事情吗？"

"不能。"

我们坐在那里说话时，厄尔·格兰特又一次登场。钢琴声响起，所有人都安静下来，我们也不再说话了。

> 蚂蚱在我的
>
> 枕头里鸣叫，亲爱的。
>
> 蟋蟀在
>
> 我的饭菜旁歌唱。

他这歌是为我而唱的吗？他是不是看到了我正坐在这儿，看见了我脸上的表情，因此知道我此时的感受？这首歌很老，也很悲伤。也许他看到了我，也许没有。我分不清，但情况好像是这样的。

普莉丝野性难驯，我想。她和我们不一样，她来自另一个世界。普莉丝原始而纯净[1]，原始得糟糕：人与人之间所有的事情，今天在这里发生的一切都无法触动她。人们看着她时，看见的是人类最为久远的过去，看见的是我们最初的样子，一百万年、两百万年以前……

厄尔·格兰特唱着那首歌；它驯化、改造着我们，以无数轻柔的方式一遍又一遍地塑造着我们。上帝还在继续工作，祂依然在塑造着我们体内那些柔软的东西。普莉丝却不是这样，即使是上帝，都无法再塑造她，令她定型。

注视着普莉丝时，我想，我看到的是他者。然而，如今我被留在了何处？我只是等待着死亡降临罢了，就像她脱下鞋子时，那布斯仿生人做的那样。因为一个多世纪前犯下的罪行，那个仿生人最终得到了惩罚。去世前，林肯曾梦见被刺杀，他看见自己躺在一个覆盖着黑布的棺材中，被哭泣的人群围绕。昨晚，那个林肯仿生人也曾有过预兆吗？它休眠时，会做着机械而神秘的梦吗？

我们都将面对这样的结局。嚓——嚓。覆盖着黑色绉纱的

---

[1] 普莉丝的化名普莉丝汀（Pristine）有原始、古老、清新、干净的意思。

火车在麦田中穿行。人们从房中走出来,摘下帽子,目睹这一切。嚓——嚓——嚓。

那黑色的列车上载着棺材,守卫它们的士兵身穿蓝色制服,拿着枪,在那段漫长的旅途中,他们始终屹立不动。

"洛森先生。"一个女人在我身边说。

我吓了一跳,抬起头来。尼尔德夫人正在喊我。

"你能帮我们个忙吗?巴罗斯先生去开车了。我们得把这个布斯仿生人搬到车里去。"

"噢,"我点点头,说,"当然可以。"

我站起身,看了"林肯"一眼,看它是否打算来帮忙。但奇怪的是,"林肯"低着头坐在那里,深沉而忧郁,根本没留意到我们,也没注意到我们的举动。它正倾听厄尔·格兰特的歌声吗?它被他的布鲁斯歌曲打动了吗?我并不这么认为。它驼着背,身体看起来完全扭曲变了形。它保持着全然的安静,看起来甚至根本没在呼吸。

我看着它,想,也许它正在祈祷。但它分明没在祈祷。那么,也许它刚停止祈祷,正处在祈祷的间隔。布朗克和我转向了"布斯",我们开始搬它的脚。它重极了。

"我们开的是奔驰,"我们走向走廊时,布朗克喘着气说,"有着红白相间的皮革内饰。"

"我会提前把门打开。"尼尔德夫人走在我们身后,说。

我们抬着"布斯",经过狭窄的走廊,来到了俱乐部的出口。门童认出了我们,面露好奇,但无论是他还是其他人,都没有上前来为我们帮把手,或问问我们发生了什么。但那门童依然帮我们开了门,我们对此非常感激,因为这样的话,尼尔德夫人就能走上街道去招呼山姆·巴罗斯的车了。

"车来了。"布朗克扭过头,说。

尼尔德夫人帮我们把车门打开,布朗克和我一人一边,努力将那仿生人放进了后座。

"你最好和我们一起走。"我准备离去时,尼尔德夫人对我说。

"好主意。"布朗克说,"我们去喝一杯吧,好不好,洛森? 我们把'布斯'放到车间去,然后到柯莉①的公寓去,她那里有酒。"

"不了。"我说。

"来吧,"巴罗斯在方向盘后说,"你们这些家伙快进来吧,这样我们就能走了。包括你,洛森,当然还有你的仿生人。回去把它带来。"

"不,不了,谢谢。"我说,"你们走吧。"

布朗克和尼尔德夫人上了车,关上了车门。车子开走了,消失在繁忙的车流中。

---

① "柯莉"(Collie)是"柯琳"(Collin)的昵称。

我把手插进口袋里,回到了俱乐部,沿着走廊走向那张桌子,"林肯"依然坐在那里,垂着头,双臂环抱,非常安静。

我该对它说什么呢?我要怎样才能让它振作起来?

"你不能因为这件事就一蹶不起。"我对它说,"你得振作起来,战胜困难。"

"林肯"没有回答。

"压垮骆驼的最后一根稻草。"我说。

那仿生人抬起了头。它无助地看着我,"这是什么意思?"

然后,我们都沉默地坐着。

"听着,"我说,"我要带你回博伊西,然后带你去看霍斯陶斯基医生。他不会害你的,他也许知道该怎么对付这种抑郁情绪。你觉得怎么样?"

现在,"林肯"看起来冷静多了。它拿出一张很大的红色手绢,擦着鼻子。"谢谢你的关心。"它在手绢后说。

"喝一杯吧,"我说,"来杯咖啡,或者吃点什么。"

那仿生人摇了摇头,拒绝了。

"你最初是怎么发现这种抑郁症状的?"我问,"我是说你年轻的时候。你愿意谈谈吗?告诉我你想起了什么,又联想到了什么。拜托了。我觉得,这样能使你好受一些。"

"林肯"清了清喉咙,问:"巴罗斯先生和他的部下还会回来吗?"

"我猜不会。他们邀请我们和他们一起走。他们要去尼尔德夫人的公寓。"

"林肯"奇怪地看了我很久,"为什么他们要去那儿,而不去巴罗斯先生家?"

"酒在她那儿。总之戴维·布朗克是这么说的。"

"林肯"又清了清喉咙,拿起面前的杯子喝了一小口水。它脸上依然挂着奇怪的表情,就好像遇见了什么难以理解的东西一样,就好像它感到疑惑,但与此同时又想通了什么。

"林肯"沉默了好一会儿,然后突然说:"路易斯,到尼尔德夫人家去。别浪费时间。"

"为什么?"

"她肯定在那儿。"

我感到头皮一凉。

"我觉得,"那仿生人说,"她和尼尔德夫人住在一起。我自己回汽车旅馆去。别为我担心——如果需要的话,明天我可以自己回博伊西。快去吧,路易斯,抢在他们抵达之前。"

我慌乱地移动着双脚,"我没有——"

"你可以从电话簿上查到地址。"

"是啊,"我说,"是这样。感谢你的建议。真的非常感谢。我觉得,你说得太对了。那么我们到时再见。再见。如果——"

"快走吧。"它说。

于是我起身前往。

我在一家通宵营业的药店查了电话簿,找到了柯琳·尼尔德的地址,然后来到人行道上,拦下了一辆出租车。至少我出发了。

她住在一栋高大的深色砖楼公寓里,只有零零星星的几扇窗子亮着灯。我找到了她的门牌号,按下了旁边的按钮。过了许久,那小小的扩音器中传出一阵静电噪声,一个声音沉闷的女人问我是谁。

"路易斯·洛森。"那是普莉丝吗?"我能上来吗?"我问。

那扇沉重的、镶着玻璃的黑色锻铁门响了。我快步上前,推开了门。转瞬之间,我就穿过了空无一人的大厅,沿着楼梯爬到了第三层。我在楼梯上走了许久,来到门前时,已经气喘吁吁、疲惫不堪。

门开着,我犹豫地敲了敲门,走进了公寓。

客厅里有张沙发,尼尔德夫人坐在上面,手里拿着一杯酒。山姆·巴罗斯坐在她对面,他们两个都看着我。

"嗨,洛森。"巴罗斯朝一张咖啡桌扭头示意,桌上摆着伏特加、柠檬、调酒的软饮、青柠汁、冰块和杯子。"来吧,别客气。"

我不知道该做些什么,于是我走了过去,动手调酒。

我调酒的时候,巴罗斯说:"我有件事想要告诉你。有个对你很重要的人在这里。"他用玻璃杯指向一个方向。"去卧室看看吧。"他和尼尔德夫人都微笑着。

我放下饮料,急忙走向那扇门。

"你怎么突然改了主意,到这儿来了?"巴罗斯摇晃着酒杯,问我。

我说:"'林肯'认为,普莉丝应该会在这里。"

"好吧,洛森,我真不想这样说,但在我看来,它帮了个倒忙。你真是疯了才会被那女孩迷住。"

"我不这样看。"

"见鬼,那是因为你们疯了,你们三个,普莉丝、'林肯',还有你。我告诉你吧,洛森,一个'约翰·布斯'的价值比得上一百万个'林肯'。我想我们会把它修好,然后用于月球开发……总之,'布斯'这名字在美国很常见;我们隔壁的邻居完全可以叫'布斯'。你知道的,洛森,总有一天你会到月球上去,亲眼见到我们的成果。你对我们要做的事儿一点概念也没有,一点都没有。无意冒犯,但在这里你没办法理解,你得到那里去才知道。"

"的确如此,洛森先生。"尼尔德夫人说。

我说:"成功人士没必要沦落到欺骗的地步。"

"欺骗!"巴罗斯喊道。"见鬼,我只是试着说服人们着手去做他们迟早会做的事罢了。噢,见鬼,我不想和你争论。今天发生的事够多了,我很累,我不想和任何人吵架。"他对我笑着,"如果你的小公司和我们合作的话——你应该能凭直觉发现这意味着什么。你选中了我,而我并没有看上你。现在你已经完了,对我们来说,事情却还没有结束。无论如何,我们会以某种方式继续工作下去,也许还会将'布斯'投入实际应用。"

尼尔德夫人说:"大家都知道这一点的,山姆。"她拍了拍他。

"谢谢你,柯莉。"巴罗斯说,"我只是讨厌看到这家伙变成这样,他没有目标,没有远见,没有野心。我的心都要碎了。真的。"

我什么都没说。我站在卧室门前,等着他们说完。

尼尔德夫人对我说:"你还是进去吧。"

我握着球形把手,打开了卧室的门。

卧室中一片黑暗。我可以辨认出,卧室的中央有一张床。床上有个人影,它靠在枕头上,支起身体,正在抽烟。它真在抽烟吗?卧室中弥漫着烟雾。我迫不及待地走向开关,打开了灯。

我的父亲躺在床上,他皱着眉抽烟,深沉地看着我。他穿着浴袍和睡裤,床边摆着他的毛皮拖鞋。拖鞋旁放着他的行李箱,衣服整齐地摆在里面。

"关上门吧,我的儿子①。"他轻声说。

我疑惑极了,但下意识地照办了。我关上了门,但我关门的速度并没有快到能隔绝从客厅里传来的大笑声,山姆·巴罗斯和尼尔德夫人放声大笑着。他们一直在耍我,他们摆出严峻而做作的表情撒谎——他们早就知道,普莉丝不在这里,她根本不在这间公寓里,"林肯"弄错了。

"多丢脸啊,路易斯。"我父亲说,显然,他看出了我的表情,"也许我该出去,结束这场玩笑,但巴罗斯先生说的话令我很在意。他说的话并不毫无道理可言,对吗? 在某些方面上,他是个强人。坐下吧。"他对着床边的椅子点了点头,于是我坐了下来。

"你不知道她在哪里?"我问,"你也帮不上我的忙?"

"我很抱歉,路易斯。"

现在,连起身离开都毫无意义。我无能为力,只能坐在这里,挨着我父亲的床,看他在那里抽着烟。

门打开了,一个五官上下颠倒的人走了进来,这是我弟弟查斯特,他得意扬扬地嚷嚷道:"我给我们找了个好房间,父亲!"他说,然后他看见了我,开心地笑了起来,"你在这里啊,路易斯。我们花了好一番功夫,终于找到了你。"

"有好多次,"我父亲说,"我都想纠正巴罗斯先生。然而,像

① 原文为意第绪语。

他这样的人是不会走回头路的,所以,我为什么要浪费时间呢?"

我父亲又想开始长篇大论地谈哲学,我真受不了他。我靠在椅子上,假装没听见他说的话,他的声音在我耳边变得模糊,变成空中嗡嗡的一片。在恍惚与失望中,我想象着,如果巴罗斯没有要我的话,如果我在这间屋子里找到了普莉丝,她正躺在床上的话,现在会是怎样呢?

想想吧,事情会变成怎样呢?她一定睡着了,或者喝醉了。我会把她扶起来,用双手搂着她,把她的黑发从眼睛上拂开,亲吻她的耳朵。我能想象,我把她从醉酒中唤醒时她会是什么样子。

"你根本没在听。"我父亲责备道。我的确没在听;我逃离了痛苦和绝望,全心梦想着普莉丝。"你又在做白日梦了。"他对我皱起了眉头。

在我幻想的幸福生活中,我又一次吻了普莉丝,她睁开了眼睛。我把她放下来,在她身边躺下,抱住了她。

"'林肯'怎么样了?"普莉丝在我耳边轻声说。她看见了我,却一点都不惊讶,她也没有惊讶于我抱住她并亲了她。事实上,她什么反应都没有。但普莉丝就是这样。

"它好得不得了。"她躺下来,在黑暗中看着我,我笨拙地抚摸着她的头发,只看见她模糊的身影。"不,"我承认道,"实际上,它的状态很糟。它患上了精神性抑郁症。你怎么看？它是你造出来的。"

"我救了它的命，"普莉丝深远、阴沉地说，"给我拿支烟来，好吗？"

我点了烟，递给她。她躺着抽起了烟。

我父亲的声音在我耳边响起："别再做这种自相封闭的梦了，我的儿子①——它使你远离现实，就像巴罗斯先生对你说的那样，我是认真的！很抱歉我要这么说，但这就是霍斯陶斯基医生说的'生病'，你明白吗？"

我隐隐约约地听到查斯特的声音："他得了精神分裂症，爸爸，许多青少年都会得这种病；上百万的美国人都生了这种病，却对此毫无知觉，从来不去诊所看病。我看过一篇文章，上面是这么说的。"

普莉丝说："你是个好人，路易斯。你爱上了我，我为你感到难过。你在浪费时间，但我想你并不在意。你能解释一下爱是什么吗？爱就像什么？"

"不。"我说。

"你不试一试吗？"她说，"门锁着吗？如果没有的话，你去把门锁上吧。"

---

① 原文为意第绪语。

"该死，"我痛苦地说，"我没法把他们赶出去，他们就在我们头顶上看着我们。我们逃不出去的。我们永远都没法分开了，我们两个会永远在一起——我知道的。"尽管知道这一切，我还是把门关上，锁住了。

我回到床上，普莉丝正站在上面。她解开她的短裙，把它从头上脱下来，丢到一把椅子上。她脱光了衣服，然后把鞋也脱了。

"除了你以外，路易斯，还有谁能教会我呢？"她说，"把被子拉过来吧。"她开始脱内衣，但我让她停下了。"为什么不呢？"

"我没疯，"我说，"我无法忍受这些。我得回博伊西去看看霍斯陶斯基医生。我们不能这样，我家人还在这个房间里呢。"

普莉丝轻声说："明天，我们就飞回博伊西。只是不是现在。"她拉过床罩、毯子和床单，然后又拿起了烟，全身赤裸地躺着，她什么都没盖，只是躺在那里。"我真累，路易斯。今晚在这儿陪着我吧。"

"我不能。"我说。

"那就带我到你住的地方去。"

"我也不能这样做，'林肯'在那里呢。"

"路易斯，"她说，"我只想睡一觉；我们躺下来，然后盖上被子。他们干涉不到我们的。别管他们。听说'林肯'心情不好我很抱歉。别怪我,路易斯。它无论如何都会发作的,而我的确拯救了它的生命。它就是我的孩子……不是吗?"

"我想你说得没错。"我说。

"我给了它生命,养育了它。我对此非常自豪。当我看到那个可耻的'布斯'时……我满脑子想着立刻杀了它。我一看见它,就知道他们为什么要把它造出来。我也可以做你的母亲吗?我真希望是我把你带到了世间,就像我把它带到世间一样;我真希望能将各种各样的人带到世间……每一个人。我赋予生命,而今晚,我夺走了一条生命,如果你受得了的话,做这事的感觉其实不错。要夺走某人的生命,需要很大的勇气,你不这么认为吗,路易斯?"

"是啊。"我说。我又一次坐在了床上,坐在她身边。

在黑暗中,她伸出手,把我的头发从我的眼睛上捋开,"我对你有这种权力,我能给你生命,也能把它夺走。你害怕吗?你知道,我说的是真的。"

"我现在不害怕了,"我说,"但从前,第一次意识到这件事时,我很害怕。"

"我从没怕过,"普莉丝说,"如果我害怕了,我就会失去这种能力。难道不是吗,路易斯?而且,我必须保有这种能力,必须有人拥有这种能力。"

我没回答。烟雾在我周身翻滚,使我感到一阵恶心,也使我意识到,我父亲和我弟弟都在这儿专心地看着我们。"人必须怀有某种幻想,"我父亲快速地吐出一口烟,"但这太荒谬了。"查斯特点了点头,表示赞同。

"普莉丝。"我大声说。

"听听看,听听看!"我父亲激动地说,"他正叫她呢,他正在对她说话!"

"出去。"我对我父亲和查斯特说。我对他们挥舞着手臂,但一点成效都没有,他们根本不理我。

"你得明白,路易斯。"我父亲说,"我很同情你。我和巴罗斯不一样,我认为你来找她,是很高尚的行为。"

穿过黑暗,以及他们喋喋不休的说话声,我又一次看到了普莉丝的身影。她将她的衣服收成一团,坐在床边,把它们抱在手上。"这重要吗?"她说,"我一点都不在乎其他人怎么说我们,怎么看我们。我不会让他们说的话成真的。外面的每个人都看我们不爽,山姆、莫里,还有他们其他人。如果这样做不对的话,'林肯'是不会让你到这儿来的……难道你还不明白吗?"

"普莉丝,"我说,"我明白,我们会没事的。我们会有一个幸福的未来。"

听了我的话,她微笑起来。在黑暗中,我看见她的洁白牙齿一闪而过。这个笑容中蕴含着巨大的痛苦和悲伤,而且,在我看来——有那么一瞬间——我在林肯仿生人身上感受到的情绪就仿佛来源于她。现在我很清楚普莉丝正承受着怎样的痛苦。她或许不是有意的,但她把这痛苦注入到了她的造物中。也许她根本不知道,这种情绪已经被植入到了那里。

"我爱你。"我对她说。

普莉丝全身赤裸地站了起来,她的面容冷酷、身躯瘦弱。她把手放到我手上,拉我坐下。

"我的儿子①,"我父亲正对查斯特说,"他正沉睡于爱之夜的自由中②。我的意思是说,他睡着了。我儿子,他正睡在爱之夜的自由中,如果你明白我的意思。"

"等我们回了博伊西,别人会怎么说呢?"查斯特恼怒地说,"我是说,他变成了这样,我们要怎么把他带回家去?"

"噢,"我父亲责备地说,"住嘴吧,查斯特,你不了解他深邃的心智和深远的发现。精神疾病具有两面性,它使人回归到我们的源头,而我们其他人都已经远离了这种源头。你胡说八道之前,最好明白这些事。"

"你听见他们说话的声音了吗?"我问普莉丝。

---

① 原文为意第绪语。
② 原文为意第绪语。

她站在我对面,朝我相反的方向仰着身体,普莉丝同情地轻笑起来。她目不转睛地盯着我,面无表情。她正处于高度警觉状态。对她来说,在这一瞬间,变动与现实、她的生活经历、时间本身都已经消失不见了。

她好奇地抬起手来,摸了摸我的脸颊,指尖从我的面庞上拂过。

尼尔德的声音从门外清晰地传来:"我们要出去了,洛森先生,你可以待在这间公寓。"

我听见,从远方传来了山姆·巴罗斯的咕哝声,"那女孩根本没发育成熟。该有的东西她全都没有。她在那卧室里做什么呢?她还那么瘦吗——"他的声音消失了。

普莉丝和我什么都没说。现在,我们听见公寓的大门关上了。

"他们真好,"我父亲说,"路易斯,你至少得谢谢他们。尽管说出了那种话,但那个巴罗斯先生是位绅士。无论如何,认清一个人要看他做了什么。"

"你要好好感谢他们两个。"查斯特对我嘟囔道。他和我父亲都怒视着我,我父亲嚼着雪茄。

我紧紧抱着普莉丝。对我来说,她就是一切。

# 17

　　我父亲和查斯特把我带回了博伊西，第二天，他们得知霍斯陶斯基医生不能——或者说不想——治好我。但他还是给我做了一些心理测试，好给我下诊断。我记得，在其中一项测试中，他给我放了一段录音，里面的人都在远处喃喃地说着话，我偶尔能听懂一两个句子，其余的就听不明白了。测试的内容是逐段写出这些对话。

　　我想，霍斯陶斯基对我的诊断早就已经暗含在这场测试的答案中，因为测试时，在我听来每段对话都针对着我。详细地说，我听见他们数落着我的不是，埋怨着我的错误，分析我的人格，诊断我的行为……我听到他们不仅侮辱了我，也侮辱了普莉丝，以及我们的感情。

霍斯陶斯基医生只是说:"路易斯,每一次你听到'这是'这个词,都以为他们在说'普莉丝'①。"这似乎使他很困扰。"而当你以为他们在说'路易斯'时,通常他们说的是'我们是'②。"他阴郁地看着我,然后就不再理会我了。

然而,其他精神病专家并没有对我置之不理,因为霍斯陶斯基医生把我的情况上报给了精神卫生局驻第五区,即太平洋西北地区的联邦专员。我听说过那个人,他的名字叫"拉格朗·尼西亚",他的职责是审批其主管地区的所有入院申请。从1980年起,他独立完成了大量工作,将成千上万的失常人士送往遍布全国的公立诊所;人们都说,他是名伟大的精神病学家和诊断专家。有个流传已久的笑话说,迟早有一天,我们都要落到尼西亚手中去。人人都把这当成一个笑话,但它在有些人身上确实成了真。

"尼西亚医生既能干又好心。"霍斯陶斯基对我说,此时,他正开车送我去精神卫生局驻博伊西的办公室。

"多谢你送我一程。"我说。

"我每天都要在那里进进出出的,本来就要跑这一趟。我只不过是帮你省下出庭和支付给陪审团的费用罢了……如你所

---

① "这是"和"普莉丝"的英文为"This"和"Pris",读音相似。

② "路易斯"和"我们是"的英文为"Louis"和"Do We",读音相似。

知,不管怎么说,最终的诊断权在尼西亚手中,与其面对一个外行的陪审团,你还不如直接去找他。"

我点了点头,他说得没错。

"你对此没有什么意见,对吗?"霍斯陶斯基问,"去联邦诊所并不是什么丢脸的事……这样的事每分钟都在发生——九分之一的人都看轻精神疾病的重要性,因此不愿接受治疗……"他喋喋不休地说了起来,但我没在听。我老早就在那些没完没了的电视广告、杂志文章上听说过这回事了。

事实上,我对他敌意颇深,因为他决定不再管我,还把我丢给了精神卫生局。尽管我知道,如果他认定我是个精神病患者,按法律规定他就得这么做。我对每一个人都充满敌意,包括那两个仿生人在内。我们在博伊西明亮又熟悉的街道上穿行,从他的办公室驶向精神卫生局,我感到仿佛每个人都背叛了我,每个人都是我的敌人,我正身处一个陌生而充满仇恨的世界中。

当然,我的想法已经在霍斯陶斯基给我做的那些测验中暴露无遗。比如,在罗夏墨迹测验中,我把每一块墨迹和图案都解释成史前遗留的机械怪物,它们疯狂而致命地冲撞着,爆破着,切割着,故意要来伤害我。实际上,在我们去卫生局见尼西亚医生的途中,我的确注意到有一排排的车正跟在我们后面,毫无疑问,我刚到博伊西机场,它们就得到了风声,开始跟踪我。

"尼西亚医生能帮我吗?"我问霍斯陶斯基。车子在一座高大现代的建筑前停下,它楼层众多,有许多扇窗户。现在,我真的开始害怕了。"我的意思是,精神卫生局的人掌握了你都没有的新技术,那些最新的——"

"这取决于你对'帮助'的定义。"霍斯陶斯基说。他打开了车门,招了招手,让我跟他走进大楼。

于是,我终于站在了这里,来到了这个许多人也曾到过的地方:联邦精神卫生局。我向诊断科迈出了第一步,也许,这也意味着,我迈入了人生的一个新阶段。

普莉丝曾说,我有一种很严重的不稳定倾向,这种倾向总有一天会给我惹麻烦,她说得真对啊。我沉迷于幻觉,疲惫又无助,但和她自己几年前的经历一样,至少政府把我送到了这里。我不知道霍斯陶斯基给我下的诊断是什么,但我无须多问,就知道他一定在我身上发现了精神分裂的症状……我自己也是这么觉得的。事情很显然,我为什么要否认呢?

我很幸运能得到这么多帮助。天知道我现在的状态有多可怕,我已经濒临自杀,或是彻底崩溃,似乎再无好转的可能。但他们很快就发现了我的症状——显然我还有希望。我尤其意识到,我正处于早期紧张性兴奋期,而其他的永久性失调症状,例如吓人的青春期痴呆或是偏执症还未出现。我的病情形式简单而原始,因此我还有救。

我得感谢我父亲和弟弟的及时行动。

然而,即使我懂得这些道理,跟着霍斯陶斯基医生走进卫生局的办公室时,我依然发着抖,感到恐惧。我感觉自己正在释放出敌意,又感觉周围所有人都对我虎视眈眈。我好像什么都懂了,又好像什么都不知道。一半的我理解这一切,另一半的我却像狂怒的动物一般,被捕捉关押起来,渴望着回到它生存的环境、它熟悉的地方。

此时,我只能支配很小一部分的心智,而其他部分全都在各行其是。

这使我明白了《麦克韩斯顿法案》有多重要。真正的精神病人,比如我本人,是不会主动来寻求帮助的。病人必须受到法律的管制。得了精神病就是这么一回事。

普莉丝,我想道。你也曾经历过这些;他们在学校里抓住了你,把你从人群中挑拣出来,把你带走,就像现在他们带走我一样。然后他们真的把你治好了,还帮你重归社会。他们也能治好我吗?

而且,我想,疗程结束后,我也会变得和你一样吗?他们会把我的人格调整到曾经的哪个阶段呢?

到那时候,你在我眼中会是怎样呢?我还会记得你吗?

如果我还记得你的话,我还会像现在一样迷恋着你吗?

霍斯陶斯基医生带我到了公共等候室,我坐在一众迷茫的病人中间等了一个小时,护士才来喊我。在一个小型办公室中,我见到了尼西亚医生。他是个英俊的男人,看起来年纪和我差不多,长着一双浅棕色的眼睛,浓密的头发梳理得很整齐,面带谨慎而充满歉意的表情,我只在兽医身上见过这种神情。这人立刻就表露出了同情的态度,不仅宽慰了我,也让我明白自己来到这里的原因。

我说:"我到这里来,是因为我再也无法和其他人谈论我的欲望和感受了。"我等候时已经组织好了语言,"因此,我无法从真实的世界中获得快乐,只好陷入了幻想的世界。"

尼西亚医生靠在椅子上,端详着我,"因此你想要改变。"

"我想要获得满足,真正的满足。"

"你和其他人一点共同语言都没有吗?"

"完全没有。我目睹的现实和其他人的大相径庭。比如说,和你的就不一样,如果我把这事告诉你的话,你可能觉得这全是幻想。我是说,关于她的事。"

"她是谁?"

"普莉丝。"我说。

他等着，但我没继续说下去。

"霍斯陶斯基在电话里和我简单介绍过你的情况。"过了一会儿，他说道，"很显然，你有一种活力上的困难，我们称其为'大母神'①型精神分裂症。但根据规定，你得先做个詹姆斯·本杰明谚语测试，以及苏联的维谷斯基—鲁利亚彩色方块测试。"他点了点头，然后，从我身后走来一个护士，手上拿着记事本和铅笔，"接着，我要说几个谚语，然后你来告诉我它们的意思。准备好了吗？"

"准备好了。"我说。

"猫儿不在老鼠闹。"

我想了想，说："缺乏权威的时候，违法行为就会出现。"

我们照这样继续下去，刚开始我完成得不错，直到尼西亚医生问到了那个致命的问题。

"滚动的石头不生苔。"

我努力想了许久，都想不出这句话的意思。最后，我孤注一掷道："呃，意思是说，有个人一直都非常活跃，从来不停下来思考——"不，听起来不太对。我又猜了一次。"意思是说，一个人要是不断进取，在精神和道德上都不断进步，就不会变得陈腐。"

---

① 荣格心理学中的概念，荣格认为，大母神原型源于母亲原型，具有善良与恐怖的两面性，是构成母亲情结的基础。

他看着我,表情更凝重了,所以我重新解释了一遍,"我的意思是,一个人如果不断进取,不让野草在他脚下生发,就能占据先机。"

尼西亚医生说:"我知道了。"而我也意识到,我已经显示出了精神分裂的思维障碍,达到了法定诊断标准。

"这是什么意思?"我问道,"我把意思弄反了吗?"

"我很抱歉,是的。这句谚语的意思和你说的相反;它的意思是,一个人如果——"

"你不必说了,"我打断道,"我记得——我真的知道。不安分的人永远无法积蓄财富。"

尼西亚医生点了点头,继续说着谚语。但我表现出的思维障碍显然已经达到了法定的标准。

做完言语测试后,我又尽力完成了方块分类测试,但也不成功。我把那些方块推开,宣告放弃时,尼西亚医生和我自己都松了一口气。

"那就这样吧。"尼西亚说。他对护士点了点头,示意她可以离开。"我们继续把表格填完吧。你有偏好的诊所吗?我个人认为洛杉矶的诊所最好,尽管可能只是因为我对它最熟悉。堪萨斯城的卡萨宁诊所——"

"把我送到那儿去。"我急切地说。

"有什么特殊原因吗?"

"我有许多好朋友都是从那里痊愈的。"

他瞧着我,仿佛在怀疑我还有更深层的理由。

"而且那家诊所的名声很好。几乎我认识的每一个在卡萨宁住过的病人都得到了真挚的帮助。我并不是说其他的诊所不好,但卡萨宁是最好的。我阿姨格雷琴曾在圣地亚哥的哈里·斯塔克·沙利文诊所待过;她是我所知的第一个身患精神疾病的人,在那之后,我身边的精神病患就多了起来。自然,那是因为精神疾病已经成了一种常见疾病,就像电视上每天说的那样。还有我的表兄弟列奥·罗吉斯。他现在仍住在某家诊所里。我高中时的英语老师,哈斯金斯先生,他死在了诊所里。我住的那条街上有个领退休金的意大利老人,叫乔治·奥利韦里,他患有紧张性兴奋,他们把他押去了诊所。我记得我服役时有个好伙计,阿特·博尔斯,他得了精神分裂症,去了位于纽约罗彻斯特的弗洛姆-瑞茨曼诊所。还有艾丽斯·约翰逊,我的大学同学,她去了第三区的塞缪尔·安德森诊所,它在洛杉矶的巴顿鲁日。还有我的前任老板,艾德·耶茨,他患上了精神分裂症,后来演变成了偏执狂。沃尔多·丹杰菲尔德,我的另一个伙计。格洛丽亚·米尔斯坦,我认识的一个女孩,天知道她去了哪里,但她在应聘一个打字员的工作时做了职员心理测试,然后就被盯上了。联邦的人把她带走了……她的个子不高,一头黑发,非常可爱,从没有人认为她有问题,直到她做了那测试。还有约翰·富兰克林·曼,我认识的一个二手车销售员,他被认定为无可救药的精神分裂患者,我想他也被押到了卡萨宁,因为他在密苏里有亲戚。以及马吉·莫里森,也是我认识的一个女孩。她又出院了,我很确定,她是在卡萨宁治好的。我认识的那些曾在卡萨宁就诊的人看起来都面目一新,状况好得不能再好。卡萨宁不仅符合《麦克韩斯顿法案》,而且真的能把人治好。或者说,在我看来是这样。"

尼西亚医生在政府的表格上写下了堪萨斯市的卡萨宁诊所,我长出一口气,感到解脱。"好吧,"他喃喃地说,"卡萨宁听说是不错。总统在那儿待过两个月,你知道的。"

"我听说过。"我承认道。每个人都知道我们的总统少年时曾患精神疾病的传奇故事,以及他二十多岁时所获得的一系列成功。

"现在,在我们道别之前,"尼西亚医生说,"我要和你说说什么是'大母神'型精神分裂症。"

"好的,"我说,"我等不及了。"

"事实上,这也是我个人的研究兴趣所在,"尼西亚医生说,"我写了许多篇相关的论文。你知道安德森理论吧,它将精神分裂的每一种类型都分别和一个宗教联系在一起。"

我点了点头。关于精神分裂症的安德森理论在美国十分受欢迎,几乎每一本高端杂志都在谈论它,这是当前的时尚。

"精神分裂症的最原始形式是'日心型',也就是太阳崇拜型,在这种类型中,太阳被当成神来崇拜。事实上,太阳象征着病人的父亲。你没有经历过这个阶段。日心型是最原始的类型,它与目前所知的最原始宗教——太阳崇拜相对应,包括罗马时期那个崇拜太阳的宗教密特拉教[①]。以及波斯人更为古老的太阳崇拜,也就是对玛兹达[②]的膜拜。"

"是的。"我点着头说。

"你如今患上的这种'大母神'型精神分裂症对应的则是迈锡尼文明时期流传在地中海一带的大女神崇拜。伊什塔尔[③]、西布莉[④]、阿提斯[⑤],然后是雅典娜……最后,是圣母玛利亚。在你

---

[①] 源于波斯的秘传宗教,公元1世纪左右传入罗马帝国,曾盛极一时。该教崇拜的主神密特拉为太阳神。

[②] 指阿胡拉·玛兹达,琐罗亚斯德教中的主神,代表光明。

[③] 巴比伦神话中的丰产与战争女神。

[④] 小亚细亚古国弗里吉亚崇拜的女神,对她的崇拜后来流传到了希腊与罗马,她象征着大地,是丰产、自然、洞穴、山岳与城堡之神,被誉为"百兽之母"。

[⑤] 西布莉的配偶,植物之神。

身上发生的情况是,你的阿尼玛[1],也就是说,你的无意识的化身,它的原型被投射到了宇宙中,你感受到了它,并膜拜它。"

"我明白了。"我说。

"在人们看来,它充满了危险、敌意,以及无与伦比的力量,然而,它也十分迷人。它是所有矛盾的化身:它掌握着全部的生命,但它已经死去;它掌握所有的爱,却冷酷无比;它掌握世间的智慧,又具有破坏性,因此无法创造出什么。然而,人们却把它看作是创造性的源泉本身。无意识中潜伏着矛盾,它一直被意识的格式塔[2]压制着。你根本无法通过直接的体会理解或处理这些矛盾。最终,它们会扰乱,甚至毁灭你的自我。因为,正如你所知,它们最初始的形态是原型,无法被自我所同化。"

"我明白了。"我说。

"所以,在这场战斗中,有意识的心智奋力地理解着它的整体、它的无意识部分,而这场战斗注定要失败。无意识的原型必须间接地通过阿尼玛,以温和而不受对立性影响的形式得以体验。为了完成这一目的,你必须同你的无意识建立一种截然不同的关系。因此,你的立场就变得非常消极被动,决定权完全被无意识掌控了。"

---

① 荣格提出的重要原型之一,指无意识中的女性形象。

② 心理学术语,来自德语 Gestalt,又译"完形",强调有意义的整体。

"好的。"我说。

"你的意识被削弱了,因此它无法发挥作用。除去源于无意识的那部分外,它失去了掌控力。现在,它和无意识分离开了。所以,你无法通过阿尼玛达成和谐。"尼西亚医生总结道,"你的精神分裂症症状比较轻,但它依然是种精神疾病,你得在联邦诊所接受治疗。从堪萨斯市回来之后,我想再见你一面;我知道,到那时你会恢复得非常好。"他真诚热情地对我微笑着,我回以微笑。他站在那里,伸出了手,我们握了握手。

我迈上了前往堪萨斯市卡萨宁诊所的旅途。

尼西亚医生向我出示了一张传票,让我出席一场有证人在场的正式听证会,征求是否有不把我立刻送到堪萨斯市的理由。这场听证会法律程序十分吓人,我动身时感到前所未有的紧张。尼西亚医生给我留了二十四小时,让我处理好生意上的事,但我拒绝了,我想马上就动身出发。最后,我们商量决定只留八小时让我准备。尼西亚的助理为我订了机票,我乘出租车离开了精神卫生局,暂时回安大略去,然后再开始东行的长途旅程。

我让出租车载我到了莫里家,我把许多东西留在了那里。很快,我就敲响了门。

家里没有人。我扭了扭把手,门没锁。于是,我走进了那栋寂静无人的房子。

洗手间里,那晚普莉丝做的瓷砖壁画仍然在那里。如今它已经完工了。我站在那儿,盯着它看了许久,惊叹于它的色彩和设计感,画面中有一条美人鱼和许多小鱼;还有一只章鱼,有着鞋扣做成的明亮眼睛。最后,她还是把这幅壁画做好了。

有一块蓝色的瓷砖松动了,我把它抠下来,擦去背后的胶水,放进了口袋里。

以防我忘了你,我心想。你,还有你的洗手间壁画,你那长着粉色乳头的美人鱼,你那些鲜活地在水下潜游的,可爱又可怕的作品。那宁静的,永恒的水……她在我头顶上的位置画了一条线,几乎有八英尺①那么高。在那之上是天空。它所占的部分非常小,天空在这幅画中扮演的角色微乎其微。

我站在那儿,听见房前传来一阵响动声。有人跟在我后面,但我依然站在原处。这又有什么关系呢?我等候着,然后,很快,莫里·洛克就气喘吁吁地冲了进来。一见到我,他立刻停下了脚步。

"路易斯·洛森,"他说,"你怎么站在洗手间里?"

"我正要走。"

"邻居打了我办公室的电话,她看见你坐着出租车来了,然后

_____
① 约2.4米。

进了屋,而她知道我不在家。"

"她监视我。"我一点都不惊讶,"无论我到了哪里,他们都在监视我。"我继续站在那里,手放在口袋里,看着那面五彩斑斓的墙。

"她只是觉得该把这事告诉我,而我知道来的是你。"然后,他瞧见了我的行李箱和我收拾好的东西。"你真的疯了。你刚从西雅图回来——你是什么时候进来的? 肯定在今天早晨以后。现在,你又要到别的地方去了。"

我说:"我得走了,莫里。这是法律的规定。"

他盯着我,缓缓地张大了嘴,然后他的脸涨红了,"我很抱歉,路易斯。我是说,我不该说你疯了。"

"没关系,但我确实疯了。今天我做了本杰明谚语测试,还有那个色块测试,一个都没过。我就要被送进去了。"

他摸着下巴,喃喃地说:"谁把你报上去的?"

"我父亲和查斯特。"

"真是见鬼。他们可是你的亲人呀。"

"他们拯救了我,使我免受妄想症的困扰。听着,莫里。"我转过身,面对着他,"你知道她在哪儿吗?"

"我向上帝发誓,如果我知道的话,路易斯,我绝对会告诉你的。即使你已经确诊了。"

"你知道他们要把我送到哪里去治病吗?"

"堪萨斯?"

我点了点头。

"也许,你会在那里遇见她。也许精神卫生局的人带走了她,把她送了回去,却忘了通知我。"

"是啊,也许是这样。"我说。

他朝我走来,重重拍了拍我的背,"祝你好运,你这个混蛋。我知道你会没事的。你得的是精神分裂症吧? 除此之外,你不会有别的事的。"

"我得的是'大母神'型精神分裂症。"我把手伸进口袋,拿出那块瓷砖给他看,说,"这是为了纪念她。我希望你不要介意;毕竟,这是你的房子,你的壁画。"

"拿走吧。把这整条鱼都拿走。把这乳头拿走。"他走向那美人鱼,"我没开玩笑,路易斯。我们可以把一个乳头撬下来,让你带走,好吗?"

"这不错。"

我们尴尬地对视了一会儿。

"得精神分裂症是什么感觉?"最后,莫里问。

"很糟糕,莫里。非常、非常糟。"

"我想也是,普莉丝也总这么说。她很高兴能够治愈。"

"正是因为得了精神分裂症,我才会执意要去西雅图的。他们管这种症状叫紧张性兴奋,这是一种冲动,让你觉得必须去做某件事情。但它让人做的总是错事,最终什么你都做不成。然后,你会意识到这一点,进而感到害怕,继而,你就会患上这种病,真正的精神病。我听见了声音,看见——"我停了下来。

"你看见什么了?"

"普莉丝。"

"老天啊。"莫里说。

"你能载我去机场吗?"

"噢,当然了,伙计。当然了。"他忙不迭地点头。

"我今天晚上才走。所以也许我们可以一起吃顿晚饭。经历过这些事以后,我不想见我的家人了,我太丢脸了。"

莫里说:"如果你得了精神分裂症的话,为什么你说话还是这么有条理呢?"

"现在我没有感到压力,所以我能够集中注意力。精神分裂症发作时,人的注意力会被削弱,这样的话,无意识的心理过程就会占据上风、掌控内心。这是一种非常古老的过程,叫作'原型',它会掌控人们的自我意识,正常人五岁后就不会这样了。"

"你会有一些疯狂的念头,比如说,人人都要反对你,而且你自己就是宇宙的中心?"

"不,"我说,"尼西亚医生和我解释说,这是'日心'型精神分裂症的症状,这种人——"

"尼西亚?拉格朗·尼西亚?当然,按照法律的规定,你得去见他。当年就是他把普莉丝送进了诊所;他私下让她在办公室中做了维谷斯基—鲁利亚方块测试。我一直想见他一面。"

"他这人很有才华,而且非常人道。"

"你会伤人吗?"

"只有拿着枪的时候才会,怎么了?"

"那么,我应该让你一个人待着吗?"

"我想是吧。"我说,"但今天晚上,我们在这间房子里再见面吃顿晚饭吧。大概六点,这样我们还赶得上飞机。"

"我能帮你做什么吗?给你带点东西?"

"不了。无论如何,谢谢你。"

莫里在房子里待了一会儿,然后,我听到了前门关上的声音。房子里再一次陷入了沉默。我如今又是一个人了。

不一会儿,我又慢慢地收拾起了东西。


莫里和我一起吃了晚饭,然后,他开着那辆白色的捷豹送我到了博伊西机场。我看着街道逐渐远去,街上的每一个女人看起来都像普莉丝——至少有那么一瞬间。每一次,我都认为是她,但最后又不是。莫里留意到了我的心思,但什么都没说。

精神卫生局的人为我在新式的澳大利亚C-80火箭上订了一个头等舱座位。我想，精神卫生局的预算一定很充足。只花了半个小时，我就到了堪萨斯城机场，因此，那晚还没到九点我就落了地，四处寻找着来接我的工作人员。

在舷梯下，一对年轻的男女走向了我，他们都穿着鲜艳明亮的苏格兰格子外套。他们是来接我的；在博伊西，他们让我留意穿这种外套的人。

"是洛森先生吗?"那个年轻男子期待地说。

"是的。"我穿过停机坪，走进了大楼。

他们分别走在我两旁。"今晚有点冷。"那女孩说。他们看起来都不到二十岁，我想，两个纯真的年轻人，毫无疑问，他们出于理想加入了联邦精神卫生局，此刻正在完成他们英雄般的使命。他们轻快、热情地迈着步子，把我带到行李窗口，低声闲聊着……我本该因此感到放松，但在指引飞船的强光照耀下，那女孩在我眼中与普莉丝惊人地相似。

"你叫什么名字?"我问她。

"茱莉，"她说，"他叫拉尔夫。"

"你——你们记得几个月以前，有一个从博伊西来的病人，叫作普莉丝·弗劳恩季默的吗?"

"很抱歉，"朱莉说，"我上周刚来卡萨宁诊所。我们都是新来的。"她指了指她的同伴，"我们这个春天刚加入精神卫生行动队。"

"你喜欢这工作吗?"我问，"它和你想象中的一样吗?"

"噢，我受益颇多。"那女孩气喘吁吁地说，"对吗，拉尔夫?"他点了点头，"无论怎样，我们都不会轻易退出。"

"关于我的事，你们知道些什么吗?"我们站在行李带前，等着拿行李时，我问。

"我们只知道谢德医生将是你的主治医生。"拉尔夫说。

"而且他特别好，"朱莉说，"你会喜欢他的。他为人们付出了许多，他治愈了许多病人!"

我的行李箱出现了。拉尔夫拿起了一个箱子，我拿起了另一个，我们穿过大楼，走向街道。

"这机场不错，"我说，"我还没来过呢。"

"是今年才修好的，"拉尔夫说，"这是第一个能同时起飞国内与星际航班的机场。你可以从这里飞往月球。"

"我才不去。"我说，但拉尔夫没听见。

很快，我们就登上了卡萨宁诊所的直升机，在堪萨斯市的空中飞行。空气凉爽而新鲜，上百万形态各异的灯光在我们身下闪烁着，它们毫无形状可言，只是一些杂乱的光团而已。

"你们会不会觉得，"我说，"每有一个人死去，堪萨斯的上空就会亮起一颗星星?"

拉尔夫和朱莉都被我这句俏皮话逗笑了。

"你们两个知道我本会面临什么吗?"我说,"如果没有这个义务精神卫生项目的话,我现在肯定已经死了。它救了我的命,真的。"

他们两个又因为我的话微笑了起来。

"谢天谢地,国会通过了《麦克韩斯顿法案》。"我说。

他们都严肃地点了点头。

"你们不知道这种感觉,"我说,"这种紧张性冲动,这种渴求会给人带来怎样的折磨。它不断地拉扯着你,然后,突然之间,你就崩溃了;你知道你的脑子不对劲,你生活在阴影的世界中。我当着我父亲和我弟弟的面,和一个只存在于我脑中的女孩做爱。我们做的时候,透过门,我听到人们谈论着我们。"

拉尔夫问:"你们敞着门做的?"

"他是说,他听见他们在门外说话,"朱莉说,"那声音描述着他的一举一动,并谴责着他。对吗,洛森先生?"

"没错,"我说,"人们要经过翻译才能听得懂我说的话,这表明,我的沟通能力已经失常了。以前,我很容易地就能把事情讲清楚。直到尼西亚医生提到了关于滚石的那条谚语,我才明白,我个人的语言同社会的语言之间已经出现了分裂。直到那时,我才理解了我身上出的问题。"

"啊,是的。"朱莉说,"那是本杰明谚语测试的第六条。"

"我很好奇,几年前,普莉丝说错的那条谚语是什么。"我说,"正是因为那条谚语,尼西亚医生把她辨别了出来。"

"谁是普莉丝?"朱莉问。

"我想,"拉尔夫说,"就是跟他做爱的那个女孩。"

"你说得太对了,"我对他说,"你们还没去过那里时,她就已经到过那里了。如今她已经康复了,他们假释了她。尼西亚医生说,她就是我的'大母神'。我的一生致力于膜拜普莉丝,就像她是个女神一样;我把她的原型投射到了宇宙中;我的眼中除了她什么都没有;对我来说,其他东西都是虚假的。我们的这场旅途、你们两个、尼西亚医生、整个堪萨斯市诊所——它们都只是影子罢了。"

我说完之后,他们看起来不想再搭话了。于是,我们安静地度过了接下来的旅程。

# 18

第二天上午十点钟,我在卡萨宁诊所的蒸汽浴室遇见了阿尔伯特·谢德医生。病人们赤身裸体,懒洋洋地躺在翻滚的蒸汽中,工作人员们则穿着蓝色泳裤走来走去——显然,它就像地位象征或工作徽章一样,显著地标示出他们与我们的区别。

谢德医生从蒸汽的白雾中缓缓现身,朝我走了过来,脸上挂着友好的微笑。他年纪挺大,至少有七十多岁,一缕缕头发贴在长满皱纹的圆脸上,看起来像弯曲的电线。他的皮肤呈闪亮的粉红色,至少在蒸汽浴室中看起来是这样的。

"早上好,洛森。"他低下头来,像一个侏儒般狡猾地观察着我,"你这一路顺利吗?"

"挺好的,医生。"

"我猜,没有别的飞机跟踪你到这儿来吧?"他嬉笑着说。

我不得不敬佩这个玩笑,因为他通过开玩笑的方式,了解到我依然基本保有理智。他正试探我是否有偏执病,借着玩笑话,他不动声色地巧妙排除了这种可能。

"你介意在这种非正式场合谈话吗?"谢德医生问。

"噢,不介意。我在洛杉矶时经常洗芬兰蒸汽浴。"

"让我看看,"他看了看他的文件夹板,"你是钢琴销售员,也卖电子风琴。"

"是的,洛森电子风琴工厂——质量领先世界。"

"根据你家人的证词,精神分裂症发作时,你正在西雅图和一个姓巴罗斯的先生谈生意。"

"正是如此。"

"我们拿到了你上学期间的精神测试记录,那时你似乎没什么问题……记录一直持续到你十九岁的时候,然后是服军役时的记录,这上面也没有什么问题。后来的一系列工作申请中也没有问题。因此,你得的是一种情境性精神分裂症,这种病症并不会终身发作。我猜,你在西雅图遭遇了前所未有的压力?"

"是的。"我拼命点着头。

"你这辈子可能再也不会发作。然而,这也是个警示,一个危险的信号,我们必须留心。"透过翻滚的蒸汽,他端详了我好一会，"接下来，按你这种情况，我们要借助'虚拟幻境疗法'帮你适应环境。你听说过这种疗法吗？"

"没有，医生。"但我喜欢这个名字。

"我们会给你致幻药——它会令你精神分裂，引导你产生幻觉，但每天只限定在很短的时间内。在此过程中，你退化了的力比多①就会得以完善，而目前，这种强度对你来说大到难以忍受。然后，我们会逐渐地缩短产生幻觉的时间，希望最后能将它消除。我们会在这里治疗一段时间。我们也希望，过些时候你可以回博伊西去，回归日常工作，并在那里接受门诊治疗。卡萨宁这里的病人太多了，你知道的。"

"我知道。"

"你愿意尝试接受治疗吗？"

"当然！"

"这意味着，你会经历更多的精神分裂发作。当然，你会处于我们的监管之下，情况会得到控制。"

"我不在乎这个，我想试试。"

"发作时，我和其他工作人员会在场观察你的行为，这样你不会介意吧？换句话说，对你隐私的侵犯——"

"不，"我插话道，"我不介意。我不在乎有人看。"

_____

① 力比多(libido)是弗洛伊德理论中的重要概述，用以专门表述本能。

"如果有那么多双眼睛在看,都不能让你害怕的话。"谢德医生若有所思地说,"你的偏执狂倾向还不算太严重。"

"它们一点都吓不到我。"

"好吧,"他看起来很满意,"这是个不错的预兆。"说完这些,他就走进了白色的蒸汽中,依然穿着蓝色的泳裤,胳膊下夹着文件夹板。我和我的精神病医生在卡萨宁诊所的第一次会面就这样结束了。

一天下午,我被带到一间整洁的大房间中,两名医生和许多护士在那里等着我。他们把我捆在皮面桌子上,往我的静脉里打了一针致幻药。医生和护士们看起来都很疲惫却友好,他们往后退去,等待着。我被捆扎在桌子上,穿着医院式的长袍,也在等待着。我的光脚向上翘着,手臂放在身体两侧。

几分钟之后,药物起作用了。我发觉自己来到了加利福尼亚的奥克兰市区,坐在杰克·伦敦广场的一条公园长椅上。普莉丝坐在我身边,用面包渣喂一群蓝灰色的鸽子。她穿着七分裤和绿色的高领毛衣,头发用红方格头巾扎在后面,她完全沉迷于自己的世界中,显然无暇理会我。

"嘿。"我说。

她转过头来,冷静地说:"你这混蛋,我说了,别说话。如果你说话的话,你会把它们吓跑的,然后那个老头就会把它们抢走。"

谢德医生坐在小路一边不远处的长椅上,微笑着,也拿着一包面包渣。我的心灵就是这样处理他的:把他也带到了这个场景中。

"普莉丝,"我低声说,"我得和你谈谈。"

"为什么?"她转向我,脸上的表情冷酷而疏远,"这对你来说很重要,但这对我重要吗? 或者说,你在乎吗?"

"我在乎。"我说,同时感到一股绝望。

"与其说出来,不如展示给我看——安静点。我正高高兴兴地做我想做的事。"她继续喂着鸟。

"你爱我吗?"我问。

"天啊,不!"

然而我感觉到,她确实是爱我的。

我们在长椅上一起坐了一会儿,然后公园、长椅和普莉丝都消失不见了,我再一次回到了捆着我的那张桌子上,谢德医生和卡萨宁诊所疲惫的护士们正观察着我。

"这一次好多了。"他们把带子解开时,谢德医生说。

"什么好多了?"

"比前两次。"

我对他说,我可不记得什么前两次。

"你当然不记得,因为那两次没有成功,没有任何幻境被激发,你只是睡着了。但是从现在开始,在每一次治疗中,我们都能期待新成果的出现。"

他们送我回了房间。第二天早上,我再一次来到了治疗室,接受他们分派给我的幻境,我和普莉丝独处的时光。

我被捆在桌子上时,谢德医生走了进来,对我打招呼,"洛森,我要安排你参加集体治疗,以增加我们当前治疗的疗效。你知道集体治疗是什么吗? 你得在一群病友面前说出自己的问题,让他们来评论……你和他们坐在一起,听他们对你的评论,探讨你的不足之处。这种治疗的气氛非常友好,能使你放松。而且通常来说,它也非常有效。"

"好啊。"在这座诊所中,我感觉很孤独。

"你不介意让你的病友们了解你的幻境吗?"

"天啊,不介意。为什么我要介意呢?"

"我们用氧化磁带把它录下来,然后在每次集体治疗开始前分发给你的病友们……你知道,我们会录下你的每一个幻境,以供分析,而且,如果你同意的话,我们也想将它们用在集体治疗中。"

"我当然同意。"我说,"我不抗拒让病友们了解我的幻想,尤其是,他们可以帮忙解释,我究竟出了什么问题。"

"你会发现,你的病友是全世界最想帮助你的人。"谢德医生说。

他们给我注射了致幻药,旋即,我又陷入了幻境中。

我刚结束一天的工作,驾驶着我的雪铁龙魔法火返回家中。交通拥堵,收音机里,"通勤一族俱乐部"的播音员正在播报拥堵路段。

"无论是迷路,还是被困在施工现场或混乱的车流中,"他说,"我都会带你前行,亲爱的朋友。"

"谢谢。"我大声说。

普莉丝在我身边动了动,暴躁地说:"你一直在和收音机对话吗? 这可不是个好兆头,我知道你的精神状况不是很好。"

"普莉丝,"我说,"即使你说出了这种话,我也知道你是爱我的。你记得我们在西雅图,柯莉·尼尔德公寓里那一次吗?"

"不记得。"

"你不记得,我们在那里做了爱吗?"

"噢。"她说,语气中透露出一股嫌恶。

"我知道无论你说了什么,你都是爱我的。"

"如果你非要这样说话,现在就让我下车,把我放到路上。你让我反胃。"

"普莉丝，"我说，"为什么现在我们两个一起坐在车里？我们正在回家的路上吗？我们结婚了吗？"

"我的天啊!"她抱怨道。

"回答我。"我说，眼睛依然盯着前方的路。

她什么都没说，她把身体扭开，贴着门坐着，离我尽可能地远。

"我们结婚了，"我说，"我知道我们结婚了。"

我离开幻境时，谢德医生看起来很满意，"你正在逐渐好转。我想我可以肯定地说，你退化的力比多正在得到有效的宣泄，这也是我们所期望的结果。"他鼓励地拍了拍我的后背，就像我的搭档莫里·洛克在不久之前做的那样。

在我的下一个幻境中，普莉丝看起来更年长了。我们两个在怀俄明州夏延市的车站中缓缓穿行，天色已晚，地铁在轨道上穿行，驶向远方，我们安静地站在那里。我想，她的脸看起来饱满多了，仿佛她正在长大成熟。她变了许多，身材更丰满了，神色看起来也更冷静了。

"多久了，"我问她，"我们结婚多久了？"

"你不知道吗？"

"那么，我们已经结婚了。"我说，感到满心欢喜。

"不然呢，你以为我们在非法同居吗？你到底出了什么毛病，你是不是得了健忘症之类的?"

"我们到车站对面那个酒吧去吧,那里看起来挺热闹。"

"好吧。"她说。我们再一次向地铁走去,这时她说,"我很高兴,你把我从那种空虚的生活中解救了出来……那种生活使我感到压抑。你知道我那时的想法是什么吗? 我在想,望着火车迎面而来,然后倒在它面前,落到铁轨上,让它从人身上碾过,把人撕成两半的感觉会是怎样……我在想,要是这样结束生命的话,我会有什么感觉呢,我只是掉了下去,仿佛坠入梦乡。"

"别说这种话。"我说,用手臂拥着她,把她抱在怀中。她还是一如既往地生硬而固执。

谢德医生将我从幻境中唤醒时,看起来很沉痛,"我很不愿看到这种情况,但你的阿尼玛投射中浮现出了病态的元素。然而,这在我们的意料之内;这表明,我们依然有一段很长的路要走。下一次,在第十五个幻境中——"

"第十五个!"我喊道,"你是说,刚才那是第十四个吗?"

"你在这里都住了一个多月了。我想,你把多个幻境混到了一起;这很正常,因为有时候会出现重复的幻境,有时一模一样的事情会反复发生。别担心,洛森。"

"好的,医生。"我说,感到闷闷不乐。

下一次治疗时——或者说,被我误以为是下一次的那次治疗时——我又一次和普莉丝一起，坐在了加利福尼亚州奥克兰市的杰克·伦敦公园里的一把长椅上。这一次，她安静而悲伤；鸽子在她周围徘徊，但她并没有去喂它们，而只是坐在那儿，双手紧扣着，望着地面。

"怎么了?"我试图把她拉近一些。

一滴泪水从她的脸颊上滑落，"没事，路易斯。"她从手袋中拿出一张手帕，擦了擦眼睛，又擤了擤鼻涕，"我感觉像死了一般空虚，除此之外什么都没有了。也许我怀孕了。到现在，我的例假已经迟了一个星期了。"

我欣喜若狂，用双臂紧紧地拥着她，亲吻她那冰冷而毫无反应的双唇，"迄今为止，这是我听过的最好的消息!"

她抬起了灰色的眼睛，里面盈着悲伤，"如果这个消息能让你高兴的话，那我也很高兴，路易斯。"她微笑着，拍着我的手。

现在，我明白地看出，她的变化很大。她的双眼旁出现了明显的皱纹，这令她看起来忧郁而疲惫。已经过去多久了？我们已经在一起多久了？十年？一百年？我弄不清。时间已经离我远去了，对我来说，时间不再是一种流动的东西，它时而颠簸着疾冲，时而陷入停滞，然后又迟缓地流逝起来。和她一样，我也变老了，而且比她疲惫得多。然而——这是个多么好的消息啊。

我一回到治疗室，立刻告诉谢德医生普莉丝怀孕的事。他也很高兴。"你看,洛森,你的幻境是不是变得更成熟了,其中也包含了更多的关涉现实责任的元素?最终,它的成熟程度会和你的实际年龄相符,到了那时候,幻境治疗的效果就能完全发挥出来。"

这是一个崭新而重要的进展。我走下楼去与我的病友们会面,满心期待着他们的评论与提问。我知道,读过今天这场治疗的记录后,他们一定有许多话要说。

在第五十二个幻境中,我看见了普莉丝和我的儿子,他健康漂亮,灰色的眼睛像普莉丝,头发则像我。普莉丝坐在客厅的一把安乐椅上,拿着个瓶子专心地喂他。我坐在他们对面,感受到了天伦之乐,仿佛我所有的压力、焦虑与痛苦都消失了一般。

"这些该死的塑料奶嘴,"普莉丝烦躁地摇晃着瓶子说,"他一吸就坏掉了。肯定是因为我消毒的方式不对。"

我跑进厨房,从冒着蒸汽的灭菌器中拿出了一个干净的瓶子。

"他叫什么名字,亲爱的?"我返回时问道。

"他叫什么名字。"普莉丝看着我,无可奈何地重复道,"你什么毛病,路易斯?上帝啊,你问你的孩子叫什么名字?他姓洛森啊,和你一样。"

我只得羞愧地笑了笑,"对不起。"

"我原谅你。我习惯你这样了。"她叹了口气,"很抱歉这么说。"

但他的名字叫什么?我想。也许,下一次我能知道,也许我不能,也许,我要到第一百次才能知道。我必须弄明白,否则的话,这对我来说就毫无意义了;这一切都将成为徒劳。

"查尔斯,"普莉丝对那婴儿低声细语,"你尿尿了吗?"

他的名字叫查尔斯,我很高兴。这名字很好,也许这名字是我取的,它听起来像我会选的名字。

那一天,从幻境中出来之后,我急匆匆地跑下楼去参加集体治疗,这时我看见一群女人从女子入口走进了大楼。有一个女人留着短短的黑发,身材瘦削,她轻盈地站在那里,比周围的女人都更娇小。和她比起来,其他女人看起来仿佛充了气的气球。那是普莉丝吗?我犹豫着,对自己发问。求求你转过身来吧,我祈求着,盯着她的后背。

走进门时,她有那么一瞬间转过了头。我看到了那个小巧玲珑的鼻子,那双无情地鉴定着一切的灰色眼睛……那是普莉丝。"普莉丝!"我挥着手喊道。

她看见了我,盯着我皱起了眉,抿紧了嘴唇。然后,她非常轻地笑了起来。

这是个幻觉吗?那个女孩——普莉丝·弗劳恩季默——如

今走进了房间,又走出了我的视野。你回到了卡萨宁诊所,我对自己说。我知道这事迟早会发生。而这一切不是幻觉,不是幻境,不是虚拟的产物。我在现实中找到了你,在真实的世界中,在外面的世界中,而不是在退化的力比多或药物产生的幻觉中。自从在西雅图,你用鞋跟砸毁约翰·布斯仿生人那晚之后,我就再也没见过你。都已经过去了这么久了!在那之后,我见证了那么多,经历了那么多。然而,因为没有了你的陪伴,没有了那个真实的、真正的你,这些事都显得空洞无味。我沉迷在幻觉中,与现实脱了节……普莉丝,我对自己说。感谢上帝,我找到了你。我知道,总有一天我会找到你的。

我没有去参加集体治疗,而是留在了大厅中,张望着,等候着。

一小时以后,她终于又出现了。她穿过开放式的天井向我走来,表情坦诚而冷静,眼中隐隐约约燃着一束火光,看起来更像是一种揶揄的笑意。

"嗨。"我说。

"所以,他们逮住了你,路易斯·洛森。"她说,"最终,你也得了精神分裂症。我一点都不惊讶。"

我说:"普莉丝,我在这儿好几个月了。"

"好吧,你的病情好转了吗?"

"是的,"我说,"我是这么认为的。我每天都接受虚拟幻境疗法;每一次我都会看见你,普莉丝。我们结婚了,而且有一个孩子,叫作查尔斯。我想我们住在加利福尼亚的奥克兰市。"

"奥克兰,"她皱了皱鼻子说,"除去某些地区外,奥克兰糟透了。"她转身离去,走向大厅的另一个方向,"很高兴见到你,路易斯,也许我们在这儿的什么地方还会再碰见。"

"普莉丝!"我悲伤地大喊,"回来!"

但她继续前行,走向大厅尽头的那扇门,门合上了,她也就消失不见了。

之后,在虚拟幻境中,我看见的普莉丝明显地变老了。她的眼睛下方留下了深深的、永久的阴影,看起来更加稳重了。我们在厨房里洗晚饭的盘子;普莉丝洗,我擦干。在顶灯的照射之下,她的皮肤看起来很干,上面遍布细小的皱纹。她没化妆。她头发的变化尤其大。像她的皮肤一样,它也变得很干燥,而且不再是黑色了。它呈现一种泛红的棕色,但看起来非常漂亮。我摸了摸她的头发,发丝很硬,但依然干净而顺滑。

"普莉丝,"我说,"昨天我在大厅里见到你了。就在我待的这个地方,卡萨宁。"

"那很好。"她简短地说。

"那是真的吗?比这幻境还要真实吗?"我看见查尔斯坐在

客厅里看3D电视,他全神贯注地盯着画面。"已经过去那么久了,你还记得那次见面吗?对过去的你来说,它也和我感觉中那样真实吗?对现在的你来说,它也是真实的吗?请告诉我。我实在想不明白。"

"路易斯,"她擦洗着煎锅,说,"你就不能坦然面对现实吗?你非要做个哲学家吗?你表现得就像一个大二学生一样。我很怀疑,你到底什么时候才会长大。"

"我只是不知道该怎么做。"我说,感到一阵绝望,但手上还自动擦拭着盘子。

"无论你在哪里找到了我,只要一找到我,"普莉丝说,"你就带我离开。直接去做吧,别多问。"

"好的,"我同意道,"我会这么做的;无论如何,我会试试看。"

我从幻境中离开,谢德医生又一次出现在我面前,"你弄错了,洛森,你不可能在这里遇见弗劳恩季默小姐。我仔细查过了记录,卡萨宁目前并没有叫这个名字的病人。我很抱歉,但你所谓的和她在大厅中的见面,只不过是你无意识地陷入了精神分裂的表现。我们肯定没法照原计划宣泄你的力比多了,也许,我们应该增加每日进入幻境的时间。"

我无声地点了点头。但我并不相信他的说法。我知道,在大厅里出现的真的是普莉丝。那不是精神分裂下的幻觉。

下一周，我又在卡萨宁见到了她。这一次，我站在楼上眺望，透过日光浴室的窗户看到了她。她正在室外和一群女孩打排球，她们都穿着浅蓝色的运动短裤和衬衫。

她正专心地比赛，没有看见我。我在那儿站了很久，边望着她边喝着酒，我知道，这一切是真实的……然后，球从球场中弹向了大楼，普莉丝追在它后面。她弯下腰捡球时，我看到她的运动衬衫上用彩色的印刷体字母绣着她的名字：

### 普莉丝·洛克

一切都有了解释。她来卡萨宁诊所时，登记的是她父亲的姓氏，而不是她自己的。谢德医生自然在档案中找不到她，因为他查的是"弗劳恩季默"，不管她如何自称，我在谢德医生面前一直这么称呼她。

我不会告诉他的，我心想。在虚拟幻境中，我会不断地提醒自己。这样的话，他就永远不会知道了，而且也许在什么时候，我还能找到机会和她说上话。

这时我想道，也许这一切全是谢德计划好的。也许，他正是要通过这种方式，把我从幻境中拉出来，送回到现实世界中。因为对我来说，我向普莉丝投去的这一瞥比所有的幻境加在一起还要珍贵。这就是他们的疗法，而它生效了。

我不知道该高兴还是难过。

经过第二百二十次幻境治疗之后，我终于又一次和普莉丝搭上了话。当时她正在诊所的自助餐厅闲逛；我走了进去。在她看见我之前，我就看见了她；她正在和她的女伴入迷地聊着天。

"普莉丝，"我打断了她们的对话，"看在上帝的分上，和我说一会儿话吧。他们不会介意的，我知道这是他们疗法的一部分。求你了。"

另一个女孩体贴地离开了，普莉丝和我独自待在一起。

"你变老了，路易斯。"普莉丝停顿了很长一段时间，说。

"你还是那么漂亮，一如既往。"我真想用手臂拥着她，迫不及待地想抱抱她。然而，我站在她几英寸①以外，什么都没做。

"就这几天，他们就又要放我出去了，我想你知道了会很高兴的。"普莉丝面无表情地说，"然后，我会像原先一样接受门诊治疗。根据迪奇雷医生的说法，我的康复进展可喜，他是这里最好的精神医生。我几乎每天都见他。我查了查你的档案，你的

---

① 1 英寸约为 2.54 厘米。

医生是谢德。他不那么……我觉得，他是个老蠢货。"

"普莉丝，"我说，"也许我们可以一起离开这里。你觉得怎么样？我康复得也不错。"

"为什么我们要一起走？"

"因为我爱你。"我说，"而我知道，你也爱着我。"

她并没有反驳，相反的是，她只是点了点头。

"这样做可能吗？"我问，"你对这地方的了解比我要多得多，你几乎半辈子都住在这里。"

"只住过一段时间。"

"你能办得到吗？"

"你自己想办法，像个男人一样。"

"如果我办成了，"我说，"嫁给我好吗？"

她咕哝道："好的，路易斯。你想要什么都可以。结婚、非法同居，或是意外搞上了——随你怎么说。"

"结婚。"我说。

"然后生孩子吗？就像你幻想中的那样？生一个名叫查尔斯的孩子？"她愉快地抽了抽嘴角。

"是的。"

"那你就把这事办了，"普莉丝说，"和那个死脑筋的谢德谈谈，那个笨蛋医生会释放你的，他有这种权力。我来给你点提示吧。你下一次去做幻境治疗的时候,别直接上前去。告诉他们,你再也不相信这种治疗能帮到你什么了。然后,当你处于幻境时,告诉你幻想中的性伴侣,那个从你变态、发热的小脑袋中捏造出来的普莉丝·弗劳恩季默,在你眼中她再也不是真的了。"她以她那种熟悉的方式露齿一笑,"你瞧瞧会发生什么吧。也许这样,你就可以离开这里了,也许不能——也许你会在这里陷得更深。"

我结结巴巴地说:"你不会——"

"骗你?误导你?试一试吧,路易斯,然后你就能知道了。"现在,她脸上的表情变得非常严肃,"只有你勇敢地去做了,才能知道结果。"

她转过身去,快速地从我身边走开。

"也许,"她头也不回地说,"我们还会见面的。"她带着冷酷、愉快又沉着的笑容离去了;一大群人涌了进来,把我们分开,他们是到餐厅里来吃东西的。

我相信你,我对自己说。

那天晚饭后,我在大厅里遇见了谢德医生。我请他留下来和我谈一会儿,他并没有拒绝。

"怎么了,洛森?"

"医生,我接受幻境治疗的时候,感觉有一些犹豫。我不确定它对我还有没有用。"

"你能再说一遍吗?"谢德医生皱起眉说。

我把刚才的话重复了一遍。他认真地听着。"而且我觉得,我幻想中的性伴侣也不像原先那么真实了。"这一次,我补充道,"我明白,她只是我无意识的一个投射。她并不是真正的普莉丝·弗劳恩季默。"

谢德医生说:"有意思。"

"我刚才说的这些意味着什么……这意味着我的病情好转了,还是恶化了?"

"老实说,我不知道。下一次幻境治疗时我们再看看吧。到时从你的举动中,我能了解到更多的情况。"他向我点头告别,继续向长廊走去。

在我的下一场幻境中,我和普莉丝一起在超市中漫游闲谈。我们正在进行一周一度的大采购。

如今,普莉丝看起来老多了,但她依然是我爱的那个迷人、稳重、明智的女人。我们的儿子在我们面前跑着,为他的周末野营旅行采购,他即将和童子军伙伴们一起在奥克兰山中的查尔斯·提尔登公园中度过美好时光。

"你现在安静多了。"普莉丝对我说。

"我在思考。"

"你在发愁。我了解你,我能看得出来。"

"普莉丝,这一切是真的吗?"我说,"我们如今拥有的一切,对我们来说就足够了吗?"

"别说了,"普莉丝说,"我真受不了你没完没了地谈哲学;要么接受人生,要么就杀了你自己,别再叽叽咕咕地说个没完了。"

"好的,"我说,"但作为交换,我希望你别再老是贬低我了。我都已经听倦了。"

"你只是害怕听到这些——"她开始说。

我伸出手,打了她一巴掌,而我根本没反应过来自己做了什么。她摇了摇,向后退了一大步,差点摔倒。她站在那里,把手按在脸颊上,迷惑而痛苦地看着我。

"你他妈的,"她嘶哑地说,"我永远都不会原谅你。"

"我只是再也忍受不了你贬低我了。"

她盯着我,然后转过身,朝超市的走道快步走去,头也不回。她拉住查尔斯,继续走着。

突然之间我意识到,谢德医生正站在我身旁。"我想,今天我们就到这里了,洛森。"那走道,还有那摆放着纸箱和外包装的货架都闪了闪,消散了。

"我做错了吗?"我打她时没经过头脑,内心也没有感到丝毫痛苦。我是不是把一切都搞砸了?"这是我人生中第一次打女人。"我对谢德医生说。

"别担心。"他埋首在笔记本中说。他又对护士点了点头，"让他起来吧，我想，我们得取消今天的集体治疗，把他送回房间去，让他一个人待着。"他突然对我说："洛森，你今天的行为很特别，使我无法理解。这根本不像你会做出的事。"

我什么都没说，只是低下了头。

"我几乎要认为，"谢德医生缓缓地说，"你是在装病了。"

"不，绝对没有。"我否认道，"我真的病了，如果我没有来这里的话，也许我都已经死了。"

"我想，你明天得来一趟我的办公室，我想让你当着我的面做一次本杰明谚语测试和维谷斯基－鲁利亚方块测试。主持测试的人比测试本身要重要得多。"

"我同意。"我感到忧虑而紧张。


第二天下午，我顺利地通过本杰明谚语测试和维谷斯基－鲁利亚方块测试。依照《麦克韩斯顿法案》，我被依法释放；我可以回家去了。

"我在想，你怎么会来到卡萨宁，"谢德医生说，"全国还有那么多人在排队，工作人员那么辛苦——"他在我的释放令上签了字，把它交给我。"我不知道你到这里来是为了什么，但你得回去老老实实地面对你的人生,别再拿精神疾病当作借口了,我甚至怀疑你根本没病。"

根据那张简短的单子,我被位于密苏里州卡萨宁市的联邦公立卡萨宁诊所正式释放了。

"走之前,我想去见一个女孩。"我问谢德医生,"我可以和她说几句话吗? 她叫洛克小姐。"我小心翼翼地补充道,"我不知道她的全名。"

谢德医生按了桌子上的一个按钮,"让洛森先生和一位叫洛克的小姐见一面,但不能超过十分钟,然后带他到正门去,让他出去;他已经出院了。"

一名强壮的男护工带我来到普莉丝住的女生宿舍里,她和其他六个女孩住在一起。我看见她坐在床上,正在用美甲棒修理着指甲。我进屋时,她几乎没抬头。

"嗨,路易斯。"她低声说,

"普莉丝,我鼓起了勇气,我把你和我说的话同他说了。"我弯下腰去抚摸她,"我自由了,他们释放了我。我可以回家了。"

"那就回去吧。"

一开始,我没有理解她的意思,"那你呢?"

普莉丝冷静地说:"我改主意了。我不申请出院了,我还想在这里待上几个月。现在,我喜欢待在这里——我在学纺织,正在用未加工的黑羊毛织毯子。"然后，她突然低下头，黯然地说："我骗了你，路易斯。我没法出院，我病得太严重了。我得在这里待很久，也许一辈子都在这儿了。很抱歉，我告诉你我要出去了。原谅我吧。"她短暂地拉了拉我的手，然后松开了它。

我什么都说不出来。

过了一会儿，护工带我走过诊所的大堂，来到门前，我站在人行道上，口袋里装着五十美元，这是联邦政府给予的补贴。卡萨宁诊所留在了我的身后，再也不是我人生中的一部分。它成了过去，而且，我也希望自己再也不要和它扯上什么关系。

很好，我对自己说。我又一次完美地通过了测验，就像我小时候在学校里做到的那样。我可以回博伊西去了，回到我弟弟查斯特、我父亲还有莫里身边，回去料理我的生意；政府把我治好了。

我得到了一切，却失去了普莉丝。

普莉丝·弗劳恩季默正坐在卡萨宁诊所大楼的某处，梳理、纺织着未经加工的黑羊毛。她全神贯注，丝毫不在意我，也不在意任何别的东西。